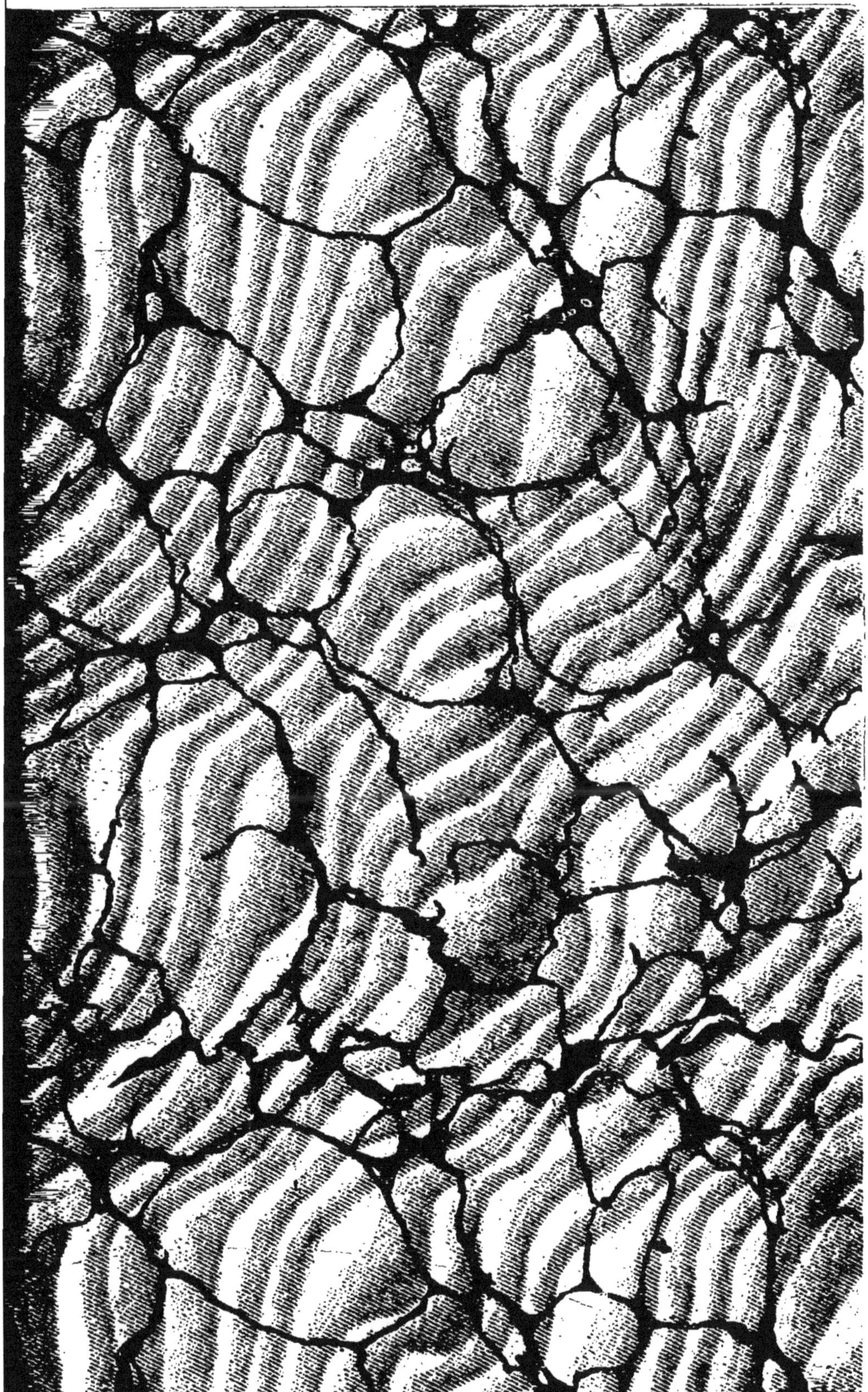

LES

AUTEURS GRECS

EXPLIQUÉS D'APRÈS UNE MÉTHODE NOUVELLE

PAR DEUX TRADUCTIONS FRANÇAISES

L'UNE LITTÉRALE ET JUXTALINÉAIRE PRÉSENTANT LE MOT A MOT FRANÇAIS
EN REGARD DES MOTS GRECS CORRESPONDANTS
L'AUTRE CORRECTE ET PRÉCÉDÉE DU TEXTE GREC

avec des arguments et des notes

PAR UNE SOCIÉTÉ DE PROFESSEURS

ET D'HELLÉNISTES

ARISTOTE

MORALE A NICOMAQUE

DIXIÈME LIVRE

EXPLIQUÉ LITTÉRALEMENT
PAR F. DE PARNAJON

ET TRADUIT EN FRANÇAIS
PAR F. THUROT

PARIS
LIBRAIRIE HACHETTE ET Cie
79, BOULEVARD SAINT-GERMAIN, 79

LES
AUTEURS GRECS

EXPLIQUÉS D'APRÈS UNE MÉTHODE NOUVELLE

PAR DEUX TRADUCTIONS FRANÇAISES

Cet ouvrage a été expliqué littéralement par M. F. de Parnajon, professeur au lycée Henri IV.

La traduction française est celle de Fr. Thurot, revue par M. Ch. Thurot, ancien maître de conférences à l'École normale supérieure.

13618. — Imprimerie A. Lahure, rue de Fleurus, 9, à Paris.

LES

AUTEURS GRECS

EXPLIQUÉS D'APRÈS UNE MÉTHODE NOUVELLE

PAR DEUX TRADUCTIONS FRANÇAISES

L'UNE LITTÉRALE ET JUXTALINÉAIRE PRÉSENTANT LE MOT A MOT FRANÇAIS
EN REGARD DES MOTS GRECS CORRESPONDANTS
L'AUTRE CORRECTE ET PRÉCÉDÉE DU TEXTE GREC

avec des arguments et des notes

PAR UNE SOCIÉTÉ DE PROFESSEURS

ET D'HELLÉNISTES

ARISTOTE

MORALE A NICOMAQUE

LIVRE X

PARIS
LIBRAIRIE HACHETTE ET Cie
79, BOULEVARD SAINT-GERMAIN, 79

1886

AVIS

RELATIF A LA TRADUCTION JUXTALINÉAIRE

On a réuni par des traits les mots français qui traduisent un seul mot grec.

On a imprimé en *italique* les mots qu'il était nécessaire d'ajouter pour rendre intelligible la traduction littérale, et qui n'ont pas leur équivalent dans le grec.

Enfin, les mots placés entre parenthèses, dans le français, doivent être considérés comme une seconde explication, plus intelligible que la version littérale.

ARGUMENT ANALYTIQUE

Chapitre premier. — Le plaisir est le sentiment le mieux approprié à l'espèce humaine. — Importance qu'il a dans l'éducation, à cause des rapports étroits qui le lient à la moralité. — Doctrines diverses sur le plaisir.

Chapitre ii. — Examen de ces doctrines : Eudoxe paraît soutenir que le plaisir est le souverain bien ; — les platoniciens prétendent qu'il est mauvais ou tout au moins indifférent. — Aristote conclut qu'il est un bien, mais qu'il n'est pas le souverain bien.

Chapitre iii. — Examen plus particulier de l'opinion platonicienne que le plaisir est un mouvement ou un devenir. — Aristote soutient, au contraire, qu'il est un indivisible et un tout complet.

Chapitre iv. — Le plaisir est une sorte d'acte : tout au moins est-il vrai qu'il achève l'acte et le complète. — Il n'est pas plus continu que notre activité même; mais il l'est autant. — L'amour du plaisir se confond avec l'amour de la vie.

CHAPITRE V. — Les plaisirs, en eux-mêmes indifférents, se qualifient par les actes auxquels ils sont liés : — car le plaisir propre à un acte le fortifie, tandis qu'un plaisir étranger, aussi bien que la peine spéciale, le détruit ou l'empêche; — de plus il existe autant d'espèces de plaisirs que d'espèces d'actes, et, dans la même espèce, autant de plaisirs que d'actes; — chaque espèce animale a même son plaisir, comme elle a son œuvre propre. — Conclusion : le plaisir de l'homme est lié à son œuvre propre, et c'est la vertu, ou l'homme vertueux, qui est la mesure de l'un et de l'autre.

CHAPITRE VI. — On connaît à présent tous les éléments du bonheur : vertu, amitié, plaisir. Qu'est-ce donc que le bonheur? — Ce n'est ni la simple aptitude, car il est activité; — ni l'amusement, car la vie est chose sérieuse, et le bonheur est sérieux comme elle. — C'est la vie conforme à la vertu.

CHAPITRE VII. — Le bonheur parfait, c'est l'acte de la raison pure, ou la sagesse. — Tandis que la vertu morale n'est pas en soi une fin définitive, qu'elle vit d'effort et de mouvement, et qu'elle n'assure pas à l'homme un bonheur continu, le bonheur du sage est indépendant, continu et définitif. — L'entendement est le principe de la vie divine.

CHAPITRE VIII. — Le bonheur humain (vertu morale et vie politique) opposé au bonheur divin (contemplation, sagesse et vie divine). — Les animaux sont incapables de s'élever à la contemplation : — Dieu est la pensée de la pensée : — à l'homme de s'éloigner des premiers en s'approchant de Dieu.

CHAPITRE IX. — Le bonheur du sage exige l'harmonie de ses facultés inférieures, mais n'exige que cela. — Grandeur du sage, qui est chéri des dieux, et qui jouit d'un bonheur parfait.

CHAPITRE X. — Les discours et la persuasion ayant trop peu d'influence sur les hommes, il faut les conduire à la vertu par l'*habitude* et par la *crainte du châtiment* : importance de l'*éducation* et de la *législation*, qui constituent la *politique*. — Celle-ci exige à la fois une longue expérience, que n'ont pas les sophistes, et une science approfondie, que n'ont pas toujours les hommes politiques. — Aristote annonce, en finissant, qu'il va traiter ce sujet.

ΑΡΙΣΤΟΤΕΛΟΥΣ

ΗΘΙΚΩΝ ΝΙΚΟΜΑΧΕΙΩΝ Κ

I. Περὶ μὲν οὖν φιλίας ἐπὶ τοσοῦτον εἰρήσθω· ἑπόμενον δ' ἂν εἴη διελθεῖν περὶ ἡδονῆς[1]. Μετὰ δὲ ταῦτα περὶ ἡδονῆς[2] ἴσως ἕπεται διελθεῖν. Μάλιστα γὰρ δοκεῖ συνῳκειῶσθαι τῷ γένει ἡμῶν, διὸ παιδεύουσι τοὺς νέους οἰακίζοντες ἡδονῇ καὶ λύπῃ· δοκεῖ δὲ καὶ πρὸς τὴν τοῦ ἤθους ἀρετὴν[3] μέγιστον εἶναι τὸ χαίρειν οἷς δεῖ καὶ μισεῖν ἃ δεῖ. Διατείνει γὰρ ταῦτα διὰ παντὸς τοῦ βίου, ῥοπὴν ἔχοντα καὶ δύναμιν πρὸς ἀρετήν τε καὶ τὸν εὐδαίμονα βίον. Τὰ μὲν γὰρ ἡδέα προαιροῦνται, τὰ δὲ λυπηρὰ φεύγουσιν.

I. Mais en voilà assez sur l'amitié ; il nous reste maintenant à parler du plaisir. Il est peut-être à propos de traiter à présent du plaisir ; car c'est une affection qui semble tout à fait appropriée à notre espèce. Voilà pourquoi le plaisir et la peine sont les moyens dont on se sert, dans l'éducation de la jeunesse, pour la gouverner. Le point le plus important, par rapport à la vertu morale, est, ce semble, qu'on aime ce qui doit plaire, et qu'on haïsse ce qui est digne d'aversion ; car ces sentiments s'étendent sur l'existence tout entière, et ont une grande influence sur la vertu et sur le bonheur de la vie, puisqu'on préfère ce qui donne du plaisir, et qu'on fuit ce qui cause de la peine.

ARISTOTE

MORALE A NICOMAQUE

LIVRE X

1. Εἰρήσθω μὲν οὖν
ἐπὶ τοσοῦτον
περὶ φιλίας·
εἴη δὲ ἂν ἑπόμενον
διελθεῖν περὶ ἡδονῆς.
Μετὰ δὲ ταῦτα
ἴσως ἕπεται
διελθεῖν περὶ ἡδονῆς·
δοκεῖ γὰρ
συνῳκειῶσθαι μάλιστα
τῷ γένει ἡμῶν·
διὸ παιδεύουσι
τοὺς νέους
οἰακίζοντες ἡδονῇ
καὶ λύπῃ·
τὸ δὲ χαίρειν
οἷς δεῖ
καὶ μισεῖν
ἃ δεῖ
δοκεῖ καὶ εἶναι μέγιστον
πρὸς τὴν ἀρετὴν τοῦ ἤθους.
Ταῦτα γὰρ διατείνει
διὰ παντὸς τοῦ βίου,
ἔχοντα ῥοπὴν καὶ δύναμιν
πρὸς ἀρετήν τε
καὶ τὸν βίον εὐδαίμονα.
Προαιροῦνται μὲν γὰρ
τὰ ἡδέα,
φεύγουσι δὲ
τὰ λυπηρά.

1. Que d'une part donc il ait été
jusqu'à autant [dit
sur l'amitié ;
d'autre part il serait conséquent
de discourir sur le plaisir.
Or après cela
peut-être est-il-conséquent
de discourir sur le plaisir ;
car il parait [fait
avoir été (être) approprié tout à
à la race de nous ;
à-cause-de-quoi on élève
les jeunes *gens*
en *les* gouvernant par le plaisir
et par la peine ;
d'autre part le se-réjouir
des choses dont il faut *se réjouir*
et *le* haïr
les choses qu'il faut *haïr*
paraissent aussi être très importants
pour la vertu du caractère.
Car ces *sentiments* s'-étendent
à travers toute la vie,
ayant influence et force
pour et la vertu
et la vie heureuse.
Car d'une part on préfère
les choses agréables,
d'autre part on fuit
les choses pénibles.

Ὑπὲρ δὲ τῶν τοιούτων ἥκιστ' ἂν δόξειεν παρετέον εἶναι, ἄλλως τε καὶ πολλὴν ἐχόντων ἀμφισβήτησιν. Οἱ μὲν [1] γὰρ τἀγαθὸν [2] ἡδονὴν λέγουσιν, οἱ δ' [3] ἐξ ἐναντίας κομιδῇ φαῦλον, οἱ μὲν ἴσως πεπεισμένοι οὕτω καὶ ἔχειν, οἱ δὲ οἰόμενοι βέλτιον εἶναι πρὸς τὸν βίον ἡμῶν ἀποφαίνειν τὴν ἡδονὴν τῶν φαύλων, καὶ εἰ μή ἐστιν· ῥέπειν γὰρ τοὺς πολλοὺς πρὸς αὐτὴν καὶ δουλεύειν ταῖς ἡδοναῖς, διὸ δεῖν εἰς τοὐναντίον ἄγειν· ἐλθεῖν γὰρ ἂν οὕτως ἐπὶ τὸ μέσον [4].

Μή ποτε δὲ οὐ καλῶς τοῦτο λέγεται [5]. Οἱ γὰρ περὶ τῶν ἐν τοῖς πάθεσι καὶ ταῖς πράξεσι λόγοι ἧττόν εἰσι πιστοὶ τῶν ἔργων· ὅταν οὖν διαφωνῶσιν τοῖς κατὰ τὴν αἴσθησιν, καταφρονούμενοι καὶ τἀληθὲς προσαναιροῦσιν· ὁ γὰρ ψέγων τὴν ἡδονήν, ὀφθείς ποτε ἐφιέμενος, ἀποκλίνειν δοκεῖ πρὸς αὐτὴν ὡς τοιαύτην [6] οὖσαν ἅπασαν· τὸ διορίζειν γὰρ οὐκ ἔστι τῶν πολλῶν.

Or, on doit d'autant moins passer ce sujet sous silence, qu'il présente plusieurs difficultés à résoudre. En effet, les uns prétendent que le plaisir est le bien par excellence : les autres soutiennent, au contraire, qu'il est de tout point un mal ; soit que, parmi ces derniers, les uns croient qu'il est réellement un mal, ou que les autres aient pensé qu'il y avait plus d'avantage pour la vie humaine à ranger le plaisir parmi les maux, quand même il n'en serait pas un. Car comme la plupart des hommes penchent de ce côté et se rendent esclaves des plaisirs, ils ont cru qu'il fallait les pousser en sens contraire, et que c'était le moyen de les faire arriver au juste milieu.

Mais peut-être qu'on a tort de tenir ce langage : car, en fait de passions et d'actions, les discours sont moins croyables que les actes ; et, lorsqu'ils sont en contradiction avec ce qu'on doit faire, le discrédit où ils tombent entraîne dans leur ruine la vérité elle-même. En effet, quand on a vu celui qui affectait de blâmer les plaisirs en rechercher quelques-uns, on est porté à croire qu'il est entraîné vers eux, parce que tous sont réellement désirables : car il n'appartient pas à tout le monde de discerner avec justesse ceux qui le sont de ceux qui ne le sont pas.

Δόξειε δὲ ἂν
εἶναι ἥκιστα παρετέον
ὑπὲρ τῶν τοιούτων,
ἄλλως τε καὶ ἐχόντων
πολλὴν ἀμφισβήτησιν.
Οἵ μὲν γὰρ λέγουσιν
ἡδονὴν τὸ ἀγαθὸν,
οἵ δὲ ἐξ ἐναντίας
κομιδῇ
φαῦλον,
οἵ μὲν ἴσως πεπεισμένοι
ἔχειν καὶ οὕτω,
οἵ δὲ οἰόμενοι
εἶναι βέλτιον
πρὸς τὸν βίον ἡμῶν
ἀποφαίνειν τῶν φαύλων
τὴν ἡδονὴν,
καὶ εἰ μή ἐστιν·
τοὺς γὰρ πολλοὺς
ῥέπειν πρὸς αὐτὴν
καὶ δουλεύειν ταῖς ἡδοναῖς,
διὸ δεῖν ἄγειν
εἰς τὸ ἐναντίον·
ἐλθεῖν γὰρ ἂν οὕτως
ἐπὶ τὸ μέσον.
Μή ποτε δὲ τοῦτο
οὐ λέγεται καλῶς.
Οἱ γὰρ λόγοι περὶ τῶν
ἐν τοῖς πάθεσι
καὶ ταῖς πράξεσιν
εἰσιν ἧττον πιστοὶ
τῶν ἔργων·
ὅταν οὖν διαφωνῶσι
τοῖς κατὰ τὴν αἴσθησιν,
καταφρονούμενοι
προσαναιροῦσι καὶ τὸ ἀληθές·
ὁ γὰρ ψέγων τὴν ἡδονὴν,
ὀφθείς ποτε
ἐφιέμενος,
δοκεῖ ἀποκλίνειν πρὸς αὐτὴν
ὡς ἅπασαν οὖσαν
τοιαύτην·
τὸ γὰρ διορίζειν
οὐκ ἔστι τῶν πολλῶν.

Or il paraîtrait
n'être nullement à-laisser-de-côté
sur les *questions* telles,
et autrement et (surtout) ayant
une grande contestation.
Car les uns d'une part disent [*ce*
le plaisir *être* le bien *par excellen*
les autres au contraire *disent*
lui être tout à fait
chose mauvaise,
les uns peut-être persuadés
en être aussi ainsi,
les autres pensant
être meilleur
pour la vie de nous [mauvaises
de porter-au-compte des choses
le plaisir,
même s'il n'*en* est pas;
car la plupart
incliner vers lui
et être-asservis aux plaisirs,
à cause-de-quoi falloir *les* pousser
dans le *sens* contraire;
car *eux* pouvoir arriver ainsi
vers le milieu.
Mais peut-être cela
n'est pas dit bien.
Car les discours sur les choses
dans (concernant) les passions
et les actions
sont moins croyables
que les actes:
lorsque donc ils sont-en-désaccord
avec les choses selon (perçues par)
dédaignés [le sens,
ils perdent-en-outre la vérité aussi;
car celui qui blâme le plaisir,
ayant été vu quelquefois
le désirant,
paraît incliner vers lui
comme tout *plaisir* étant
tel (désirable);
car le distinguer
n'est pas *le fait* de la plupart.

Ἐοίκασιν οὖν οἱ ἀληθεῖς τῶν λόγων οὐ μόνον πρὸς τὸ εἰδέναι χρησιμώτατοι εἶναι, ἀλλὰ καὶ πρὸς τὸν βίον· συνῳδοὶ γὰρ ὄντες τοῖς ἔργοις πιστεύονται, διὸ προτρέπονται τοὺς συνιέντας ζῆν κατ' αὐτούς. Τῶν μὲν οὖν τοιούτων ἅλις, τὰ δὲ εἰρημένα περὶ τῆς ἡδονῆς ἐπέλθωμεν.

II. Εὔδοξος[1] μὲν οὖν τὴν ἡδονὴν τἀγαθὸν ᾤετ' εἶναι διὰ τὸ πάνθ' ὁρᾶν ἐφιέμενα αὐτῆς, καὶ ἔλλογα καὶ ἄλογα (ἐν πᾶσιν[2] γὰρ εἶναι τὸ αἱρετὸν ἐπιεικὲς καὶ τὸ μάλιστα[3] κράτιστον· τὸ δὴ πάντ' ἐπὶ ταὐτὸ φέρεσθαι μηνύειν ὡς πᾶσι τοῦτο ἄριστον· ἕκαστον γὰρ τὸ αὑτῷ ἀγαθὸν εὑρίσκειν, ὥσπερ καὶ τροφήν, τὸ δὲ πᾶσιν ἀγαθόν, καὶ οὗ πάντ' ἐφίεται, τἀγαθὸν εἶναι)· ἐπιστεύοντο δ' οἱ λόγοι διὰ τὴν τοῦ ἤθους ἀρετὴν μᾶλλον ἢ δι' αὑτούς. Διαφερόντως γὰρ ἐδόκει σώφρων[4]

La vérité, dans le langage, est donc très utile, non-seulement pour la science, mais même pour la conduite de la vie : car les discours inspirent de la confiance, quand ils sont d'accord avec les faits : et par cette raison, ils déterminent ceux qui les ont bien compris à vivre d'une manière conforme à ce qu'ils expriment. Mais en voilà assez sur cet article; examinons maintenant ce qui a été dit par les philosophes au sujet du plaisir.

II. Eudoxe le considérait comme le souverain bien, parce qu'il voyait que tous les êtres cherchent avec ardeur le plaisir, tant ceux qui ont la raison en partage, que ceux qui en sont dépourvus; car s'il est vrai de tous les êtres que ce qu'ils préfèrent est bon, et que ce qu'ils désirent le plus est ce qu'il y a de meilleur, l'entraînement de tous les êtres vers le plaisir est un indice qu'il est ce qu'il y a de meilleur pour eux tous : chaque être en effet ne trouve-t-il pas toujours ce qui lui est bon dans tout le reste, comme en fait d'aliments? Or, ce qui est bon pour tous, et que tous désirent avec ardeur, est le bien par excellence. On avait confiance dans ces discours, plutôt à cause des vertus morales de leur auteur, qu'à cause de leur vérité propre; car il passait pour un personnage d'une éminente sagesse Ce n'était donc pas

Οἱ ἀληθεῖς τῶν λόγων
ἐοίκασιν οὖν εἶναι
χρησιμώτατοι
οὐ μόνον πρὸς τὸ εἰδέναι,
ἀλλὰ καὶ πρὸς τὸν βίον·
ὄντες γὰρ συνῳδοὶ
τοῖς ἔργοις,
πιστεύονται,
διὸ προτρέπονται
τοὺς συνιέντας
ζῆν κατὰ αὐτούς.
Ἅλις μὲν οὖν
τῶν τοιούτων,
ἐπέλθωμεν δὲ
τὰ εἰρημένα
περὶ τῆς ἡδονῆς.
II. Εὔδοξος μὲν οὖν
ᾤετο τὴν ἡδονὴν
εἶναι τὸ ἀγαθὸν
διὰ τὸ ὁρᾶν
πάντα ἐφιέμενα αὐτῆς,
καὶ ἔλλογα
καὶ ἄλογα·
(ἐν πᾶσιν γὰρ
τὸ αἱρετὸν
εἶναι ἐπιεικὲς
καὶ τὸ μάλιστα
κράτιστον·
τὸ δὴ πάντα
φέρεσθαι ἐπὶ τὸ αὐτὸ
μηνύειν ὡς τοῦτο
ἄριστον πᾶσι·
ἕκαστον γὰρ εὑρίσκειν
τὸ ἀγαθὸν αὑτῷ,
ὥσπερ καὶ τροφήν,
τὸ δὲ ἀγαθὸν πᾶσι,
καὶ οὗ πάντα ἐφίεται,
εἶναι τὸ ἀγαθόν)·
οἱ δὲ λόγοι
ἐπιστεύοντο
διὰ τὴν ἀρετὴν τοῦ ἤθους
μᾶλλον ἢ διὰ αὐτούς.
Ἐδόκει γὰρ εἶναι
διαφερόντως σώφρων·

Les vrais d'entre les discours
paraissent donc être
très utiles
non-seulement pour le savoir,
mais encore pour la vie:
car étant d'accord-avec
les actes,
ils sont crus,
à-cause-de-quoi ils poussent
ceux qui *les* comprennent
à vivre conformément à eux.
Assez d'une part donc
des choses telles,
d'autre part parcourons
les choses dites
sur le plaisir.
II. Eudoxe d'une part donc
pensait le plaisir
être le bien *par excellence*
à-cause-de le voir
tous *les êtres* recherchant lui,
et *êtres* raisonnables
et *êtres* irraisonnables:
(car en toutes choses
la chose préférée
être convenable
et la chose *préférée* le plus
être la meilleure;
or ce *fait* tous *les êtres*
être portés vers la même chose
indiquer que cette chose
est la meilleure pour tous;
car chaque *être* trouver
la chose bonne pour soi,
comme aussi la nourriture,
or la chose bonne pour tous,
et que tous *les êtres* désirent,
être le bien *par excellence*);
or ces discours
étaient crus
à-cause-de la vertu de *son* caractère
plutôt qu'à cause d'eux-mêmes.
Car il paraissait être
éminemment sage;

εἶναι· οὐ δὴ ὡς φίλος τῆς ἡδονῆς ἐδόκει ταῦτα λέγειν, ἀλλ' οὕτως ἔχειν κατ' ἀλήθειαν.

Οὐχ ἧττον δ' ᾤετο εἶναι φανερὸν ἐκ τοῦ ἐναντίου· τὴν γὰρ λύπην καθ' αὑτὸ πᾶσιν φευκτὸν εἶναι, ὁμοίως δὴ τὸ ἐναντίον αἱρετόν. Μάλιστα δ' εἶναι αἱρετὸν ὃ μὴ δι' ἕτερον μηδ' ἑτέρου χάριν αἱρούμεθα· τοιοῦτο δ' ὁμολογουμένως εἶναι τὴν ἡδονήν· οὐδένα γὰρ ἐπερωτᾶν τίνος ἕνεκα ἥδεται, ὡς καθ' αὑτὴν οὖσαν αἱρετὴν τὴν ἡδονήν. Προστιθεμένην τε ὁτῳοῦν τῶν ἀγαθῶν αἱρετώτερον ποιεῖν, οἷον τῷ δικαιοπραγεῖν καὶ σωφρονεῖν· αὔξεσθαι δὲ τὸ ἀγαθὸν [αὐτὸ] αὑτῷ.

Ἔοικεν δὴ οὗτός γε ὁ λόγος τῶν ἀγαθῶν αὐτὴν ἀποφαίνειν, καὶ οὐδὲν μᾶλλον ἑτέρου· πᾶν γὰρ μεθ' ἑτέρου ἀγαθοῦ αἱρετώτερον ἢ μονούμενον. Τοιούτῳ δὴ λόγῳ καὶ Πλάτων[1] ἀναιρεῖ ὅτι οὐκ ἔστιν ἡδονὴ τἀγαθόν· αἱρετώτερον γὰρ εἶναι τὸν ἡδὺν βίον μετὰ φρονήσεως ἢ

comme ami de la volupté qu'il semblait tenir un pareil langage, mais parce qu'il le croyait véritable.

La chose ne lui semblait pas moins évidente, en la considérant sous le point de vue opposé. Car la douleur est par elle-même à fuir pour tous les êtres, et le contraire à préférer : or ce qui est préférable à tout, c'est ce qu'on ne recherche jamais en vue d'autre chose : et tel est, d'après le sentiment universel, le plaisir. Car personne ne demande pourquoi on a du plaisir, attendu qu'on recherche le plaisir pour lui-même. De plus, ajouté à quelque autre bien que ce soit, par exemple, aux actes de justice et de sagesse, il leur donne plus d'attrait ; et le bien ne saurait s'accroître que par lui-même.

Toutefois ce raisonnement peut prouver que le plaisir est au nombre des biens, mais non pas qu'il soit plus excellent qu'un autre ; car tout bien, ajouté à un autre, aura plus de prix que s'il était seul. Platon même prouve, par de semblables raisons, que le plaisir n'est pas le souverain bien, puisqu'une vie agréable, lorsque la prudence s'y joint, doit être préférée à la même vie dé-

οὐκ ἐδόκει δὴ	il ne paraissait donc pas
λέγειν ταῦτα	dire cela
ὡς φίλος τῆς ἡδονῆς,	comme ami du plaisir,
ἀλλὰ ἔχειν οὕτως	mais *il semblait* qu'il *en* était ainsi
κατὰ ἀλήθειαν.	en vérité.
Ὤιετο δὲ	D'autre part il pensait
οὐχ' εἶναι ἧττον φανερὸν	*la chose* n'être pas moins évidente
ἐκ τοῦ ἐναντίου·	par le contraire;
τὴν γὰρ λύπην εἶναι πᾶσι	car la peine être pour tous
φευκτὸν κατὰ αὑτό,	une chose à-fuir en soi,
ὁμοίως δὴ	semblablement donc
τὸ ἐναντίον αἱρετόν.	le contraire une chose préférable *en soi*.
Εἶναι δὲ μάλιστα αἱρετὸν	Or *cela* être surtout préférable
ὃ αἱρούμεθα	que nous préférons
μὴ διὰ ἕτερον	non pour autre chose
μηδὲ χάριν ἑτέρου·	ni à-cause-d'autre chose:
τὴν δὲ ἡδονὴν εἶναι τοιοῦτον	or le plaisir être chose telle
ὁμολογουμένως·	d'un-commun-aveu;
οὐδένα γὰρ ἐπερωτᾶν	car personne ne demander *à un autre*
ἕνεκα τίνος ἥδεται,	pour quoi il a-du-plaisir,
ὡς τὴν ἡδονὴν οὖσαν	comme le plaisir étant
αἱρετὴν κατὰ αὑτήν.	préférable en soi.
Προστιθεμένην τε	Et *le plaisir* ajouté
ὁτῳοῦν τῶν ἀγαθῶν	à quelconque des *autres* biens,
οἷον τῷ δικαιοπραγεῖν	comme à le agir-justement
καὶ σωφρονεῖν,	et être-sage,
ποιεῖν αἱρετώτερον·	rendre *ce bien* plus souhaitable:
καὶ δὴ τὸ ἀγαθὸν	et certes le bien
αὔξεσθαι αὐτὸ αὑτῷ.	être accru lui-même par lui-même.
Οὗτός γε ὁ λόγος	Toutefois ce raisonnement
ἔοικε δὴ	semble certes
ἀποφαίνειν τῶν ἀγαθῶν αὐτήν,	mettre-au-nombre des biens lui,
καὶ οὐδὲν μᾶλλον ἑτέρου·	et en rien plus qu'un autre *bien*;
πᾶν γὰρ	car tout *bien*
μετὰ ἑτέρου ἀγαθοῦ	avec un autre bien
αἱρετώτερον ἢ μονούμενον.	*est* plus souhaitable qu'isolé.
Καὶ Πλάτων ἀναιρεῖ	Et Platon démontre
τοιούτῳ δὴ λόγῳ	par un tel raisonnement certes
ὅτι ἡδονὴ οὐκ ἔστι	que le plaisir n'est pas
τὸ ἀγαθόν·	le bien *par excellence*;
τὸν γὰρ βίον ἡδὺν	car la vie agréable
εἶναι αἱρετώτερον	être plus souhaitable
μετὰ φρονήσεως	avec la prudence
ἢ χωρίς·	que sans *la prudence*;

χωρίς, εἰ δὲ τὸ μικτὸν κρεῖττον, οὐκ εἶναι τὴν ἡδονὴν τἀγαθόν· οὐδενὸς γὰρ προστεθέντος αὐτὸ τἀγαθὸν αἱρετώτερον γίνεσθαι. Δῆλον δ' ὡς οὐδ' ἄλλο οὐθὲν τἀγαθὸν ἂν εἴη, ὃ μετά τινος τῶν καθ' αὑτὸ ἀγαθῶν αἱρετώτερον γίνεται.

Τί οὖν ἐστι τοιοῦτον, οὗ καὶ ἡμεῖς κοινωνοῦμεν; τοιοῦτον γὰρ ἐπιζητεῖται. Οἱ δ' ἐνιστάμενοι ὡς οὐκ ἀγαθὸν οὗ πάντ' ἐφίεται, μὴ οὐθὲν λέγωσιν[1]. Ἃ γὰρ πᾶσι δοκεῖ, ταῦτ' εἶναί φαμεν· ὁ δ' ἀναιρῶν ταύτην τὴν πίστιν οὐ πάνυ πιστότερα ἐρεῖ. Εἰ μὲν γὰρ τὰ ἀνόητα ὠρέγετο αὐτῶν, ἦν ἄν τι τὸ λεγόμενον, εἰ δὲ καὶ τὰ φρόνιμα, πῶς λέγοιεν ἄν τι; ἴσως δὲ καὶ ἐν τοῖς φαύλοις ἔστιν τι φυσικὸν ἀγαθὸν[2] κρεῖττον ἢ καθ' αὑτά, ὃ ἐφίεται τοῦ οἰκείου ἀγαθοῦ.

pourvue de raison. Or, si le mélange de ces deux choses a plus de prix, il s'ensuit que le plaisir n'est pas le bien suprême : car rien de ce qu'on pourrait ajouter à un tel bien ne pourrait lui donner plus de prix; et il est évident que toute autre chose, qui, lorsqu'on y ajoute quelqu'une de celles qui sont des biens par elles mêmes, est rendue préférable, ne saurait être le bien par excellence.

Quelle est donc la chose de ce genre qui puisse être notre partage? Car voilà ce que l'on cherche. Objecter, comme on l'a fait, que ce que désirent tous les êtres n'est pas un bien, c'est presque ne rien dire : car on doit croire à la réalité de ce qui est attesté par l'assentiment universel, et celui qui renverse une telle croyance ne dira rien qui puisse mériter plus de confiance. En effet, s'il n'y avait que les êtres dépourvus de raison qui recherchassent le plaisir, peut-être l'objection aurait-elle quelque force; mais si les créatures raisonnables éprouvent le même attrait, alors que signifie-t-elle? Il se peut, au reste, qu'il y ait, dans les êtres les plus abjects, un don naturel et supérieur à eux-mêmes qui les porte vers le bien qui leur est propre.

εἰ δὲ τὸ μικτὸν κρεῖττον,	or si le mélange *est* meilleur,
τὴν ἡδονὴν οὐκ εἶναι	le plaisir n'être pas
τὸ ἀγαθόν·	le bien *par excellence;*
τὸ γὰρ ἀγαθὸν	car le bien *par excellence*
γίνεσθαι αὐτὸ	*ne* devenir lui-même
αἱρετώτερον	plus souhaitable [dition).
οὐδενὸς προστεθέντος.	rien n'étant ajouté (par aucune ad-
Δῆλον δὲ	D'autre part *il est* évident
ὡς οὐδὲ οὐδὲν ἄλλο	que non-plus aucune autre chose
εἴη ἂν τὸ ἀγαθόν,	*ne* serait le bien *par excellence,*
ὃ μετά τινος	laquelle avec quelqu'une
τῶν ἀγαθῶν κατὰ αὑτὸ	de celles bonnes en soi
γίνεται αἱρετώτερον.	devient plus souhaitable.
Τί ἐστιν οὖν τοιοῦτον,	Quelle est donc la chose telle.
οὗ καὶ ἡμεῖς	à laquelle nous aussi
κοινωνοῦμεν;	nous participons?
τοιοῦτον γὰρ ἐπιζητεῖται.	car une telle chose est recherchée.
Οἱ δὲ ἐνιστάμενοι	D'autre part ceux soutenant
ὡς οὐ πάντα ἐφίεται	que *ce* que tous *les êtres* désirent
οὐκ ἀγαθόν,	n'*est* pas un bien.
μὴ λέγωσιν οὐθέν·	*je crains* qu'ils ne disent rien:
φαμὲν γὰρ ταῦτα εἶναι	car nous disons cela être
ἃ δοκεῖ πᾶσι·	qui paraît à tous *être;*
ὁ δὲ ἀναιρῶν	d'ailleurs celui détruisant
ταύτην τὴν πίστιν	cette croyance-là
οὐκ ἐρεῖ	ne dira pas [bles;
πάνυ πιστότερα·	des choses beaucoup plus croya-
εἰ μὲν γὰρ	car si d'un côté
τὰ ἀνόητα	les *êtres* irraisonnables
ὠρέγετο	recherchaient *seuls*
αὐτῶν,	eux (les plaisirs),
τὸ λεγόμενον	la chose dite [que valeur),
ἦν ἄν τι,	aurait été quelque chose (de quel-
εἰ δὲ καὶ	si d'autre part aussi [*chent,*
τὰ φρόνιμα,	les *êtres* raisonnables *les recher-*
πῶς	comment
λέγοιεν ἄν τι;	diraient-ils quelque chose?
ἴσως δὲ	peut-être d'ailleurs
καὶ ἐν τοῖς φαύλοις	même dans les *êtres* vils
ἐστί τι ἀγαθὸν φυσικὸν	est-il quelque bien naturel
κρεῖττον	meilleur
ἢ κατὰ αὑτὰ	que par-rapport-à eux.
ὃ ἐφίεται	qui recherche
τοῦ ἀγαθοῦ οἰκείου.	le bien *qui leur est* propre.

Οὐκ ἔοικεν δὲ οὐδὲ περὶ τοῦ ἐναντίου[1] καλῶς λέγεσθαι. Οὐ γάρ φασιν[2], εἰ ἡ λύπη κακόν ἐστι, τὴν ἡδονὴν ἀγαθὸν εἶναι· ἀντικεῖσθαι γὰρ καὶ κακὸν κακῷ καὶ ἄμφω τῷ μηδετέρῳ, λέγοντες ταῦτα οὐ κακῶς, οὐ μὴν ἐπί γε τῶν εἰρημένων ἀληθεύοντες. Ἀμφοῖν μὲν γὰρ ὄντων κακῶν καὶ φευκτὰ ἔδει ἄμφω εἶναι, τῶν μηδετέρων δὲ μηδέτερον ἢ ὁμοίως· νῦν δὲ φαίνονται τὴν μὲν φεύγοντες ὡς κακόν, τὴν δὲ αἱρούμενοι ὡς ἀγαθόν· οὕτω δὴ καὶ ἀντίκειται.

Οὐ μὴν οὐδ' εἰ μὴ τῶν ποιοτήτων ἐστὶν ἡ ἡδονή, διὰ τοῦτο οὐδὲ τῶν ἀγαθῶν· οὐδὲ γὰρ αἱ τῆς ἀρετῆς ἐνέργειαι ποιότητές εἰσιν, οὐδ' ἡ εὐδαιμονία.

Λέγουσι δὲ τὸ μὲν ἀγαθὸν ὡρίσθαι, τὴν δ' ἡδονὴν ἀόριστον εἶναι, ὅτι δέχεται τὸ μᾶλλον καὶ τὸ ἧττον. Εἰ μὲν οὖν ἐκ τοῦ ἥδεσθαι τοῦτο κρίνουσιν, καὶ περὶ

D'ailleurs, on ne réfute pas victorieusement non plus l'argument en sens contraire : car on nie que, si la douleur est un mal, le plaisir doive être un bien, attendu, dit-on, qu'il peut se faire qu'un mal soit le contraire d'un autre mal, et que l'un et l'autre ne soient le contraire d'aucun des deux : en quoi on peut avoir raison : mais on n'objecte pourtant rien de solide et de vrai contre ce qu'a dit Eudoxe. Car, si le plaisir et la douleur sont des maux, il faut les fuir l'un et l'autre : si ni l'un ni l'autre ne sont des maux, il ne faut fuir ni l'un ni l'autre, ou les fuir également tous deux. Mais ici il semble bien évident qu'on évite l'un comme un mal, et qu'on préfère l'autre comme étant un bien ; et, de cette manière, ils sont évidemment opposés l'un à l'autre.

Au reste, si la volupté n'est pas au rang des qualités, ce n'est pas à dire pour cela qu'on ne puisse la mettre au nombre des biens ; car les actes de vertu ne sont pas des qualités, ni le bonheur non plus.

Mais, dit-on, le bien est quelque chose de fini ; au lieu que la volupté est quelque chose d'indéfini, parce qu'elle est susceptible de plus et de moins. Si l'on en juge ainsi par les différences du plaisir d'un homme à l'autre, il faudra dire la même chose de la

Οὐ δὲ ἔοικε
οὐδὲ λέγεσθαι καλῶς
περὶ τοῦ ἐναντίου.
Οὐ γάρ φασιν,
εἰ ἡ λύπη ἐστὶ κακὸν,
τὴν ἡδονὴν εἶναί ἀγαθόν·
κακὸν γὰρ ἀντικεῖσθαι
καὶ κακῷ,
καὶ ἄμφω τῷ μηδετέρῳ.
λέγοντες ταῦτα οὐ κακῶς·
οὐ μὴν ἀληθεύοντες
ἐπί γε τῶν εἰρημένων.
Ἀμφοῖν μὲν γὰρ
ὄντων κακῶν
καὶ ἔδει
ἄμφω εἶναι
φευκτὰ,
τῶν δὲ μηδετέρων
μηδέτερον,
ἢ ὁμοίως·
νῦν δὲ φαίνονται
φεύγοντες τὴν μὲν
ὡς κακὸν,
αἱρούμενοι τὴν δὲ
ὡς ἀγαθόν·
οὕτω δὴ καὶ ἀντίκειται.
Οὐ μὴν οὐδὲ εἰ ἡ ἡδονή
ἐστι τῶν ποιοτήτων,
διὰ τοῦτο
οὐδὲ ἐστὶ τῶν ἀγαθῶν·
οὐδὲ γὰρ αἱ ἐνέργειαι
τῆς ἀρετῆς
εἰσὶ ποιότητες,
οὐδὲ ἡ εὐδαιμονία.
Λέγουσι δὲ
τὸ μὲν ἀγαθὸν ὡρίσθαι,
τὴν δὲ ἡδονὴν
εἶναι ἀόριστον,
ὅτι δέχεται
τὸ μᾶλλον καὶ τὸ ἧττον.
Εἰ μὲν οὖν
κρίνουσιν τοῦτο
ἐκ τοῦ ἥδεσθαι,
τὸ αὐτὸ ἔσται

D'autre part il ne semble pas
non-plus être dit bien
sur le contraire.
Car ils nient,
si la peine est un mal,
le plaisir être *pour cela* un bien :
car un mal *pouvoir* être opposé
même à un mal,
et tous-deux ni-à-l'un-ni-à-l'autre.
disant cela non mal (sans raison).
toutefois ne disant-pas-vrai
du moins sur les choses énoncées.
Car d'une part tous-deux
étant des maux
il serait-nécessaire aussi
tous-deux être
à-fuir, [*tant des maux*.
d'autre part ni-l'un-ni-l'autre *n'é-*
aucun des deux *ne serait à fuir*,
ou *tous deux* semblablement ;
mais maintenant *les hommes* sont
fuyant l'une [manifestes
comme un mal,
préférant l'autre
comme un bien ; [sition.
tellement donc aussi il y-a-oppo-
Ni certes ni si le plaisir
n'est *au nombre* des qualités,
il n'est vrai de dire pour cela *que*
il n'est pas non-plus *au nombre*
car ni les actes [des biens :
de la vertu
ne sont des qualités,
ni le bonheur.
D'autre part on dit
le bien d'un côté être déterminé,
d'un autre côté le plaisir
être indéterminé,
parce qu'il admet
le plus et le moins.
Si d'une part donc
ils jugent cela
d'après le éprouver-du-plaisir
la même chose sera

τὴν δικαιοσύνην καὶ τὰς ἄλλας ἀρετάς, καθ' ἃς ἐναργῶς φασι μᾶλλον καὶ ἧττον τοὺς ποιοὺς ὑπάρχειν ⟨καὶ πράττειν[1]⟩ κατὰ τὰς ἀρετάς, ἔσται τὸ αὐτὸ (δίκαιοι γάρ εἰσι μᾶλλον καὶ ἀνδρεῖοι, ἔστι δὲ καὶ δικαιοπραγεῖν καὶ σωφρονεῖν μᾶλλον καὶ ἧττον)· εἰ δ' ἐν ταῖς ἡδοναῖς[2], μή ποτ' οὐ λέγουσι τὸ αἴτιον, ἂν ὦσιν αἳ μὲν ἀμιγεῖς αἳ δὲ μικταί.

Τί δὲ κωλύει, καθάπερ ὑγίεια ὡρισμένη οὖσα δέχεται τὸ μᾶλλον καὶ τὸ ἧττον, οὕτω καὶ τὴν ἡδονήν; οὐ γὰρ ἡ αὐτὴ συμμετρία ἐν πᾶσίν ἐστιν, οὐδ' ἐν τῷ αὐτῷ μία τις ἀεί, ἀλλ' ἀνιεμένη διαμένει ἕως τινός, καὶ διαφέρει τῷ μᾶλλον καὶ ἧττον. Τοιοῦτον δὴ καὶ τὸ περὶ τὴν ἡδονὴν ἐνδέχεται εἶναι.

Τέλειόν τε τἀγαθὸν τιθέντες, τὰς δὲ κινήσεις καὶ τὰς γενέσεις ἀτελεῖς, τὴν ἡδονὴν κίνησιν καὶ γένεσιν

justice et des autres vertus ou qualités qui peuvent évidemment se trouver chez les hommes à divers degrés. Car ils peuvent être plus ou moins justes ou courageux, et l'on peut aussi être plus ou moins porté à faire des actes de justice et de tempérance. Et si l'objection s'applique aux plaisirs mêmes, peut-être ne touche-t-elle pas la véritable cause, s'il est vrai qu'il y ait des plaisirs purs et d'autres qui son mélangés.

Mais pourquoi le plaisir n'admettrait-il pas des degrés en plus et en moins, comme la santé, qui pourtant est bien quelque chose de fini et de déterminé ? Car elle ne conserve pas le même équilibre dans tous les individus, ni chez le même homme, dans tous les moments; mais, quand elle a subi quelque diminution, elle continue ainsi pendant un certain temps, et elle est susceptible de degrés en plus et en moins : il est donc possible qu'il en soit à peu près de même du plaisir.

D'un autre côté, après avoir établi que le bien [en soi] est quelque chose de parfait, et que tout ce qui est devenir et mouvement est imparfait, on s'efforce de faire regarder le plaisir

καὶ περὶ τὴν δικαιοσύνην
καὶ τὰς ἄλλας ἀρετάς,
κατὰ ἅς φασι
τοὺς ποιοὺς
ὑπάρχειν ἐναργῶς
μᾶλλον καὶ ἧττον
καὶ πράττειν
κατὰ τὰς ἀρετάς,
(εἴσι γὰρ μᾶλλον δίκαιοι
καὶ ἀνδρεῖοι,
ἔστι δὲ καὶ
δικαιοπραγεῖν καὶ σωφρονεῖν
μᾶλλον καὶ ἧττον)·
εἰ δὲ ἐν ταῖς ἡδοναῖς,
μήποτε οὐ λέγουσι
τὸ αἴτιον,
ἂν αἱ μὲν ὦσιν ἀμιγεῖς
αἱ δὲ μικταί.
Τί δὲ κωλύει,
καθάπερ ὑγίεια
οὖσα ὡρισμένη
δέχεται
τὸ μᾶλλον καὶ τὸ ἧττον,
οὕτω καὶ
τὴν ἡδονήν ;
ἡ γὰρ αὐτὴ συμμετρία
οὐκ ἔστιν ἐν πᾶσιν,
οὐδέ τις μία ἀεὶ
ἐν τῷ αὐτῷ,
ἀλλὰ ἀνιεμένη
διαμένει
ἕως τινὸς,
καὶ διαφέρει
τῷ μᾶλλον καὶ ἧττον.
Ἐνδέχεται δὴ
καὶ τὸ περὶ τὴν ἡδονὴν
εἶναι τοιοῦτον.
Τιθέντες τε
τὸ ἀγαθὸν τέλειον,
τὰς δὲ κινήσεις
καὶ τὰς γενέσεις
ἀτελεῖς,
πειρῶνται ἀποφαίνειν
τὴν ἡδονὴν

et au-sujet-de la justice
et des autres vertus,
à l'égard desquelles on dit
les *hommes étant* tels
être clairement
plus et (ou) moins
et agir *plus ou moins.*
par-rapport-à ces vertus
(car ils sont plus *ou moins* justes
et courageux,
et il est-possible aussi
d'agir-justement et d'être-sage
plus et (ou) moins);
mais si cela *a-lieu* dans les plaisirs,
peut-être ne dit-on pas
la cause,
s'il est vrai que les uns soient purs
les autres mélangés.
Car quelle chose empêche,
comme la santé
étant déterminée
admet
le plus et le moins,
de même aussi
le plaisir *admettre le plus et le moins?*
car la même proportion
n'est pas chez tous *les êtres*,
ni elle *n'est* une seule (la même) [toujours
dans le même,
mais diminuant,
elle subsiste
jusqu'à un certain *point*,
et diffère
par le plus et le moins.
Il est-possible donc
la chose aussi concernant le plai-[sir
être telle.
Et établissant
le bien *par excellence* être parfait,
mais les mouvements
et les générations
être imparfaits,
on s'efforce de montrer
le plaisir *être*

ἀποφαίνειν πειρῶνται. Οὐ καλῶς δ' ἐοίκασι λέγειν οὐδ' εἶναι κίνησιν. Πάσῃ γὰρ οἰκεῖον εἶναι δοκεῖ τάχος καὶ βραδυτής, καὶ εἰ μὴ καθ' αὑτήν, οἷον τῇ τοῦ κόσμου, πρὸς ἄλλο· τῇ δ' ἡδονῇ τούτων οὐδέτερον ὑπάρχει. Ἡσθῆναι μὲν γὰρ ἔστι ταχέως ὥσπερ ὀργισθῆναι, ἥδεσθαι δ' οὔ, οὐδὲ πρὸς ἕτερον, βαδίζειν δὲ καὶ αὔξεσθαι καὶ πάντα τὰ τοιαῦτα. Μεταβάλλειν μὲν οὖν εἰς τὴν ἡδονὴν ταχέως καὶ βραδέως ἔστιν, ἐνεργεῖν δὲ κατ' αὐτὴν οὐκ ἔστιν ταχέως, λέγω δ' ἥδεσθαι.

Γένεσίς τε πῶς ἂν εἴη; δοκεῖ γὰρ οὐκ ἐκ τοῦ τυχόντος τὸ τυχὸν γίνεσθαι, ἀλλ' ἐξ οὗ γίνεται, εἰς τοῦτο διαλύεσθαι· καὶ οὗ γένεσις ἡ ἡδονή, τούτου ἡ λύπη φθορά.

Καὶ λέγουσι δὲ τὴν μὲν λύπην ἔνδειαν τοῦ κατὰ

comme un mouvement et un devenir. Cependant, on a tort encore de dire que le plaisir soit un mouvement : car la vitesse et la lenteur sont propres à toute espèce de mouvement, sinon au mouvement absolu, tel que celui de l'univers, au moins au mouvement relatif : or, ni l'un ni l'autre ne se trouvent dans le plaisir. On peut bien éprouver un accès de joie ou de colère subite ; mais on ne peut pas éprouver un plaisir rapide, ni dont la vitesse soit comparable à une autre vitesse, tandis qu'on peut marcher avec vitesse et prendre un accroissement rapide. Ainsi, qu'on s'approche du plaisir avec vitesse ou lenteur, c'est possible ; mais l'acte du plaisir ne comporte aucune vitesse, en tant qu'il est un acte.

Ensuite, comment le plaisir pourrait-il être un devenir ? Car une existence quelconque n'est pas le produit d'un être quel qu'il soit ; mais tout être produit se résout dans les éléments dont il a été formé ; et le chagrin, ou la peine, est la corruption de ce dont le plaisir a été la génération.

On dit aussi que la peine est une privation de ce qui est con-

κίνησιν καὶ γένεσιν.	mouvement et génération.
Οὐ δὲ ἐοίκασι	D'ailleurs ils ne paraissent pas
λέγειν καλῶς οὐδὲ	dire bien non-plus
εἶναι κίνησιν.	*le plaisir* être mouvement.
Τάχος γὰρ καὶ βραδυτὴς	Car vitesse et lenteur
δοκεῖ εἶναι οἰκεῖον	paraissent être chose propre
πάσῃ,	à tout *mouvement*,
καὶ εἰ μὴ	et sinon
κατὰ αὑτήν,	*au mouvement* en soi (absolu),
οἷον τῇ τοῦ κόσμου,	comme celui de l'univers,
πρὸς	*du moins* relativement
ἄλλο·	à un autre *objet*;
οὐδέτερον δὲ τούτων	or aucune-des-deux de ces choses
ὑπάρχει τῇ ἡδονῇ.	n'appartient au plaisir.
Ἔστι μὲν γὰρ	Il est-possible d'un côté en-effet
ἡσθῆναι	d'avoir été porté-au-plaisir
ὥσπερ ὀργισθῆναι	comme de s'être mis-en-colère
ταχέως,	rapidement,
οὐ δὲ ἥδεσθαι,	mais non d'éprouver-du-plaisir *rapidement*,
οὐδὲ πρὸς ἕτερον,	ni relativement à un autre *objet*,
βαδίζειν δὲ	mais *il est possible* de marcher
καὶ αὔξεσθαι	et de croître *rapidement*
καὶ πάντα τὰ τοιαῦτα.	et toutes les choses telles.
Ἔστι μὲν οὖν	Il est-possible d'une part donc
μεταβάλλειν εἰς τὴν ἡδονὴν	de passer au plaisir
ταχέως καὶ βραδέως·	rapidement et lentement,
οὐ δὲ ἔστιν	d'autre part il n'est-pas-possible
ἐνεργεῖν ταχέως κατὰ αὐτήν,	d'agir rapidement dans lui,
λέγω δὲ ἥδεσθαι.	or je veux-dire avoir-du-plaisir.
Πῶς τε εἴη ἂν	Et comment *le plaisir* serait-il
γένεσις;	une génération?
τὸ γὰρ τυχὸν	car la première-chose-venue
οὐ δοκεῖ γίνεσθαι	ne paraît pas naître
ἐκ τοῦ τυχόντος,	de la première-chose-venue,
ἀλλὰ διαλύεσθαι εἰς τοῦτο	mais se résoudre en cela
ἐξ οὗ γίνεται·	d'où elle naît;
καὶ ἡ λύπη φθορὰ	et le chagrin *est* la corruption
τούτου οὗ ἡ ἡδονὴ	de ce dont le plaisir
γένεσις.	*est* la génération.
Καὶ λέγουσι δὲ	Et on dit d'ailleurs
τὴν μὲν λύπην	d'un côté la peine
εἶναι ἔνδειαν	être la privation
τοῦ	de la chose (de ce qui est)
κατὰ φύσιν,	selon la nature.

φύσιν εἶναι, τὴν δ' ἡδονὴν ἀναπλήρωσιν. Ταῦτα δὲ σωματικά ἐστι τὰ πάθη. Εἰ δή ἐστι τοῦ κατὰ φύσιν ἀναπλήρωσις ἡ ἡδονή, ἐν ᾧ ἀναπλήρωσις, τοῦτ' ἂν καὶ ἥδοιτο· τὸ σῶμα ἄρα· οὐ δοκεῖ δέ· οὐδ' ἔστιν ἄρα ἀναπλήρωσις ἡ ἡδονή, ἀλλὰ γινομένης μὲν ἀναπληρώσεως ἥδοιτ' ἄν τις, καὶ τεμνόμενος[1] λυποῖτο. Ἡ δόξα δ' αὕτη δοκεῖ γεγενῆσθαι ἐκ τῶν περὶ τὴν τροφὴν λυπῶν καὶ ἡδονῶν· ἐνδεεῖς γὰρ γενομένους καὶ προλυπηθέντας ἥδεσθαι τῇ ἀναπληρώσει.

Τοῦτο δ' οὐ περὶ πάσας συμβαίνει τὰς ἡδονάς· ἄλυποι γάρ εἰσιν αἵ τε μαθηματικαὶ καὶ τῶν κατὰ τὰς αἰσθήσεις αἱ διὰ τῆς ὀσφρήσεως, καὶ ἀκροάματα δὲ καὶ ὁράματα πολλὰ καὶ μνῆμαι καὶ ἐλπίδες. Τίνος οὖν αὗται γενέσεις ἔσονται; οὐδενὸς γὰρ ἔνδεια γεγένηται, οὗ γένοιτ' ἂν ἀναπλήρωσις.

forme à la nature, et que le plaisir en est une satisfaction complète : mais ce sont là des affections du corps. D'ailleurs, si le plaisir est la satisfaction complète d'un besoin naturel, il faudra donc que ce qui reçoit cette satisfaction ressente aussi le plaisir; et, dans ce cas, ce sera le corps : cela ne semble pas probable. Le plaisir n'est donc pas une telle satisfaction : mais il serait possible qu'on éprouvât de la joie, quand cette satisfaction se produit ou s'opère, ainsi qu'on ressent de la peine, quand on se coupe. D'ailleurs, cette opinion vient, selon toute apparence, des sensations agréables ou pénibles que nous donne le besoin de nourriture, parce que, lorsque ce besoin se fait sentir et que nous le satisfaisons, une joie vive succède à la peine que nous avions éprouvée d'abord.

Mais cela n'a pas lieu à l'occasion de tous les plaisirs : car ceux que nous procure la science ne sont mêlés d'aucune peine, et, entre ceux qui nous viennent des sens, le plaisir que nous font les odeurs est dans ce cas, de même que ceux que nous donnent la vue et l'ouïe, et aussi un grand nombre de souvenirs et d'espérances. De quoi donc tous ces plaisirs seront-ils des générations? car il n'y a là aucun vide à remplir, aucun besoin dont ils soient la satisfaction.

τὴν δὲ ἡδονὴν
ἀναπλήρωσιν.
Ταῦτα δὲ τὰ πάθη
ἐστὶ σωματικά.
Εἰ δὴ ἡ ἡδονή
ἐστιν ἀναπλήρωσις
τοῦ κατὰ φύσιν,
τοῦτο καὶ
ἐν ᾧ ἀναπλήρωσις
ἥδοιτο ἄν·
τὸ σῶμα ἄρα·
οὐ δοκεῖ δέ·
οὐδὲ ἄρα ἡ ἡδονή
ἐστιν ἀναπλήρωσις,
ἀλλὰ ἀναπληρώσεως μὲν
γινομένης
τις ἥδοιτο ἄν,
καὶ τεμνόμενος
λυποῖτο.
Αὕτη δὲ ἡ δόξα
δοκεῖ γεγενῆσθαι
ἐκ τῶν λυπῶν καὶ ἡδονῶν
περὶ τὴν τροφήν·
γενομένους γὰρ ἐνδεεῖς
καὶ προλυπηθέντας
ἥδεσθαι
τῇ ἀναπληρώσει.
Τοῦτο δὲ οὐ συμβαίνει
περὶ πάσας τὰς ἡδονάς·
αἵ τε γὰρ μαθηματικαί
εἰσιν ἄλυποι,
καὶ τῶν κατὰ
τὰς αἰσθήσεις
αἱ διὰ τῆς ὀσφρήσεως
καὶ ἀκροάματα δὲ
καὶ ὁράματα πολλὰ
καὶ μνῆμαι
καὶ ἐλπίδες.
Τίνος οὖν αὗται
ἔσονται γενέσεις;
ἔνδεια γὰρ οὐδενὸς
γεγένηται,
οὗ ἀναπλήρωσις
γένοιτο ἄν.

d'autre part le plaisir
en être la plénitude.
Or ces affections-là
sont corporelles.
Si donc le plaisir
est la plénitude
de la chose selon la nature,
cela aussi
en quoi *est* cette plénitude
aurait-du-plaisir;
le corps donc;
mais il ne paraît pas *que cela soit:*
ni donc le plaisir
*n'*est une plénitude,
mais la plénitude à la vérité
ayant-lieu,
on aurait-du-plaisir
et se coupant
on aurait-de-la-peine.
D'ailleurs cette opinion
paraît être née
des peines et des plaisirs
au-sujet-de la nourriture;
car *nous en* ayant été privés
et ayant souffert-auparavant
être réjouis
par la plénitude.
D'autre part cela n'arrive pas
pour tous les plaisirs;
car et les *plaisirs* scientifiques
sont exempts-de-peine,
et parmi ceux selon (perçus par)
les sens
les *plaisirs perçus* par l'odorat
et des auditions d'autre part
et des visions nombreuses
et des souvenirs
et des espérances.
De quoi donc ces *plaisirs*
seront-ils des générations?
car manque de rien
n'a eu-lieu,
dont la plénitude
aurait-lieu.

Πρὸς δὲ τοὺς προφέροντας τὰς ἐπονειδίστους τῶν ἡδονῶν λέγοι τις ἂν ὅτι οὐκ ἔστιν ταῦθ' ἡδέα· οὐ γὰρ εἰ τοῖς κακῶς διακειμένοις ἡδέα ἐστίν, οἰητέον αὐτὰ καὶ ἡδέα εἶναι πλὴν τούτοις, καθάπερ οὐδὲ τὰ τοῖς κάμνουσιν ὑγιεινὰ ἢ γλυκέα ἢ πικρά, οὐδὲ αὖ λευκὰ τὰ φαινόμενα τοῖς ὀφθαλμιῶσιν[1].

Ἢ οὕτω λέγοιτ' ἄν, ὅτι αἱ μὲν ἡδοναὶ αἱρεταί εἰσιν, οὐ μὴν ἀπό γε τούτων, ὥσπερ καὶ τὸ πλουτεῖν, προδόντι δ' οὔ, καὶ τὸ ὑγιαίνειν, οὐ μὴν ὁτιοῦν φαγόντι.

Ἢ τῷ εἴδει διαφέρουσιν αἱ ἡδοναί. Ἕτεραι γὰρ αἱ ἀπὸ τῶν καλῶν τῶν ἀπὸ τῶν αἰσχρῶν, καὶ οὐκ ἔστιν ἡσθῆναι τὴν[2] τοῦ δικαίου μὴ ὄντα δίκαιον οὐδὲ τὴν τοῦ μουσικοῦ μὴ ὄντα μουσικόν, ὁμοίως δὲ καὶ ἐπὶ τῶν ἄλλων.

Ἐμφανίζειν δὲ δοκεῖ καὶ ὁ φίλος, ἕτερος ὢν τοῦ κόλακος, οὐκ οὖσαν ἀγαθὸν τὴν ἡδονὴν ἢ διαφόρους

Quant à ceux qui font valoir comme une objection contre la doctrine d'Eudoxe les voluptés infâmes, on pourrait leur répondre qu'elles ne sont pas réellement des plaisirs. Car, de ce qu'elles plaisent aux hommes qui ont des dispositions vicieuses, il n'en fait pas conclure qu'elles soient absolument des plaisirs excepté pour ceux-là, comme les aliments qui semblent sains, ou sucrés, ou amers, à des gens malades, et les couleurs qui paraissent blanches à ceux qui ont une maladie d'yeux ne le sont pas réellement.

On pourrait répondre encore que les plaisirs sont désirables, mais non pas quand ils viennent d'une telle cause : comme il est agréable de posséder des richesses, mais non quand on les a acquises par la trahison, et d'avoir de la santé, mais non pas quand on mange tout ce qui se présente.

Enfin, on pourrait dire qu'il y a des plaisirs d'espèces différentes; qu'il y en a qui viennent d'une cause honorable et belle, et d'autres d'une cause infâme et honteuse, et que celui qui n'est pas juste ne saurait goûter le plaisir de l'homme juste, ni celui qui n'est pas musicien, le plaisir du musicien habile, et ainsi des autres.

La différence qu'il y a entre l'ami et le flatteur semble même montrer plus sensiblement que le plaisir n'est pas le bien, ou du

Πρὸς δὲ τοὺς προφέροντας	D'autre part à ceux alléguant
τοὺς ἐπονειδίστους	les blâmables
τῶν ἡδονῶν	d'entre les plaisirs
τις λέγοι ἂν ὅτι	on dirait que
ταῦτα οὐκ ἔστιν ἡδέα·	ces choses ne sont pas agréables ;
εἰ γάρ ἐστιν ἡδέα	car si elles sont agréables
τοῖς κακῶς διακειμένοις,	à ceux mal disposés,
οὐκ οἰητέον	il ne faut pas croire *pour cela*
αὐτὰ εἶναι καὶ ἡδέα	elles être aussi agréables
πλὴν τούτοις,	excepté à ces *gens*-là.
καθάπερ οὐδὲ	comme ni
τὰ ὑγιεινὰ	les choses saines
ἢ γλυκέα ἢ πικρὰ	ou douces ou amères
τοῖς κάμνουσιν,	pour les malades *ne sont telles*,
οὐδὲ αὖ	ni encore
τὰ φαινόμενα λευκὰ	les choses paraissant blanches
τοῖς ὀφθαλμιῶσιν.	à ceux atteints-d'-ophtalmie.
Ἢ λέγοιτο ἂν οὕτω,	Ou il serait dit ainsi,
ὅτι αἱ μὲν ἡδοναὶ	que les plaisirs certes
εἰσιν αἱρεταί,	*sont* désirables,
οὐ μὴν	non toutefois
ἀπό γε τούτων,	*venant* de ces *sources* du-moins,
ὥσπερ καὶ τὸ πλουτεῖν	comme et le être-riche,
οὐ δὲ προδόντι,	mais non pour *celui* ayant trahi,
καὶ τὸ ὑγιαίνειν,	et le bien-se-porter [mangé
οὐ μὴν φαγόντι	non toutefois pour *celui* ayant
ὁτιοῦν.	n'importe-quoi.
Ἢ αἱ ἡδοναὶ διαφέρουσι	Ou les plaisirs diffèrent
τῷ εἴδει.	par l'espèce.
Αἱ γὰρ ἀπὸ τῶν καλῶν	Car ceux *venant* des choses belles
ἕτεραι τῶν	*sont* différents de ceux
ἀπὸ τῶν αἰσχρῶν,	*venant* des causes honteuses,
καὶ οὐκ ἔστιν	et il n'est-pas-possible
ἡσθῆναι τὴν τοῦ δικαίου	de jouir du *plaisir* du juste
μὴ ὄντα δίκαιον	n'étant pas juste
οὐδὲ τὴν τοῦ μουσικοῦ	ni du *plaisir* du musicien
μὴ ὄντα μουσικόν·	n'étant pas musicien ;
ὁμοίως δὲ καὶ	et semblablement aussi
ἐπὶ τῶν ἄλλων.	sur les autres choses.
Καὶ δὲ ὁ φίλος,	Et d'autre part l'ami
ὢν ἕτερος τοῦ κόλακος,	étant différent du flatteur
δοκεῖ ἐμφανίζειν	semble montrer-clairement
τὴν ἡδονὴν οὐκ οὖσαν	le plaisir n'étant (n'être) pas
ἀγαθόν,	un bien,

εἴδει[1]· ὃ μὲν γὰρ πρὸς τἀγαθὸν ὁμιλεῖν δοκεῖ, ὃ δὲ πρὸς ἡδονήν, καὶ τῷ μὲν ὀνειδίζεται, τὸν δ' ἐπαινοῦσιν ὡς πρὸς ἕτερα ὁμιλοῦντα.

Οὐδείς τ' ἂν ἕλοιτο ζῆν παιδίου διάνοιαν ἔχων διὰ βίου, ἡδόμενος ἐφ' οἷς τὰ παιδία ὡς οἷόν τε μάλιστα, οὐδὲ χαίρειν ποιῶν τι τῶν αἰσχίστων, μηδέποτε μέλλων λυπηθῆναι. Περὶ πολλά τε σπουδὴν ποιησαίμεθ' ἂν καὶ εἰ μηδεμίαν ἐπιφέροι ἡδονήν, οἷον ὁρᾶν, μνημονεύειν, εἰδέναι, τὰς ἀρετὰς ἔχειν. Εἰ δ' ἐξ ἀνάγκης ἕπονται τούτοις ἡδοναί, οὐδὲν διαφέρει· ἑλοίμεθα γὰρ ἂν ταῦτα, καὶ εἰ μὴ γίνοιτο ἀπ' αὐτῶν ἡδονή.

["Οτι μὲν οὖν οὔτε τἀγαθὸν ἡ ἡδονὴ οὔτε πᾶσα αἱρετή, δῆλον ἔοικεν εἶναι, καὶ ὅτι εἰσίν τινες αἱρεταὶ καθ' αὑτὰς διαφέρουσαι τῷ εἴδει ἢ ἀφ' ὧν[2].] Τὰ μὲν οὖν λεγόμενα[3] περὶ τῆς ἡδονῆς καὶ λύπης ἱκανῶς εἰρήσθω.

moins que les plaisirs ne sont pas tous de la même espèce, puisque l'un n'envisage, dans le commerce de l'amitié, que le bien véritable, tandis que l'autre ne songe qu'au plaisir, et qu'on blâme l'un, tandis qu'on loue l'autre, comme cultivant l'amitié dans des vues entièrement différentes.

Il n'y a même personne qui consentît à n'avoir toute sa vie que la raison et l'intelligence d'un enfant, se livrant aux jouissances que l'on croit être le plus agréables à cet âge; ou qui voulût se plaire à faire des choses infâmes, quand même il ne devrait jamais en résulter de peine pour lui. Un grand nombre de choses pourraient même encore nous intéresser, dussent-elles ne nous procurer aucun plaisir, comme voir, se ressouvenir, avoir de la science, des vertus. Et il n'importe pas que le plaisir accompagne toujours nécessairement ces divers actes de nos facultés: car nous les préférerions encore, s'il n'en devait résulter aucun plaisir.

Il paraît donc évident que ni le plaisir n'est le bien par excellence, ni tout plaisir n'est désirable, et qu'il y a des plaisirs préférables en eux-mêmes, mais qui diffèrent d'espèce, ou à raison des causes qui les produisent. Mais en voilà assez sur la peine et le plaisir.

ἢ διαφόρους εἴδει·
ὁ μὲν γὰρ δοκεῖ
ὁμιλεῖν πρὸς τὸ ἀγαθόν,
ὁ δὲ πρὸς ἡδονήν,
καὶ ὀνειδίζεται τῷ μέν.
ἐπαινοῦσι τὸν δὲ
ὡς ὁμιλοῦντα
πρὸς ἕτερα.
Οὐδείς τε ἕλοιτο ἂν ζῆν
ἔχων διάνοιαν παιδίου
διὰ βίου,
ἡδόμενος ἐπὶ οἷς
τὰ παιδία
ὡς οἷόν τε μάλιστα,
οὐδὲ χαίρειν ποιῶν
τι τῶν αἰσχίστων,
μηδέποτε μέλλων λυπηθῆναι.
Ποιησαίμεθά τε σπουδὴν
περὶ πολλὰ
καὶ εἰ ἐπιφέροι
μηδεμίαν ἡδονήν,
οἷον ὁρᾶν, μνημονεύειν,
εἰδέναι,
ἔχειν τὰς ἀρετάς.
Εἰ δὲ ἡδοναὶ
ἕπονται ἐξ ἀνάγκης
τούτοις,
διαφέρει οὐδέν·
ἑλοίμεθα γὰρ ἂν ταῦτα,
καὶ εἰ ἡδονὴ
μὴ γίνοιτο ἀπὸ αὐτῶν.
Ἔοικε μὲν οὖν
εἶναι δῆλον
ὅτι οὔτε ἡ ἡδονὴ
τὸ ἀγαθὸν
οὔτε πᾶσα αἱρετή,
καὶ ὅτι τινές εἰσιν
αἱρεταὶ κατὰ αὑτὰς
διαφέρουσαι τῷ εἴδει
ἢ ἀπὸ ὧν.
Τὰ μὲν οὖν
λεγόμενα περὶ τῆς ἡδονῆς
καὶ λύπης
εἰρήσθω ἱκανῶς.

ou *les plaisirs être* différents par
car l'un (l'ami) paraît {l'espèce;
avoir-des-rapports pour le bien,
l'autre (le flatteur) pour le plaisir,
et il est fait-des-reproches à l'un.
on loue l'autre
comme ayant-des-rapports
pour *des vues* différentes.
Et personne ne désirerait vivre
ayant une intelligence d'enfant
durant *sa* vie,
se réjouissant de *ce* dont
les enfants *se réjouissent*
comme *il est* possible le plus,
ni se-plaire faisant {honteuses,
quelqu'une des choses les plus
ne devant jamais *en* être affligé.
Et nous ferions du zèle
pour beaucoup de choses
même si elles n'apportaient
aucun plaisir,
comme voir, se-souvenir,
savoir,
avoir les vertus.
Si d'ailleurs les plaisirs
suivent de *toute* nécessité
ces choses,
il n'importe en rien;
car nous désirerions elles
même si du plaisir
ne résultait pas d'elles.
Il paraît certes donc
être évident
que ni le plaisir
n'est le bien *par excellence*
ni *que* tout *plaisir n'est* désirable,
et que certains *plaisirs* sont
préférables en eux-mêmes
différents par l'espèce
ou *par les causes* dont *ils naissent.*
Que d'une part donc les *opinions*
énoncées sur le plaisir
et la peine
aient été dites suffisamment.

III. Τί δ' ἐστὶν ἢ ποῖόν τι, καταφανέστερον γένοιτ' ἂν ἀπ' ἀρχῆς ἀναλαβοῦσιν. Δοκεῖ γὰρ ἡ μὲν ὅρασις καθ' ὁντινοῦν χρόνον τελεία εἶναι (οὐ γάρ ἐστιν ἐνδεὴς οὐδενός[1] ὃ εἰς ὕστερον γενόμενον τελειώσει αὐτῆς τὸ εἶδος)· τοιούτῳ δ' ἔοικεν καὶ ἡ ἡδονή. Ὅλον γάρ τί ἐστιν, καὶ κατ' οὐδένα χρόνον λάβοι τις ἂν ἡδονὴν ἧς ἐπὶ πλείω χρόνον γινομένης τελειωθήσεται τὸ εἶδος.

Διόπερ οὐδὲ κίνησίς ἐστιν. Ἐν χρόνῳ γὰρ πᾶσα κίνησις καὶ τέλους τινός, οἷον ἡ οἰκοδομική, τελεία ὅταν ποιήσῃ οὗ ἐφίεται, ἢ ἐν ἅπαντι δὴ τῷ χρόνῳ ἢ τούτῳ· ἐν δὲ τοῖς μέρεσι τοῦ χρόνου πᾶσαι ἀτελεῖς, καὶ ἕτεραι τῷ εἴδει τῆς ὅλης καὶ ἀλλήλων. Ἡ γὰρ τῶν λίθων σύνθεσις ἑτέρα τῆς τοῦ κίονος ῥαβδώσεως, καὶ αὗται τῆς τοῦ ναοῦ[2] ποιήσεως· καὶ ἡ μὲν τοῦ ναοῦ τελεία (οὐδενὸς γὰρ ἐνδεὴς πρὸς τὸ προκείμενον), ἡ

III. Nous parviendrons, au reste, à connaître plus clairement quelle en est l'essence et le caractère distinctif, en reprenant tout à fait la question. Ainsi il semble que la vision soit un acte complet à quelque moment que ce soit de sa durée ; car elle n'a pas besoin que jamais rien survienne pour en achever la forme. Or, il semble que le plaisir est quelque chose de pareil : car il est toujours entier et complet ; et, dans aucun moment, on ne saurait ressentir un plaisir, qui, prolongé plus longtemps, devînt complet dans son espèce.

Voilà pourquoi il n'est pas un mouvement ; car tout mouvement s'accomplit dans un temps donné et a une fin déterminée : tel est, par exemple, le mouvement employé à construire une maison : il est complet lorsque ce qu'on voulait faire a été exécuté, c'est-à-dire dans le temps tout entier, ou dans le moment où il s'achève ; mais tous les mouvements qui se font dans des parties de la durée totale sont tous imparfaits et diffèrent en espèce, soit du tout, soit les uns des autres. Car, par exemple, la pose des pierres et le travail nécessaire pour les cannelures des colonnes, exigent des mouvements d'espèces différentes, et qui ne sont pas les mêmes que la construction entière du temple ; car son exécution complète est quelque chose de définitif et de parfait, puisqu'il ne faut rien de plus pour le but qu'on s'était proposé. Au con-

III. Τί δέ ἐστι
ἢ ποῖόν τι,
γένοιτο ἂν καταφανέστερον
ἀναλαβοῦσιν
ἀπὸ ἀρχῆς.
Ἡ γὰρ μὲν ὅρασις
κατὰ χρόνον ὁντινοῦν
δοκεῖ εἶναι τελεία
(οὐ γάρ ἐστιν ἐνδεὴς
οὐδενὸς
ὃ γιγνόμενον εἰς ὕστερον
τελειώσει τὸ εἶδος αὐτῆς·
καὶ δὲ ἡ ἡδονὴ
ἔοικεν τοιούτῳ.
Ἔστι γάρ τι ὅλον,
καὶ κατὰ οὐδένα χρόνον
τις λάβοι ἂν ἡδονὴν
ἧς γινομένης
ἐπὶ χρόνον πλείω
τὸ εἶδος τελειωθήσεται.
Διόπερ οὐδέ ἐστι
κίνησις.
Πᾶσα γὰρ κίνησις
ἐν χρόνῳ
καί τινος τέλους,
οἷον ἡ οἰκοδομικὴ
τελεία
ὅταν ποιήσῃ οὗ ἐφίεται,
ἢ δὴ ἐν ἅπαντι χρόνῳ
ἢ τούτῳ·
ἐν δὲ τοῖς μέρεσι τοῦ χρόνου
πᾶσαι ἀτελεῖς,
καὶ ἕτεραι τῷ εἴδει
τῆς ὅλης
καὶ ἀλλήλων.
Ἡ γὰρ σύνθεσις τῶν λίθων
ἑτέρα τῆς ῥαβδώσεως
τοῦ κίονος,
καὶ αὗται
τῆς ποιήσεως τοῦ ναοῦ·
καὶ ἡ μὲν τοῦ ναοῦ
τελεία
(ἐνδεὴς γὰρ οὐδενὸς
πρὸς τὸ προκείμενον),

III. D'ailleurs qu'est *le plaisir*
ou de-quelle-nature,
cela deviendrait plus clair
à *nous* ayant repris *la question*
dès le principe.
Car d'une part la vision [*durée*
à un moment quelconque *de sa*
paraît être complète
(car elle n'est pas ayant-besoin
de rien (de quelque chose)
qui arrivant dans-la-suite
complètera la forme d'elle):
le plaisir aussi d'autre part
ressemble à une chose telle.
Car c'est quelque chose d'entier,
et en aucun moment
on ne ressentirait un plaisir
duquel ayant-lieu [rable
pendant un temps plus considé-
la forme sera complétée. [plus
A-cause-de-quoi il n'est pas non
un mouvement.
Car tout mouvement
a lieu dans un temps *donné*
et *est* de (a pour objet) quelque but,
comme le *mouvement* qui-bâtit
est complet
lorsqu'il a fait ce à quoi il tend,
ou certes dans toute *sa* durée
ou dans ce *moment où il s'achève:*
mais dans les parties du temps
tous les *mouvements sont* incom-
et différents par la forme [plets
du *mouvement* entier
et les-uns-des-autres.
Car l'arrangement des pierres
est différent de la cannelure
de la colonne,
et ces *mouvement sont différents*
de la construction du temple:
et d'une part la *construction* du
est complète [temple
(car elle n'*est* manquant de rien
pour le but *proposé*),

δὲ τῆς κρηπῖδος καὶ τοῦ τριγλύφου[1] ἀτελής (μέρους γὰρ ἑκατέρα). Τῷ εἴδει οὖν διαφέρουσιν, καὶ οὐκ ἔστιν ἐν ὁτῳοῦν χρόνῳ λαβεῖν κίνησιν τελείαν τῷ εἴδει, ἀλλ' εἴπερ, ἐν τῷ ἅπαντι.

Ὁμοίως δὲ καὶ ἐπὶ βαδίσεως καὶ τῶν λοιπῶν. Εἰ γάρ ἐστιν ἡ φορὰ κίνησις πόθεν ποῖ, καὶ ταύτης διαφοραὶ κατ' εἴδη, πτῆσις, βάδισις, ἅλσις καὶ τὰ τοιαῦτα· οὐ μόνον δ' οὕτως, ἀλλὰ καὶ ἐν αὐτῇ τῇ βαδίσει. Τὸ γὰρ πόθεν ποῖ οὐ ταὐτὸν ἐν τῷ σταδίῳ καὶ ἐν τῷ μέρει, καὶ ἐν ἑτέρῳ μέρει καὶ ἑτέρῳ, οὐδὲ τὸ διεξιέναι τὴν γραμμὴν[2] τήνδε κἀκείνην. Οὐ μόνον γὰρ γραμμὴν διαπορεύεται[3], ἀλλὰ καὶ ἐν τόπῳ οὖσαν, ἐν ἑτέρῳ δ' αὕτη ἐκείνης. Δι' ἀκριβείας μὲν οὖν περὶ

traire, les travaux des fondations, ceux de l'exécution des triglyphes, donnent lieu à des mouvements imparfaits; car ils ne sont relatifs qu'à des parties. Ils diffèrent donc tous en espèces; et, dans un temps quel qu'il soit, il ne se trouve pas de mouvement, de forme une et achevée, à moins qu'on ne considère comme tel le mouvement total.

Il en est ainsi de la marche et de tous les autres mouvements. En effet, le transport est un mouvement d'un lieu à un autre, ainsi que les autres espèces dans ce genre, comme le vol, la marche, le saut, et les autres sortes de mouvements de translation. Et non-seulement cela est vrai pour le transport en général; mais cela l'est même pour la marche en particulier. Car, si l'on considère la direction, le mouvement ne sera pas le même dans le stade et dans une partie du stade ou dans telle ou telle autre partie. Il ne sera pas le même pour décrire la première piste et la seconde : car non-seulement on a la piste à parcourir, mais chacune en un lieu qui n'est pas le même que le lieu de l'autre. Mais nous avons traité ailleurs ce sujet avec beaucoup de détail.

ἡ δὲ τῆς κρηπῖδος	d'autre part celle de la base
καὶ τοῦ τριγλύφου	et du triglyphe
ἀτελής	*est* incomplète
(ἑκατέρα γὰρ	(car chacune-des-deux
μέρους).	*est la construction* d'une partie).
Διαφέρουσιν οὖν τῷ εἴδει,	Ils diffèrent donc par la forme,
καὶ οὐκ ἔστιν	et il n'est-possible
ἐν χρόνῳ ὁτῳοῦν	dans un moment quelconque
λαβεῖν κίνησιν	de prendre un mouvement
τελείαν τῷ εἴδει,	complet par la forme,
ἀλλὰ εἴπερ,	mais si-toutefois *on le trouve*,
ἐν τῷ ἅπαντι.	*on le trouve* dans la *durée* totale.
Ὁμοίως δὲ καὶ	D'autre part semblablement aussi
ἐπὶ βαδίσεως	sur la marche
καὶ τῶν λοιπῶν.	et le reste.
Εἰ γὰρ ἡ φορά	Car si le transport
ἐστι κίνησις	est un mouvement
πόθεν ποῖ,	de-quelque-part vers-quelque-part,
καὶ διαφοραὶ	*il y a* aussi des différences
ταύτης	de celui-ci
κατὰ εἴδη,	par-rapport-aux espèces,
πτῆσις, βάδισις, ἅλσις	vol, marche, saut
καὶ τὰ τοιαῦτα·	et les choses telles;
οὐ μόνον δὲ οὕτως,	et non-seulement ainsi,
ἀλλὰ καὶ	mais encore
ἐν τῇ βαδίσει αὐτῇ.	dans la marche même.
Τὸ γὰρ	Car la *manière d'aller*
πόθεν ποῖ	de-quelque-part vers-quelque-part
οὐ τὸ αὐτὸν	n'*est* pas la même
ἐν τῷ σταδίῳ	dans le stade
καὶ ἐν τῷ μέρει,	et dans la partie *du stade*,
καὶ ἐν ἑτέρῳ μέρει	et dans une partie
καὶ ἑτέρῳ·	et *dans* une autre,
οὐδὲ τὸ διεξιέναι τὴν γραμμὴν	ni la *manière de* parcourir la ligne
τήνδε καὶ ἐκείνην.	celle-ci et celle-là.
Οὐ μόνον γὰρ διαπορεύεται	Car non-seulement *on* traverse
γραμμήν,	la ligne,
ἀλλὰ καὶ οὖσαν	mais encore *elle* étant
ἐν τόπῳ,	dans un lieu *déterminé*,
αὕτη δὲ ἐν ἑτέρῳ	et celle-ci *est* dans *un lieu* différent
ἐκείνης.	de celle-là.
Εἴρηται μὲν οὖν	Il a été parlé d'une part donc
διὰ ἀκριβείας	avec exactitude
περὶ κινήσεως	sur le mouvement

κινήσεως ἐν ἄλλοις[1] εἴρηται, ἔοικεν δ' οὐδ' ἐν ἅπαντι χρόνῳ τελεία εἶναι, ἀλλ' αἱ πολλαὶ ἀτελεῖς καὶ διαφέρουσαι τῷ εἴδει, εἴπερ τὸ πόθεν ποῖ εἰδοποιόν. Τῆς ἡδονῆς δ' ἐν ὁτῳοῦν χρόνῳ τέλειον τὸ εἶδος.

Δῆλον οὖν ὡς ἕτεραί τ' ἂν εἶεν ἀλλήλων, καὶ τῶν ὅλων τι καὶ τελείων ἡ ἡδονή. Δόξειε δ' ἂν τοῦτο καὶ ἐκ τοῦ μὴ ἐνδέχεσθαι κινεῖσθαι μὴ ἐν χρόνῳ, ἥδεσθαι δέ[2]· τὸ γὰρ ἐν τῷ νῦν ὅλον τι. Ἐκ τούτων δὲ δῆλον καὶ ὅτι οὐ καλῶς λέγουσιν κίνησιν ἢ γένεσιν εἶναι τῆς ἡδονῆς. Οὐ γὰρ πάντων ταῦτα λέγεται, ἀλλὰ τῶν μεριστῶν καὶ μὴ ὅλων· οὐδὲ γὰρ ὁράσεως ἔστι γένεσις οὐδὲ στιγμῆς οὐδὲ μονάδος, οὐδὲ τούτων οὐθὲν κίνησις οὐδὲ γένεσις· οὐδὲ δὴ ἡδονῆς· ὅλον γάρ τι.

On voit donc que le mouvement n'est jamais complet et parfait même eu égard à sa durée totale, mais que la plupart des mouvements sont imparfaits et d'espèces diverses, si la considération de la direction suffit pour en constituer des espèces différentes. Au contraire, la forme du plaisir est parfaite et complète à quelque moment que ce soit.

Le plaisir et le mouvement sont donc des choses essentiellement différentes l'une de l'autre : le plaisir est du genre de celles qui sont entières et parfaites. C'est ce dont on peut se convaincre, en considérant qu'il n'est pas possible que le mouvement s'exécute sans la condition du temps; au lieu que le plaisir existe indépendamment de cette condition ; car celui qu'on éprouve dans l'instant présent est quelque chose de complet et d'entier. Ce qui prouve aussi que l'on a tort de dire que le plaisir soit mouvement ou génération; car cela ne saurait se dire que des choses qui sont divisibles et qui ne composent point un tout. Ainsi l'on ne peut pas dire de la vision qu'elle soit génération ; on ne peut le dire ni d'un point, ni d'une monade [unité] : car aucune de ces choses n'est ni génération ni mouvement ; on ne peut le dire non plus du plaisir, car il est un tout indivisible.

ἐν ἄλλοις,	dans d'autres *traités*, [raît *pas*
ἔοικε δὲ	d'autre part *le mouvement ne* pa-
εἶναι τελεία	être complet
οὐδὲ ἐν χρόνῳ ἅπαντι,	pas-même dans le temps total,
ἀλλὰ αἱ πολλαὶ	mais la plupart *des mouvements*
ἀτελεῖς	*sont* incomplets
καὶ διαφέρουσαι τῷ εἴδει,	et différents par la forme,
εἴπερ τὸ	si-toutefois la *manière d'aller*
πόθεν ποῖ	de-quelque-part vers quelque-part
εἰδοποιόν.	*est* constituant-une-espèce.
Τὸ δὲ εἶδος τῆς ἡδονῆς	D'autre part la forme du plaisir
τέλειον	*est* parfaite
ἐν χρόνῳ ὁτῳοῦν.	à un moment quelconque.
Δῆλον οὖν	*Il est* donc évident
ὡς εἶέν τε ἂν ἕτεραι	que et ils seraient différents
ἀλλήλων,	l'un-de-l'-autre (le mouvement et le
καὶ ἡ ἡδονή	et *que* le plaisir *est* [plaisir),
τι τῶν ὅλων	une des choses entières
καὶ τελείων.	et parfaites.
Τοῦτο δὲ δόξειεν ἂν	D'ailleurs cela paraîtrait *évident*
καὶ ἐκ τοῦ μὴ ἐνδέχεσθαι	aussi par le n'être-pas-possible
κινηθῆναι	un-mouvement-être-fait
μὴ ἐν χρόνῳ,	sinon dans le temps, [plaisir:
ἥδεσθαι δέ·	mais *être possible* d'éprouver-du
τὸ γὰρ	car ce *qui existe*
ἐν τῷ νῦν	dans le présent
τι ὅλον.	*est* quelque chose d'entier.
Δῆλον δὲ ἐκ τούτων	Or *il est* évident d'après cela
καὶ ὅτι οὐ λέγουσι καλῶς	aussi qu'on ne dit pas bien
κίνησιν ἢ γένεσιν εἶναι	mouvement ou génération être
τῆς ἡδονῆς.	*une partie* du plaisir.
Ταῦτα γὰρ λέγεται	Car ces choses sont dites *être*
οὐ πάντων,	non de toutes choses,
ἀλλὰ τῶν μεριστικῶν	mais des choses divisibles
καὶ μὴ ὅλων.	et non entières.
Οὐδὲ γὰρ γένεσίς ἐστι	Ni en effet génération n'est
ὁράσεως	de la vision
οὐδὲ στιγμῆς	ni d'un point
οὐδὲ μονάδος,	ni d'une monade,
οὐδὲ οὐθὲν τούτων	ni aucune de ces choses *n'est*
κίνησις οὐδὲ γένεσις·	mouvement ni génération; [plaisir:
οὐδὲ δὴ ἡδονῆς·	ni certes *il n'y a génération* du
τὶ γὰρ	car *il est* quelque chose
ὅλον.	d'entier.

IV. Αἰσθήσεως δὲ πάσης πρὸς τὸ αἰσθητὸν ἐνεργούσης, τελείως δὲ τῆς εὖ διακειμένης πρὸς τὸ κάλλιστον τῶν ὑπὸ τὴν αἴσθησιν (τοιοῦτον γὰρ μάλιστ' εἶναι δοκεῖ ἡ τελεία ἐνέργεια· αὐτὴν δὲ λέγειν ἐνεργεῖν, ἢ ἐν ᾧ ἐστίν, μηθὲν διαφερέτω), καθ' ἕκαστον δὲ βελτίστη ἐστὶν ἡ ἐνέργεια τοῦ ἄριστα διακειμένου πρὸς τὸ κράτιστον τῶν ὑφ' αὐτήν· αὕτη δ' ἂν τελειοτάτη εἴη καὶ ἡδίστη. Κατὰ πᾶσαν γὰρ αἴσθησίν ἐστιν ἡδονή, ὁμοίως δὲ καὶ διάνοιαν καὶ θεωρίαν, ἡδίστη δ' ἡ τελειοτάτη, τελειοτάτη δὲ ἡ τοῦ εὖ ἔχοντος πρὸς τὸ σπουδαιότατον τῶν ὑφ' αὐτήν.

Τελειοῖ δὲ τὴν ἐνέργειαν ἡ ἡδονή. Οὐ τὸν αὐτὸν δὲ τρόπον ἥ τε ἡδονὴ τελειοῖ καὶ τὸ αἰσθητόν τε καὶ ἡ αἴσθησις, σπουδαῖα ὄντα, ὥσπερ οὐδ' ἡ ὑγίεια καὶ ὁ ἰατρὸς ὁμοίως αἴτιά ἐστι τοῦ ὑγιαίνειν.

IV. Comme chacun de nos sens agit quand il est en rapport avec l'objet propre à l'affecter, et comme il agit d'une manière parfaite, quand il est bien disposé par rapport au plus beau des objets propres à faire impression sur lui (car c'est là surtout ce qui semble constituer la perfection de l'action, et peu importe qu'on attribue cette action au sens lui-même, ou à l'être qui le possède), on peut conclure de là qu'en chaque genre l'action la plus excellente est celle du sens le mieux disposé par rapport au plus admirable des objets soumis à son action. Elle sera donc aussi la plus parfaite et la plus agréable ; car chacun de nos sens est susceptible d'éprouver du plaisir, et l'on peut en dire autant de nos facultés de réflexion et de contemplation. L'action des sens la plus parfaite est donc la plus agréable, et la plus parfaite est celle du sens le mieux disposé par rapport à ce qu'il y a de plus accompli parmi les objets dont il reçoit les impressions.

Ainsi le plaisir achève l'acte, mais non pas de la même manière que l'objet sensible ou le sens, quand l'un et l'autre sont dans une condition ou situation convenables ; de même que la santé et le médecin ne sont pas des causes qui contribuent en même manière à l'acte de se bien porter.

IV. Πάσης δὲ αἰσθήσεως
ἐνεργούσης
πρὸς τὸ αἰσθητόν,
τῆς δὲ διακειμένης εὖ
πρὸς τὸ κάλλιστον
τῶν ὑπὸ αἴσθησιν
τελείως
(ἡ γὰρ ἐνέργεια τελεία
δοκεῖ εἶναι μάλιστα
τοιοῦτον·
λέγειν δὲ αὐτὴν ἐνεργεῖν
ἢ ἐν ᾧ ἐστίν,
διαφερέτω μηθέν),
κατὰ ἕκαστον δὲ
ἡ ἐνέργεια
τοῦ διακειμένου ἄριστα
πρὸς τὸ κράτιστον
τῶν ὑπὸ αὐτήν
ἐστι βελτίστη·
αὕτη δὲ εἴη ἂν
τελειοτάτη καὶ ἡδίστη.
Κατὰ γὰρ πᾶσαν αἴσθησίν
ἐστιν ἡδονή,
ὁμοίως δὲ καὶ
διάνοιαν
καὶ θεωρίαν,
ἡ δὲ τελειοτάτη
ἡδίστη,
ἡ δὲ τοῦ ἔχοντος εὖ
πρὸς τὸ σπουδαιότατον
τῶν ὑπὸ αὐτήν
τελειοτάτη.
Ἡ δὲ ἡδονὴ
τελειοῖ τὴν ἐνέργειαν.
Ἡ δέ τε ἡδονὴ οὐ τελειοῖ
τὸν αὐτὸν τρόπον
καὶ τὸ αἰσθητόν τε
καὶ ἡ αἴσθησις,
ὄντα σπουδαῖα,
ὥσπερ οὐδὲ ἡ ὑγίεια
καὶ ὁ ἰατρὸς
ἐστιν αἴτια
ὁμοίως
τοῦ ὑγιαίνειν.

IV. Or tout sens
agissant
en-présence-de l'*objet* senti,
et celui qui est disposé bien
pour le plus bel *objet*
de ceux *tombant* sous le sens
agissant parfaitement
(car l'acte parfait
paraît être surtout
une chose telle;
et dire lui (le sens) agir
ou *l'être* dans lequel il est *placé*,
que *cela* ne diffère en rien),
en chaque *genre* certes
l'acte
de l'*être* disposé le mieux
pour le plus excellent
des *objets* tombant sous lui-même
est le meilleur;
et cet *acte* serait
le plus parfait et le plus agréable.
Car dans tout sens
est un plaisir,
et semblablement aussi
dans la réflexion
et la contemplation,
et l'*acte* le plus parfait
est le plus agréable,
et l'*acte* de celui étant-disposé bien
pour l'*objet* le mieux-fait
de ceux tombant sous lui-même
est le plus parfait.
Dailleurs le plaisir
complète l'acte.
Mais et le plaisir ne *le* complète pas
de la même manière
que et l'*objet* senti
et le sens,
quand-ils sont bons,
comme ni la santé
et (ni) le médecin
n'est (ne sont) causes
semblablement
du se-bien-porter.

Καθ' ἑκάστην δ' αἴσθησιν ὅτι γίνεται ἡδονή, δῆλον· φαμὲν γὰρ ὁράματα καὶ ἀκούσματα εἶναι ἡδέα. Δῆλον δὲ καὶ ὅτι μάλιστα, ἐπειδὰν ἥ τε αἴσθησις ᾖ κρατίστη καὶ πρὸς τοιοῦτον ἐνεργῇ· τοιούτων δ' ὄντων τοῦ τε αἰσθητοῦ καὶ τοῦ αἰσθανομένου, ἀεὶ ἔσται ἡδονὴ ὑπάρχοντός γε τοῦ ποιήσοντος καὶ τοῦ πεισομένου.

Τελειοῖ δὲ τὴν ἐνέργειαν ἡ ἡδονὴ οὐχ ὡς ἕξις ἐνυπάρχουσα, ἀλλ' ὡς ἐπιγινόμενόν τι τέλος οἷον τοῖς ἀκμαίοις ἡ ὥρα· ἕως ἂν οὖν τό τε νοητὸν ἢ αἰσθητὸν ᾖ οἷον δεῖ καὶ τὸ κρῖνον ἢ θεωροῦν, ἔσται ἐν τῇ ἐνεργείᾳ ἡ ἡδονή· ὁμοίων γὰρ ὄντων καὶ πρὸς ἄλληλα τὸν αὐτὸν τρόπον ἐχόντων τοῦ τε παθητικοῦ καὶ τοῦ ποιητικοῦ ταὐτὸ πέφυκε γίνεσθαι.

Πῶς οὖν οὐδεὶς συνεχῶς ἥδεται; ἢ κάμνει; πάντα

Au reste, il est évident que le plaisir nous arrive par tous les sens, puisque nous appelons agréables certaines sensations de la vue et de l'ouïe; et il n'est pas moins évident qu'il sera d'autant plus vif que la sensation elle-même aura plus de perfection, et qu'elle sera excitée par un objet plus parfait: et tant que l'objet sensible et l'être capable de sentir seront dans une telle condition, le plaisir ne saurait manquer de naître, puisque la cause propre à le produire et l'être capable de l'éprouver seront en présence.

Cependant, le plaisir n'achève pas l'acte comme une qualité qui y serait inhérente, mais comme une fin, un complément qui survient [s'il le faut ainsi dire] comme la beauté chez ceux qui sont dans la fleur de l'âge: et tant que l'objet des sens ou celui de l'intelligence d'une part, et de l'autre la faculté de juger, ou la faculté de contemplation, seront ce qu'ils doivent être, l'acte sera une source de plaisirs. Car l'être destiné à recevoir l'impression et l'objet destiné à la produire étant semblables, et disposés de la même manière à l'égard l'un de l'autre, il en doit naturellement résulter le même effet.

Comment donc n'y a-t-il personne qui jouisse ou qui souffre

Δῆλον δὲ ὅτι
ἡδονὴ γίνεται
κατὰ ἑκάστην αἴσθησιν·
φαμὲν γὰρ ὁράματα
καὶ ἀκούσματα
εἶναι ἡδέα.
Δῆλον δὲ καὶ
ὅτι μάλιστα,
ἐπειδὰν ἥ τε αἴσθησις
ᾖ κρατίστη,
καὶ ἐνεργῇ
πρὸς τοιοῦτον·
τοῦ δέ τε αἰσθητοῦ
καὶ τοῦ αἰσθανομένου
ὄντων τοιούτων,
ἡδονὴ ἔσται ἀεί,
τοῦ ποιήσοντος
καὶ τοῦ πεισομένου
ὑπάρχοντός γε.
Ἡ δὲ ἡδονὴ
τελειοῖ τὴν ἐνέργειαν
οὐχ ὡς ἕξις
ἐνυπάρχουσα,
ἀλλὰ ὥς τι τέλος ἐπιγινόμενον.
οἷον ἡ ὥρα
τοῖς ἀκμαίοις·
ἕως οὖν τό τε νοητὸν
καὶ τὸ αἰσθητὸν
ᾖ ἂν οἷον δεῖ
καὶ τὸ κρῖνον
ἢ θεωροῦν,
ἡ ἡδονὴ ἔσται
ἐν τῇ ἐνεργείᾳ·
τοῦ γάρ τε παθητικοῦ
καὶ τοῦ ποιητικοῦ
ὄντων ὁμοίων
καὶ ἐχόντων
τὸν αὐτὸν τρόπον
πρὸς ἄλληλα,
τὸ αὐτὸ πέφυκε
γίνεσθαι.
Πῶς οὖν οὐδεὶς
ἥδεται συνεχῶς;
ἢ κάμνει;

D'ailleurs *il est* évident que
le plaisir arrive
par chaque sens;
car nous disons des visions
et des auditions
être agréables.
D'ailleurs *il est* évident aussi
qu'*elles sont* le plus *agréables*.
quand et le sens
est le meilleur,
et qu'il agit [leur);
en-présence-d'un *objet* tel (le meil-
or et l'*objet* senti
et l'*être* sentant
étant tels (les meilleurs),
le plaisir sera toujours,
la *cause* devant *le* produire
et l'*être* devant *l*'éprouver
existant du-moins.
D'ailleurs le plaisir
complète l'acte
non comme une qualité
existant-en *lui*,
mais comme une fin s'-ajoutant,
comme la beauté *s'ajoute*
à ceux étant-dans-la-fleur-de l'-âge
tant que donc et l'*objet* médité
et l'*objet* senti
sera tel (seront tels) qu'il faut
et (ainsi que) la *faculté* jugeant
ou contemplant,
le plaisir sera
dans l'acte;
car et l'*être* sensible [tion
et l'*objet* producteur *de la sensa-*
étant semblables
et étant-disposés
de la même manière
à l'égard l'un-de-l'-autre,
le même *effet* doit-naturellement
arriver.
Comment donc nul
ne jouit-il continuellement?
ou *ne* souffre-t-il *continuellement?*

γὰρ τὰ ἀνθρώπεια ἀδυνατεῖ συνεχῶς ἐνεργεῖν. Οὐ γίνεται οὖν οὐδ' ἡδονή· ἕπεται γὰρ τῇ ἐνεργείᾳ[1]. Ἔνια δὲ τέρπει καινὰ ὄντα, ὕστερον δὲ οὐχ ὁμοίως διὰ ταὐτό[2]· τὸ μὲν γὰρ πρῶτον παρακέκληται ἡ διάνοια καὶ διατεταμένως περὶ αὐτὰ ἐνεργεῖ, ὥσπερ κατὰ τὴν ὄψιν οἱ ἐμβλέποντες, μετέπειτα δὲ οὐ τοιαύτη ἡ ἐνέργεια ἀλλὰ παρημελημένη· διὸ καὶ ἡ ἡδονὴ ἀμαυροῦται.

Ὀρέγεσθαι δὲ τῆς ἡδονῆς οἰηθείη τις ἂν ἅπαντας, ὅτι καὶ τοῦ ζῆν ἅπαντες ἐφίενται· ἡ δὲ ζωὴ ἐνέργειά τίς ἐστιν, καὶ ἕκαστος περὶ ταῦτα καὶ τούτοις ἐνεργεῖ ἃ καὶ μάλιστ' ἀγαπᾷ, οἷον ὁ μὲν μουσικὸς τῇ ἀκοῇ περὶ τὰ μέλη, ὁ δὲ φιλομαθὴς τῇ διανοίᾳ περὶ τὰ θεωρήματα, οὕτω δὲ καὶ τῶν λοιπῶν ἕκαστος. Ἡ δ' ἡδονὴ τελειοῖ τὰς ἐνεργείας, καὶ τὸ ζῆν δή, οὗ ὀρέγονται.

constamment ? C'est que tout ce qui tient à l'humanité ne saurait être dans un état d'activité continuelle. Il n'y a donc point de plaisir continuel : car le plaisir suit l'action ; certains objets nous plaisent, quand ils sont nouveaux ; mais ensuite ils ne nous plaisent plus autant, par la même cause. En effet, d'abord l'esprit s'y arrête, et y applique avec ardeur toute son activité, comme on applique sa vue quand on regarde avec attention : bientôt il n'y a plus une aussi grande énergie d'action : mais on se relâche, et le plaisir a aussi moins de vivacité.

On pourrait croire que tous les hommes désirent le plaisir, parce que tous aiment la vie ; car elle est une sorte d'acte, et chacun exerce les facultés qu'il préfère sur les objets qui le charment le plus : le musicien exerce son oreille aux chants et à la mélodie, l'homme avide de savoir exerce son esprit aux plus hautes connaissances, et ainsi du reste. Ainsi le plaisir achève les actes et achève aussi la vie, dont tous les hommes sont avides.

πάντα γὰρ τὰ ἀνθρώπεια	car (c'est que) toutes les choses hu
ἀδυνατεῖ	sont-incapables [maines
ἐνεργεῖν συνεχῶς.	d'agir continuellement.
Οὐδὲ οὖν ἡδονὴ	Ni donc le plaisir
οὐ γίνεται·	n'est *continuel;*
ἕπεται γὰρ τῇ ἐνεργείᾳ.	car il suit l'acte.
Ἔνια δὲ	D'autre part quelques *objets*
τέρπει,	plaisent
ὄντα καινά,	étant nouveaux,
ὕστερον δὲ	et dans-la-suite
οὐχ ὁμοίως	non-semblablement
διὰ τὸ αὐτό·	pour la même *raison:*
τὸ μὲν γὰρ πρῶτον	car d'une part d'abord
ἡ διάνοια	la pensée
παρακέκληται	a été appelée *sur ces objets*
καὶ ἐνεργεῖ περὶ αὐτὰ	et agit relativement à eux
διατεταμένως,	avec-effort,
ὥσπερ κατὰ τὴν ὄψιν	comme pour la vue
οἱ ἐμβλέποντες,	ceux qui regardent,
μετέπειτα δὲ ἡ ἐνέργεια	mais ensuite l'action
οὐ τοιαύτη	n'*est* pas telle,
ἀλλὰ παρημελημένη·	mais négligée;
διὸ καὶ ἡ ἡδονὴ	à-cause-de-quoi aussi le plaisir
ἀμαυροῦται.	est obscurci (affaibli).
Τὶς δὲ οἰηθείη ἂν	D'autre part on croirait
πάντας ὀρέγεσθαι τῆς ἡδονῆς,	tous souhaiter le plaisir,
ὅτι ἅπαντες ἐφίενται	attendu-que tous désirent
καὶ τοῦ ζῆν·	aussi le vivre;
ἡ δὲ ζωή ἐστιν ἐνέργειά τις,	or la vie est un acte,
καὶ ἕκαστος ἐναργεῖ	et chacun agit
περὶ ταῦτα	sur ces choses
καὶ τούτοις	et par ces choses
ἃ ἀγαπᾷ καὶ μάλιστα,	qu'il aime aussi le plus,
οἷον ὁ μὲν μουσικὸς	comme d'une part le musicien
τῇ ἀκοῇ	par l'audition
περὶ τὰ μέλη,	relativement aux mélodies,
ὁ δὲ φιλομαθὴς	d'autre part l'*homme* avide-de-
τῇ διανοίᾳ	par la réflexion [s'instruire
περὶ τὰ θεωρήματα,	relativement aux-sujets-d'-étude,
οὕτω δὲ ἕκαστος τῶν λοιπῶν.	et chacun ainsi des autres.
Ἡ δὲ ἡδονὴ	Or le plaisir
τελειοῖ τὰς ἐνεργείας,	complète les actes,
καὶ τὸ ζῆν δή,	et le vivre donc,
οὗ ὀρέγονται.	dont on est-avide.

Εὐλόγως οὖν καὶ τῆς ἡδονῆς ἐφίενται· τελειοῖ γὰρ ἑκάστῳ τὸ ζῆν, αἱρετὸν ὄν.

Πότερον δὲ διὰ τὴν ἡδονὴν τὸ ζῆν αἱρούμεθα ἢ διὰ τὸ ζῆν τὴν ἡδονήν, ἀφείσθω ἐν τῷ παρόντι. Συνεζεῦχθαι μὲν γὰρ ταῦτα φαίνεται καὶ χωρισμὸν οὐ δέχεσθαι· ἄνευ τε γὰρ ἐνεργείας οὐ γίνεται ἡδονή, πᾶσάν τε ἐνέργειαν τελειοῖ ἡ ἡδονή.

V. Ὅθεν δοκοῦσιν[1] καὶ τῷ εἴδει διαφέρειν. Τὰ γὰρ ἕτερα τῷ εἴδει ὑφ' ἑτέρων οἰόμεθα τελειοῦσθαι. Οὕτω γὰρ φαίνεται καὶ τὰ φυσικὰ καὶ τὰ ὑπὸ τέχνης, οἷον ζῷα καὶ δένδρα καὶ γραφὴ καὶ ἀγάλματα καὶ οἰκία καὶ σκεῦος. Ὁμοίως δὲ καὶ τὰς ἐνεργείας τὰς διαφερούσας τῷ εἴδει ὑπὸ διαφερόντων τῷ εἴδει τελειοῦσθαι[2].

Διαφέρουσιν δ' αἱ τῆς διανοίας τῶν κατὰ τὰς αἰσθήσεις καὶ αὗται ἀλλήλων κατ' εἶδος· καὶ αἱ τελειοῦσαι

C'est donc avec raison qu'ils sont aussi avides du plaisir; car c'est lui qui, pour chacun, achève la vie, en elle-même si désirable.

Mais est-ce le plaisir qui fait aimer la vie, ou la vie qui fait aimer le plaisir? Nous n'examinerons point cette question, quant à présent; car ces deux choses semblent unies par un lien indissoluble, puisqu'il n'y a point de plaisir sans action, et que c'est le plaisir qui donne à tous nos actes leur achèvement.

V. C'est pour cela qu'il semble y avoir différentes espèces de plaisirs, parce que nous croyons que les actes d'espèces diverses ne peuvent être achevés que par des compléments différents, ainsi qu'on le voit dans les objets de la nature et dans ceux de l'art, comme animaux, arbres, tableaux, statues, palais, vases ou meubles. De même, il semble que les diverses espèces d'actions ne peuvent être achevées que par des compléments d'espèce différente.

Or, les actes de l'intelligence diffèrent de ceux des sens, et dans chaque genre ils diffèrent d'espèce, les uns à l'égard des autres, et, par conséquent aussi, les plaisirs qui les achèvent.

Ἐφίενται οὖν εὐλόγως	On recherche donc avec-raison
καὶ τῆς ἡδονῆς·	aussi le plaisir;
τελειοῖ γὰρ ἑκάστῳ	car il complète pour chacun
τὸ ζῆν,	le vivre,
ὂν αἱρετόν.	étant *un bien* désirable.
Πότερον δὲ αἱρούμεθα	Mais est-ce-que nous désirons
τὸ ζῆν	le vivre
διὰ τὴν ἡδονήν,	à-cause-du plaisir,
ἢ τὴν ἡδονὴν	ou le plaisir
διὰ τὸ ζῆν,	à-cause-du vivre, [sent.
ἀφείσθω ἐν τῷ παρόντι.	que *cela* ait été laissé dans le pré-
Ταῦτα μὲν γὰρ	Car ces choses certes
φαίνεται συνεζεῦχθαι	sont-évidentes avoir été unies
καὶ οὐ δέχεσθαι χωρισμόν·	et ne pas admettre de séparation;
ἄνευ τε γὰρ ἐνεργείας	car et sans acte
οὐ γίνεται ἡδονή,	il n'est pas de plaisir,
ἥ τε ἡδονὴ τελειοῖ	et le plaisir complète
πᾶσαν ἐνέργειαν.	tout acte.
V. Ὅθεν	V. D'où *il suit que les plaisirs*
δοκοῦσιν	paraissent
διαφέρειν καὶ τῷ εἴδει.	différer aussi par l'espèce.
Οἰόμεθα γὰρ	Car nous croyons
τὰ ἕτερα τῷ εἴδει	les choses différentes par l'espèce
τελειοῦσθαι	être complétées
ὑπὸ ἑτέρων.	par des choses différentes *d'espèce.*
Οὕτω γὰρ φαίνεται	Car ainsi sont-manifestement
καὶ τὰ φυσικὰ	et les *objets* naturels
καὶ τὰ ὑπὸ τέχνης,	et ceux *provenant* de l'art,
οἷον ζῷα καὶ δένδρα	comme animaux et arbres
καὶ γραφὴ καὶ ἀγάλματα	et peinture et statues
καὶ οἰκία καὶ σκεῦος.	et maison et meuble.
Ὁμοίως δὲ καὶ	Et semblablement aussi
τὰς ἐνεργείας	les actes
τὰς διαφερούσας τῷ εἴδει	ceux différant par l'espèce
τελειοῦσθαι	être complétés
ὑπὸ διαφερόντων	par des choses différant
τῷ εἴδει.	par l'espèce.
Αἱ δὲ τῆς διανοίας	Or les *actes* de l'intelligence
διαφέρουσιν	diffèrent
τῶν κατὰ αἰσθήσεις,	de ceux selon les sens,
καὶ αὗται ἀλλήλων	et ceux-là les-uns-des-autres
κατὰ εἶδος·	par l'espèce;
καὶ δὴ αἱ ἡδοναὶ	et (ainsi que) certes les plaisirs
τελειοῦσαι.	qui *les* complètent.

δὴ ἡδοναί. Φανείη δ' ἂν τοῦτο καὶ ἐκ τοῦ συνῳκειῶσθαι τῶν ἡδονῶν ἑκάστην τῇ ἐνεργείᾳ ἣν τελειοῖ. Συναύξει γὰρ τὴν ἐνέργειαν ἡ οἰκεία ἡδονή. Μᾶλλον γὰρ ἕκαστα κρίνουσιν καὶ ἐξακριβοῦσιν οἱ μεθ' ἡδονῆς ἐνεργοῦντες, οἷον γεωμετρικοὶ γίνονται οἱ χαίροντες τῷ γεωμετρεῖν, καὶ κατανοοῦσιν ἕκαστα μᾶλλον, ὁμοίως δὲ καὶ οἱ φιλόμουσοι καὶ φιλοικοδόμοι καὶ τῶν ἄλλων ἕκαστοι ἐπιδιδόασιν εἰς τὸ οἰκεῖον ἔργον χαίροντες αὐτῷ. Συναύξουσιν δὴ αἱ ἡδοναί, τὰ δὲ συναύξοντα οἰκεῖα. Τοῖς ἑτέροις δὲ τῷ εἴδει καὶ τὰ οἰκεῖα ἕτερα τῷ εἴδει.

Ἔτι δὲ μᾶλλον τοῦτ' ἂν φανείη ἐκ τοῦ τὰς ἀφ' ἑτέρων ἡδονὰς ἐμποδίους ταῖς ἐνεργείαις εἶναι· οἱ γὰρ φίλαυλοι ἀδυνατοῦσιν τοῖς λόγοις προσέχειν, ἐὰν κατακούσωσιν αὐλοῦντος, μᾶλλον χαίροντες αὐλητικῇ τῆς

C'est ce qu'on peut voir par l'union intime qui existe entre les divers plaisirs et chacun des actes à l'achèvement desquels ils contribuent, puisque le plaisir propre qui se joint à un acte lui donne un nouveau degré d'énergie. Car on juge mieux des choses, et on les exécute avec plus de précision et de succès, quand on y trouve du plaisir. Ainsi, ceux qui trouvent du plaisir à l'étude de la géométrie, deviennent géomètres; ils saisissent et comprennent mieux les détails d'une démonstration. Il en est de même de ceux qui aiment la poésie, l'architecture, ou tout autre genre de travaux et d'occupations; chacun d'eux fait des progrès, ou obtient des succès, dans le genre auquel il s'applique, parce qu'il y trouve du plaisir. Ainsi, le plaisir fortifie l'acte; or, les choses qui se fortifient mutuellement ont entre elles une union naturelle, et si les unes diffèrent d'espèce, les autres en différeront également.

Ceci paraîtra plus évident encore par la difficulté qu'on trouve à exécuter les actes d'une espèce, quand on est vivement touché des plaisirs d'une espèce différente. Car ceux qui aiment à entendre jouer de la flûte ne peuvent être attentifs à la conversation, pendant que quelqu'un joue de cet instrument, prenant plus de plaisir à ce dernier genre d'action qu'à celle qu'ils font actuel-

Τοῦτο δὲ φανείη ἂν	Or cela serait-manifeste
καὶ ἐκ τοῦ	aussi de ceci
ἑκάστην τῶν ἡδονῶν	chacun des plaisirs
συνῳκειῶσθαι τῇ ἐνεργείᾳ,	être approprié à l'acte
ἣν τελειοῖ.	qu'il complète.
Ἡ γὰρ ἡδονὴ οἰκεία	Car le plaisir *qui lui est* propre
συναύξει τὴν ἐνέργειαν.	augmente-en-même-temps l'acte.
Οἱ γὰρ ἐνεργοῦντες μετὰ ἡδονῆς	Car ceux agissant avec plaisir
κρίνουσιν	jugent
καὶ ἐξακριβοῦσιν ἕκαστα	et font-exactement chaque chose
μᾶλλον,	davantage (mieux).
οἷον οἱ χαίροντες	comme ceux se-plaisant
τῷ γεωμετρεῖν	à faire-de-la-géométrie
γίνονται γεωμετρικοί,	deviennent géomètres,
καὶ κατανοοῦσιν ἕκαστα	et comprennent chaque chose
μᾶλλον,	davantage,
ὁμοίως δὲ καὶ	et semblablement aussi
οἱ φιλόμουσοι	les amis-des-muses
καὶ οἱ φιλοικοδόμοι	et les amateurs-d'-architecture
καὶ ἕκαστοι τῶν ἄλλων	et chacun des autres
ἐπιδιδόασιν	font-des-progrès
εἰς τὸ ἔργον οἰκεῖον	dans l'œuvre *qui leur est* propre
χαίροντες αὐτῷ.	se-plaisant (quand ils se plaisent) [à elle.
Αἱ δὴ ἡδοναὶ	Donc les plaisirs
συναύξουσιν,	augmentent-en-même-temps l'*acte*,
τὰ δὲ συναύξοντα	et les choses qui *en* augmentent
οἰκεῖα.	*lui sont* propres. [*une autre*
Τοῖς δὲ ἑτέροις	D'autre part aux choses différentes
τῷ εἴδει	par l'espèce
τὰ οἰκεῖα	les choses *qui sont* propres
καὶ ἕτερα τῷ εἴδει.	*sont* aussi différentes par l'espèce.
Τοῦτο δὲ φανείη ἂν	Or cela serait-manifeste
ἔτι μᾶλλον	encore davantage
ἐκ τοῦ	de ceci [rents
τὰς ἡδονὰς ἀπὸ ἑτέρων	les plaisirs *venant* d'*objets* diffé-
εἶναι ἐμποδίους	être des obstacles
ταῖς ἐνεργείαις·	aux actes;
οἱ γὰρ φίλαυλοι	car les amateurs-de-flûte
ἀδυνατοῦσι	sont-incapables
προσέχειν τοῖς λόγοις,	d'être-attentifs aux discours,
ἐὰν κατακούσωσιν	s'ils entendent *quelqu'un*
αὐλοῦντος,	jouant-de-la-flûte,
χαίροντες μᾶλλον	se réjouissant plus
τῇ αὐλητικῇ	de l'*art*-de-jouer-de-la-flûte

παρούσης ἐνεργείας[1]· ἡ κατὰ τὴν αὐλητικὴν οὖν ἡδονὴ τὴν περὶ τὸν λόγον ἐνέργειαν φθείρει.

Ὁμοίως δὲ τοῦτο καὶ ἐπὶ τῶν ἄλλων συμβαίνει, ὅταν ἅμα περὶ δύο ἐνεργῇ[2]· ἡ γὰρ ἡδίων[3] τὴν ἑτέραν ἐκκρούει, κἂν πολὺ διαφέρῃ κατὰ τὴν ἡδονήν, μᾶλλον, ὥστε μηδ' ἐνεργεῖν κατὰ τὴν ἑτέραν. Διὸ χαίροντες ὁτῳοῦν σφόδρα οὐ πάνυ δρῶμεν ἕτερον, καὶ ἄλλα ποιοῦμεν ἄλλοις ἠρέμα ἀρεσκόμενοι, οἷον καὶ ἐν τοῖς θεάτροις οἱ τραγηματίζοντες, ὅταν φαῦλοι οἱ ἀγωνιζόμενοι ὦσιν, τότε μάλιστ' αὐτὸ δρῶσιν.

Ἐπεὶ δ' ἡ μὲν οἰκεία ἡδονὴ ἐξακριβοῖ τὰς ἐνεργείας καὶ χρονιωτέρας καὶ βελτίους ποιεῖ, αἱ δ' ἀλλότριαι λυμαίνονται, δῆλον ὡς πολὺ διεστᾶσιν· σχεδὸν γὰρ αἱ ἀλλότριαι ἡδοναὶ ποιοῦσιν ὅπερ αἱ οἰκεῖαι λῦπαι· φθείρουσι γὰρ τὰς ἐνεργείας αἱ οἰκεῖαι λῦπαι, οἷον εἴ

lement. Le plaisir que leur donne l'art du joueur de flûte détruit donc, pour ainsi dire, en eux l'action de la conversation.

La même chose a lieu, dans d'autres circonstances, lorsqu'on s'occupe de deux choses à la fois : car celle qui plaît davantage détourne notre attention de l'autre, et cela d'autant plus que le plaisir que nous donne la première est plus grand : de sorte que nous sommes tout à fait inertes, s'il le faut ainsi dire, par rapport à l'autre. Voilà pourquoi, quand une chose nous cause un plaisir très vif, nous ne pouvons nous décider à en faire une autre; et quand nous ne sommes que médiocrement intéressés par certains objets, nous faisons volontiers autre chose, comme il arrive à ceux qui ont coutume de manger des friandises dans le théâtre; car ils prennent, pour cela, le moment où la scène est occupée par de mauvais acteurs.

Puis donc que le plaisir propre à certains actes leur donne de la précision, les rend plus parfaits et plus durables, tandis que les plaisirs qui y sont étrangers les rendent, au contraire, plus imparfaits, il est évident qu'ils diffèrent beaucoup les uns des autres; car les plaisirs étrangers à la nature des actes font presque le même effet que des peines qui seraient propres à ces mêmes actes, et dont l'effet est également de les détruire. Par exemple.

τῆς ἐνεργείας παρούσης·
ἡ οὖν ἡδονὴ
κατὰ τὴν αὐλητικὴν
φθείρει τὴν ἐνέργειαν
περὶ τὸν λόγον.
'Ομοίως δὲ τοῦτο
συμβαίνει καὶ ἐπὶ τῶν ἄλλων,
ὅταν ἐνεργῇ ἅμα
περὶ δύο·
ἡ γὰρ ἡδίων
ἐκκρούει τὴν ἑτέραν,
καὶ μᾶλλον,
ἂν διαφέρῃ πολὺ
κατὰ τὴν ἡδονήν,
ὥστε μηδὲ ἐνεργεῖν
κατὰ τὴν ἑτέραν.
Διὸ
χαίροντες σφόδρα
ὁτῳοῦν
οὐ πάνυ δρῶμεν ἕτερον,
καὶ ἀρεσκόμενοι ἠρέμα
ἄλλοις
ποιοῦμεν ἄλλα,
οἷον καὶ ἐν τοῖς θεάτροις
οἱ τραγηματίζοντες
δρῶσιν μαλιστα αὐτὸ
τότε ὅταν οἱ ἀγωνιζόμενοι
ὦσιν φαῦλοι.
'Επεὶ δὲ
ἡ μὲν ἡδονὴ
οἰκεία
ἐξακριβοῖ τὰς ἐνεργείας
καὶ ποιεῖ χρονιωτέρας
καὶ βελτίους,
αἱ δὲ ἀλλότριαι
λυμαίνονται,
δῆλον ὡς
διεστᾶσιν πολύ·
αἱ γὰρ ἡδοναὶ ἀλλότριαι
ποιοῦσι σχεδὸν
ὅπερ
αἱ λῦπαι οἰκεῖαι·
αἱ γὰρ λῦπαι οἰκεῖαι
φθείρουσι τὰς ἐνεργείας,

que de l'acte présent;
donc le plaisir
relativement à-l'*art*-de-jouer-de-la-flûte
détruit l'acte
par-rapport au discours.
Et semblablement cela
arrive aussi pour les autres choses,
lorsqu'*on* s'-occupe en-même temps
de deux choses;
car l'*acte* plus agréable
chasse l'autre,
et davantage,
s'il diffère beaucoup
par le plaisir,
au-point-de ne-plus-même agir
par-rapport à l'autre.
A-cause-de-quoi
nous-réjouissant fortement
de-quoi-que-ce soit
nous ne faisons guère autre chose.
et nous-plaisant médiocrement
à d'autres (à de certaines) choses
nous *en* faisons d'autres,
comme aussi dans les théâtres
ceux qui mangent-des-pâtisseries
font surtout cela
alors que ceux qui jouent
sont mauvais.
Or puisque
d'une part le plaisir
qui leur est propre
rend-précis les actes
et *les* fait plus durables
et meilleurs,
que d'autre part les *plaisirs* étrangers
les gâtent,
il est évident que
ils diffèrent beaucoup;
car les plaisirs étrangers
font à-peu-près
ce que *font*
les peines *qui leur sont* propres;
car les peines *qui leur sont* propres
gâtent les actes,

τῳ τὸ γράφειν ἀηδὲς καὶ ἐπίλυπον ἢ τὸ λογίζεσθαι· ὃ μὲν γὰρ οὐ γράφει, ὃ δ' οὐ λογίζεται, λυπηρᾶς οὔσης τῆς ἐνεργείας. Συμβαίνει δὴ περὶ τὰς ἐνεργείας τὸ ἐναντίον ἀπὸ τῶν οἰκείων ἡδονῶν τε καὶ λυπῶν· οἰκεῖαι δ' εἰσὶν αἱ ἐπὶ τῇ ἐνεργείᾳ καθ' αὑτὴν γινόμεναι. Αἱ δ' ἀλλότριαι ἡδοναὶ εἴρηται ὅτι παραπλήσιόν τι τῇ λύπῃ ποιοῦσιν· φθείρουσι γάρ, πλὴν οὐχ ὁμοίως.

Διαφερουσῶν δὲ τῶν ἐνεργειῶν ἐπιεικείᾳ καὶ φαυλότητι, καὶ τῶν μὲν αἱρετῶν οὐσῶν τῶν δὲ φευκτῶν τῶν δ' οὐδετέρων, ὁμοίως ἔχουσιν καὶ αἱ ἡδοναί· καθ' ἑκάστην γὰρ ἐνέργειαν οἰκεία ἡδονή ἐστιν. Ἡ μὲν οὖν τῇ σπουδαίᾳ οἰκεία ἐπιεικής, ἡ δὲ τῇ φαύλῃ μοχθηρά· καὶ γὰρ αἱ ἐπιθυμίαι τῶν μὲν καλῶν ἐπαινεταί, τῶν

si un homme trouve de la peine à écrire, et un autre à suivre un calcul, ou si cette occupation leur est désagréable, l'un ne voudra pas écrire, ni l'autre calculer, parce que ces actions leur sont pénibles. Les plaisirs et les peines propres à une nature d'actions ont donc, pour ces actions, des résultats tout à fait opposés. Or, j'appelle propres les plaisirs ou les peines qui résultent immédiatement et nécessairement des actes eux-mêmes : mais les plaisirs étrangers à la nature des actes produisent, comme je viens de le dire, à peu près le même effet que la peine ; car ils détériorent ces actes, mais non pas de la même manière que la peine proprement dite.

Mais, puisque les actions diffèrent, selon qu'elles sont bonnes ou mauvaises, et puisqu'il faut préférer les unes et fuir les autres, tandis qu'il y en a qui sont indifférentes, il en doit être de même des plaisirs, car il y a un plaisir propre à chaque action ; et, par conséquent, celui qui est propre à une action vertueuse est un plaisir vertueux, et celui qui est propre à une mauvaise action est vicieux. En effet, le désir de ce qui est honnête est toujours

οἷον εἰ τὸ γράφειν	comme si le écrire
ἢ τὸ λογίζεσθαι	ou le calculer
ἀηδὲς	*est* désagréable
καὶ ἐπίλυπόν τῳ·	et pénible à quelqu'un :
ὁ μὲν γὰρ οὐ γράφει,	car l'un n'écrit pas,
ὁ δὲ οὐ λογίζεται,	l'autre ne calcule pas,
τῆς ἐνεργείας οὔσης λυπηρᾶς.	l'acte *leur* étant pénible.
Τὸ ἐναντίον δὴ	Le contraire donc
συμβαίνει	arrive
περὶ τὰς ἐνεργείας	relativement aux actes
ἀπὸ τῶν ἡδονῶν τε καὶ λυπῶν	des et plaisirs et peines
οἰκείων·	*qui leur sont* propres;
οἰκεῖαι δέ εἰσιν	or propres sont [sent
αἱ γινόμεναι	les *plaisirs et les peines* qui nais-
ἐπὶ τῇ ἐνεργείᾳ	à-propos-de l'acte
κατὰ αὐτήν.	en lui-même.
Εἴρηται δὲ	D'autre part il a été dit
ὅτι αἱ ἡδοναὶ ἀλλότριαι	que les plaisirs étrangers
ποιοῦσί τι	font quelque chose
παραπλήσιον	d'analogue
τῇ λύπῃ·	à la peine;
φθείρουσι γάρ,	car ils détruisent *les actes*,
πλὴν οὐχ ὁμοίως.	mais non de-la-même-manière.
Τῶν δὲ ἐνεργειῶν διαφερουσῶν	Or les actes différant
ἐπιεικείᾳ τε	et par la convenance
καὶ φαυλότητι,	et par la-mauvaise-qualité,
καὶ τῶν μὲν οὐσῶν αἱρετῶν,	et les uns étant préférables,
τῶν δὲ φυκτῶν,	les autres *étant* à-fuir,
τῶν δὲ	*et* les autres
οὐδετέρων,	*n'étant* ni-l'un-ni-l'autre,
καὶ αἱ ἡδοναὶ	les plaisirs aussi
ἔχουσιν ὁμοίως·	sont semblablement (semblables);
ἡδονὴ γὰρ οἰκεία	car un plaisir propre
ἐστὶν	est
κατὰ ἑκάστην ἐνέργειαν.	dans chaque acte.
Ἡ μὲν οὖν οἰκεία	D'une part donc le *plaisir* propre
τῇ σπουδαίᾳ	à l'*acte* vertueux
ἐπιεικής,	*est* convenable,
ἡ δὲ	d'autre part le *plaisir propre*
τῇ φαύλῃ	à *l'acte* mauvais
μοχθηρά·	*est* vicieux;
καὶ γὰρ αἱ ἐπιθυμίαι	et en-effet les désirs
τῶν μὲν καλῶν	des choses belles d'une part
ἐπαινεταί,	*sont* louables,

δ' αἰσχρῶν ψεκταί. Οἰκειότεραι δὲ ταῖς ἐνεργείαις αἱ ἐν αὐταῖς ἡδοναὶ τῶν ὀρέξεων· αἳ μὲν γὰρ διωρισμέναι εἰσὶν καὶ τοῖς χρόνοις καὶ τῇ φύσει, αἳ δὲ σύνεγγυς ταῖς ἐνεργείαις, καὶ ἀδιόριστοι οὕτως ὥστ' ἔχειν ἀμφισβήτησιν εἰ ταὐτόν ἐστιν ἡ ἐνέργεια τῇ ἡδονῇ.

Οὐ μὴν ἔοικέν γε ἡ ἡδονὴ διάνοια εἶναι οὐδ' αἴσθησις (ἄτοπον γάρ), ἀλλὰ διὰ τὸ μὴ χωρίζεσθαι φαίνεταί τισι ταὐτόν. Ὥσπερ οὖν αἱ ἐνέργειαι ἕτεραι, καὶ αἱ ἡδοναί. Διαφέρει δὲ ἡ ὄψις ἁφῆς καθαριότητι, καὶ ἀκοὴ καὶ ὄσφρησις γεύσεως· ὁμοίως δὴ διαφέρουσιν καὶ αἱ ἡδοναί, καὶ τούτων αἱ περὶ τὴν διάνοιαν, καὶ ἑκάτεραι ἀλλήλων.

Δοκεῖ δ' εἶναι ἑκάστῳ ζῴῳ καὶ ἡδονὴ οἰκεία, ὥσπερ καὶ ἔργον· ἡ γὰρ κατὰ τὴν ἐνέργειαν. Καὶ ἐφ' ἑκάστῳ

louable, tandis qu'on mérite le blâme, quand on desire ce qui est honteux et vil, et les plaisirs qui se joignent aux actes leur appartiennent plus proprement encore que les désirs. Car ceux-ci sont séparés des actes par le temps et par leur nature, au lieu que les autres accompagnent les actes, et sont tellement impossibles à distinguer d'eux qu'on hésite à dire si l'acte et le plaisir ne sont pas une seule et même chose.

Toutefois il ne parait pas que le plaisir soit pensée ni sensation : car cela serait absurde : mais comme il est inséparable de l'une et de l'autre, quelques personnes croient qu'il est la même chose. La vue diffère du toucher par la pureté des impressions, l'ouïe et l'odorat diffèrent du goût, et, par conséquent aussi, les plaisirs que donnent ces sensations diverses ne sont pas les mêmes; ceux que produit la pensée diffèrent de ceux des sens, et chacun de tous les autres.

Il semble aussi que chaque animal ait des plaisirs, comme des fonctions, qui lui sont exclusivement propres; car le plaisir tient à la nature des actes. C'est ce dont on peut se convaincre en obser-

τῶν δὲ αἰσχρῶν
ψεκταί.
'Αἱ δὲ ἡδοναὶ
ἐν αὐταῖς
οἰκειότεραι ταῖς ἐνεργείαις
τῶν ὀρέξεων·
αἳ μὲν γὰρ
εἰσι διωρισμέναι
καὶ τοῖς χρόνοις καὶ τῇ φύσει,
αἳ δὲ σύνεγγυς
ταῖς ἐνεργείαις,
καὶ οὕτως ἀδιόριστοι
ὥστε ἔχειν ἀμφισβήτησιν
εἰ ἡ ἐνέργειά ἐστι
τὸ αὐτὸν τῇ ἡδονῇ.
Ἡ μὴν ἡδονὴ
οὐκ ἔοικέ γε
εἶναι διάνοια
οὐδὲ αἴσθησις
(ἄτοπον γάρ),
ἀλλὰ φαίνεταί τισι
τὸ αὐτὸν
διὰ τὸ μὴ χωρίζεσθαι.
Ὥσπερ οὖν αἱ ἐνέργειαι
ἕτεραι,
καὶ αἱ ἡδοναί.
Ἡ δὲ ὄψις διαφέρει
ἁφῆς καθαριότητι,
καὶ ἀκοὴ καὶ ὄσφρησις
γεύσεως·
ὁμοίως δὴ
καὶ αἱ ἡδοναὶ
διαφέρουσιν
καὶ αἱ περὶ τὴν διάνοιαν
τούτων
καὶ ἑκάτεραι
ἀλλήλων.
Καὶ δὲ ἡδονὴ οἰκεία
δοκεῖ εἶναι
ἑκάστῳ ζῴῳ
ὥσπερ καὶ ἔργον·
ἡ γὰρ
κατὰ τὴν ἐνέργειαν.
Καὶ τοῦτο δὲ φανείη ἂν

d'autre part *ceux* des choses hon-
sont blâmables. [teuses
D'ailleurs les plaisirs
qui sont en eux (dans les actes)
sont plus propres aux actes
que les désirs;
car ceux-ci
sont séparés (des actes)
et par les temps et par la nature,
ceux-là *sont* tout-près
des actes,
et tellement inséparables,
au-point-d'avoir contestation
si l'acte est
la même chose que le plaisir.
Toutefois le plaisir
ne paraît pas certes
être pensée
ni sensation
(car ce *serait* absurde), [tains
mais il est-manifestement pour cer-
la même chose
à cause-du ne pas être séparé.
De-même-que donc les actes
sont différents,
les plaisirs aussi *le sont*.
Or la vue diffère
du toucher par la pureté,
et l'ouïe et l'odorat
diffèrent du goût:
semblablement donc
les plaisirs aussi
diffèrent,
et ceux relativement à la pensée
de ceux-là (de ceux des sens)
et chacune-de-ces-deux-*espèces*
diffèrent l'une-de-l'autre.
Et d'autre part un plaisir propre
paraît être
à chaque animal,
comme aussi une œuvre *propre;*
car le *plaisir est*
en-rapport-avec l'acte.
Et cela d'ailleurs serait-manifeste

δὲ θεωροῦντι τοῦτ᾽ ἂν φανείη· ἑτέρα γὰρ ἵππου ἡδονὴ καὶ κυνὸς καὶ ἀνθρώπου, καθάπερ Ἡράκλειτός φησιν ὄνον σύρματ᾽ ἂν ἑλέσθαι μᾶλλον ἢ χρυσόν· ἥδιον γὰρ χρυσοῦ τροφὴ ὄνοις. Αἱ μὲν οὖν τῶν ἑτέρων τῷ εἴδει διαφέρουσιν εἴδει, τὰς δὲ τῶν αὐτῶν ἀδιαφόρους εὔλογον εἶναι.

Διαλλάττουσι δ᾽ οὐ σμικρὸν ἐπί γε τῶν ἀνθρώπων· τὰ γὰρ αὐτὰ τοὺς μὲν τέρπει τοὺς δὲ λυπεῖ, καὶ τοῖς μὲν λυπηρὰ καὶ μισητά ἐστι τοῖς δὲ ἡδέα καὶ φιλητά. Καὶ ἐπὶ γλυκέων δὲ τοῦτο συμβαίνει· οὐ γὰρ τὰ αὐτὰ δοκεῖ τῷ πυρέττοντι καὶ τῷ ὑγιαίνοντι, οὐδὲ θερμὸν εἶναι τῷ ἀσθενεῖ καὶ τῷ εὐεκτικῷ. Ὁμοίως δὲ τοῦτο καὶ ἐφ᾽ ἑτέρων συμβαίνει.

Δοκεῖ δ᾽ ἐν ἅπασι τοῖς τοιούτοις εἶναι τὸ φαινόμενον τῷ σπουδαίῳ. Εἰ δὲ τοῦτο καλῶς λέγεται, καθάπερ

vant chaque animal en particulier : car le plaisir du cheval n'est pas le même que celui du chien ou de l'homme, comme le remarque Héraclite, lorsqu'il dit que « l'âne préfère l'herbe rude et grossière à l'or », parce qu'en effet le foin plaît aux ânes plus que l'or. Ainsi donc il y a différence spécifique de plaisirs pour les animaux d'espèces différentes, et l'on a tout lieu de croire que, pour les mêmes espèces d'animaux, les plaisirs sont aussi les mêmes.

Mais il n'en est pas ainsi, à beaucoup près, pour l'espèce humaine : les mêmes objets y plaisent aux uns et y déplaisent aux autres; ils sont odieux et insupportables à ceux-ci, aimables et pleins de charmes pour ceux-là. Cela a lieu même pour les saveurs sucrées; car elles ne produisent pas la même impression sur l'homme malade et sur celui qui est en bonne santé; une température chaude, pour un homme faible et débile, ne l'est pas également pour celui qui est fort et vigoureux; et l'on peut appliquer la même observation à beaucoup d'autres choses.

Mais dans toutes ces choses il me semble que ce qui est réellement, c'est ce qui apparaît à l'homme bien constitué; et si cette

θεωροῦντι
ἐπὶ ἑκάστῳ·
ἑτέρα γὰρ ἡδονὴ ἵππου
καὶ κυνὸς καὶ ἀνθρώπου,
καθάπερ Ἡράκλειτός φησιν
ὄνον ἑλέσθαι ἂν σύρματα
μᾶλλον ἢ χρυσόν·
τροφὴ γὰρ
ἥδιον ὄνοις
χρυσοῦ.
Αἱ μὲν οὖν
τῶν ἑτέρων τῷ εἴδει
διαφέρουσιν εἴδει,
εὔλογον δὲ
τὰς τῶν αὐτῶν
ἀδιαφόρους.
Διαλλάττουσι δὲ
οὐ σμικρὸν
ἐπί γε τῶν ἀνθρώπων·
τὰ γὰρ αὐτὰ
τέρπει τοὺς μὲν
λυπεῖ τοὺς δέ,
καὶ ἔστι λυπηρὰ
καὶ μισητὰ τοῖς μὲν
ἡδέα καὶ φιλητὰ
τοῖς δέ.
Καὶ τοῦτο δὲ συμβαίνει
ἐπὶ τῶν γλυκέων·
οὐ γὰρ δοκεῖ
τὰ αὐτὰ
τῷ πυρέττοντι
καὶ τῷ ὑγιαίνοντι·
οὐδὲ
εἶναι θερμὸν
τῷ ἀσθενεῖ
καὶ τῷ εὐεκτικῷ.
Τοῦτο δὲ συμβαίνει ὁμοίως
καὶ ἐπὶ ἑτέρων.
Ἐν δὲ ἅπασι τοῖς τοιούτοις
τὸ φαινόμενον
τῷ σπουδαίῳ
δοκεῖ εἶναι.
Εἰ δὲ τοῦτο λέγεται καλῶς,
καθάπερ δοκεῖ,

pour qui observe
à propos de chaque *animal*;
car différent *est* le plaisir du cheval
et du chien et de l'homme,
selon-qu'Héraclite dit [layures
un âne devoir préférer des ba-
plutôt que de l'or;
car la nourriture
est chose plus agréable aux ânes
que l'or.
D'une part donc les *plaisirs*
des *animaux* différents par l'espèce
diffèrent d'espèce,
d'autre part *il est* vraisemblable
les *plaisirs* des mêmes *animaux*
être non-différents.
D'autre part ils diffèrent
non peu
du-moins pour les hommes;
car les mêmes *objets*
charment les uns
affligent les autres,
et sont désagréables
et odieux aux uns
agréables et aimables
pour les autres.
Et cela d'autre part arrive
pour les choses douces;
car elles ne paraissent pas
les mêmes
au fébricitant
et à celui se-portant-bien;
ni *la même chose*
ne paraît être chaude
à l'*homme* faible
et à celui en-bon-état.
Et cela arrive semblablement
aussi pour d'autres choses.
Or dans toutes les choses telles
ce qui est-manifeste
à l'homme bien constitué
paraît être *réellement*.
Or si cela est dit bien (avec raison),
comme il semble,

δοκεῖ, καὶ ἔστιν ἑκάστου μέτρον ἡ ἀρετὴ καὶ ὁ ἀγαθός, ᾗ τοιοῦτος, καὶ ἡδοναὶ εἶεν ἂν αἱ τούτῳ φαινόμεναι καὶ ἡδέα οἷς οὗτος χαίρει. Τὰ δὲ τούτῳ δυσχερῆ εἴ τῳ φαίνεται ἡδέα, οὐδὲν θαυμαστόν· πολλαὶ γὰρ φθοραὶ καὶ λῦμαι ἀνθρώπων γίνονται· ἡδέα δ' οὐκ ἔστιν, ἀλλὰ τούτοις καὶ τοῖς οὕτω διακειμένοις.

Τὰς μὲν οὖν ὁμολογουμένως αἰσχρὰς δῆλον ὡς οὐ φατέον[1] ἡδονὰς εἶναι, πλὴν τοῖς διεφθαρμένοις· τῶν δ' ἐπιεικῶν εἶναι δοκουσῶν ποίαν ἢ τίνα φατέον τοῦ ἀνθρώπου εἶναι; ἢ ἐκ τῶν ἐνεργειῶν δῆλον; ταύταις γὰρ ἕπονται αἱ ἡδοναί. Εἴτ' οὖν μία ἐστὶν εἴτε πλείους αἱ τοῦ τελείου καὶ μακαρίου ἀνδρός, αἱ ταύτας τελειοῦσαι ἡδοναὶ κυρίως λέγοιντ' ἂν ἀνθρώπου ἡδοναὶ εἶναι, αἱ δὲ λοιπαὶ δευτέρως καὶ πολλοστῶς, ὥσπερ αἱ ἐνέργειαι.

assertion est fondée (comme elle le semble), la vertu et l'homme de bien, en tant qu'il est tel, devront être comme la mesure de tout. Les plaisirs véritables seront ceux qui lui paraîtront des plaisirs; les objets véritablement agréables, ceux qui lui plairont. Mais si ceux qui lui déplaisent paraissent faire plaisir à quelqu'un, il ne faut pas en être surpris : car l'homme est sujet à la dépravation ou à la corruption de bien des manières; et il n'y a que des êtres ainsi corrompus ou dépravés à qui de tels objets puissent paraître agréables.

Il ne faut donc pas hésiter à déclarer que ce qui est reconnu pour infâme ne saurait être un plaisir que pour des hommes dépravés. Mais, entre les plaisirs qui semblent conformes à la vertu, quel est celui qu'il faut déclarer propre à l'homme? Ne le doit-on pas reconnaître aux actions? car les plaisirs en sont un accessoire indispensable. Soit donc qu'il n'y ait qu'une action unique, soit qu'il y en ait plusieurs qui appartiennent à l'homme vertueux et parfaitement heureux, les plaisirs qui les achèvent pourront proprement être appelés les plaisirs de l'homme; les autres ne mériteront ce nom que d'une manière secondaire ou relative, comme les actions auxquelles ils se joignent.

καὶ ἡ ἀρετή ἐστιν
μέτρον ἑκάστου
καὶ ὁ ἀγαθὸς,
ᾗ τοιοῦτος,
καὶ αἱ ἡδοναὶ εἶεν ἂν
αἱ φαινόμεναι τούτῳ,
καὶ ἡδέα οἷς
οὗτος χαίρει.
Οὐδὲν δὲ θαυμαστὸν
εἰ τὰ δυσχερῆ
τούτῳ
φαίνεται ἡδέα
τῳ·
φθοραὶ γὰρ
καὶ λῦμαι ἀνθρώπων
γίνονται πολλαί·
οὐκ ἔστιν ἡδέα,
ἀλλὰ τούτοις
καὶ τοῖς οὕτω διακειμένοις.
Δῆλον μὲν οὖν
ὡς φατέον
τὰς αἰσχρὰς
ὁμολογουμένως
οὐκ εἶναι ἡδονάς,
πλὴν τοῖς διεφθαρμένοις·
ποίαν δὲ
ἢ τίνα
τῶν δοκουσῶν
εἶναι ἐπιεικῶν
φατέον εἶναι τοῦ ἀνθρώπου;
ἢ δῆλον
ἐκ τῶν ἐνεργειῶν;
αἱ γὰρ ἡδοναὶ
ἕπονται ταύταις.
Εἴτε οὖν μία ἐστίν,
εἴτε αἱ τοῦ ἀνδρὸς
τελείου καὶ μακαρίου
πλείους,
αἱ ἡδοναὶ τελειοῦσαι ταύτας
λέγοιντο ἂν κυρίως
εἶναι ἡδοναὶ ἀνθρώπου,
αἱ δὲ δευτέρως
ἢ πολλοστῶς,
ὥσπερ αἱ ἐνέργειαι.

et la vertu est
la mesure de chaque chose
et (ainsi que) *l'homme* de-bien,
en-tant-qu'*il est* tel,
et les plaisirs seraient
ceux étant-manifeste pour lui,
et *les* choses agréables *celles* dont
celui-ci se-réjouit.
D'ailleurs rien d'étonnant
si les choses désagréables
pour celui-là
sont-manifestement agréables
pour quelqu'un;
car les corruptions
et les dépravations des hommes
sont nombreuses ;
ces choses ne sont pas agréables,
mais *elles le sont* pour ceux-là
et pour ceux ainsi disposés.
D'une part donc *il est* évident
qu'il faut-dire
les *plaisirs* honteux
d'une-façon-reconnue
n'être pas des plaisirs,
excepté pour les *gens* corrompus ;
mais de-quelle-espèce *étant*
ou lequel
des *plaisirs* qui paraissent
être convenables
faut-il-dire être *propre* à l'homme ?
n'*est-ce* pas évident
d'après les actes?
car les plaisirs
suivent ceux-là (les actes).
Soit-que donc un seul *acte* soit,
soit-que les *actes* de l'homme
parfait et heureux
soient plus nombreux,
les plaisirs complétant *ces actes*
seraient dits proprement
être plaisirs d'homme,
les autres en-seconde-ligne (ment)
ou en-très-petite-partie (très faible-
comme les actes.

VI. Εἰρημένων δὲ τῶν περὶ τὰς ἀρετάς τε καὶ φιλίας καὶ ἡδονάς, λοιπὸν περὶ εὐδαιμονίας τύπῳ διελθεῖν[1], ἐπειδὴ τέλος αὐτὴν τίθεμεν τῶν ἀνθρωπίνων. Ἀναλαβοῦσι δὴ τὰ προειρημένα συντομώτερος ἂν εἴη ὁ λόγος.

Εἴπομεν δ' ὅτι οὐκ ἔστιν ἕξις· καὶ γὰρ τῷ καθεύδοντι διὰ βίου ὑπάρχοι ἄν, φυτῶν ζῶντι βίον, καὶ τῷ δυστυχοῦντι τὰ μέγιστα. Εἰ δὴ ταῦτα μὴ ἀρέσκει, ἀλλὰ μᾶλλον εἰς ἐνέργειάν τινα θετέον, καθάπερ ἐν τοῖς πρότερον εἴρηται, τῶν δ' ἐνεργειῶν αἳ μέν εἰσιν ἀναγκαῖαι καὶ δι' ἕτερα αἱρεταὶ αἳ δὲ καθ' αὑτάς, δῆλον ὅτι τὴν εὐδαιμονίαν τῶν καθ' αὑτὰς αἱρετῶν τινα θετέον καὶ οὐ τῶν δι' ἄλλο· οὐδενὸς γὰρ ἐνδεὴς ἡ εὐδαιμονία ἀλλ' αὐτάρκης.

Καθ' αὑτὰς δ' εἰσὶν αἱρεταὶ ἀφ' ὧν μηδὲν ἐπιζη-

VI. Après avoir parlé des vertus, des amitiés et des plaisirs, il nous reste à traiter sommairement du bonheur, puisque nous admettons qu'il est la fin de toutes les choses humaines. Reprenant donc ce qui a été dit précédemment sur ce sujet, nous pouvons en donner une description plus abrégée.

Or nous avons dit qu'il n'est pas une simple aptitude : car alors il pourrait être le partage d'un homme enseveli toute sa vie dans un profond sommeil, et n'ayant qu'une existence purement végétative, ou de celui qui serait plongé dans les plus grandes infortunes. Si donc on ne saurait se contenter de cette définition, s'il faut plutôt faire consister le bonheur dans une certaine activité, comme on l'a dit précédemment, et si, entre les actions, il y en a qui sont comme des moyens indispensables et qu'on ne peut préférer que comme conduisant à quelque but ultérieur, et d'autres que l'on doit préférer pour elles-mêmes, il est évident qu'il faut ranger le bonheur dans cette dernière classe, et non pas dans celle des choses que l'on préfère pour une autre fin : car le bonheur n'a besoin de rien, mais se suffit à lui-même.

On peut regarder comme préférables par elles-mêmes les ac-

VI. Τῶν δὲ περὶ	VI. Or les choses sur
τὰς ἀρετάς τε	et les vertus
καὶ φιλίας καὶ ἡδονὰς	et les amitiés et les plaisirs
εἰρημένων,	ayant été dites,
λοιπὸν	*il est* restant (il reste)
διελθεῖν τύπῳ	à discourir sommairement
περὶ εὐδαιμονίας,	sur le bonheur,
ἐπειδὴ τίθεμεν αὐτὴν	puisque nous plaçons lui
τέλος τῶν ἀνθρωπίνων.	*comme* fin des choses humaines.
Ὁ δὴ λόγος εἴη ἂν	Le discours donc serait
συντομώτερος	plus bref
ἀναλαβοῦσι	à *nous* ayant repris
τὰ προειρημένα.	les choses dites-précédemment.
Εἴπομεν δὲ ὅτι	Or nous avons dit que
οὐκ ἔστιν	*le bonheur* n'est pas
ἕξις·	une disposition ;
καὶ γὰρ ὑπάρχοι ἂν	et en-effet il existerait
τῷ καθεύδοντι διὰ βίου,	pour celui dormant durant la vie,
ζῶντι βίον φυτῶν,	vivant une vie de plantes,
καὶ τῷ δυστυχοῦντι	et pour celui étant-malheureux
τὰ μέγιστα.	dans les plus grandes choses.
Εἰ δὴ ταῦτα	Si donc cela (cette définition)
μὴ ἀρέσκει,	ne plait pas, [plutôt
ἀλλὰ θετέον μᾶλλον	mais *s'il* faut-placer *le bonheur*
εἴς τινα ἐνέργειαν,	dans un certain acte,
καθάπερ εἴρηται	comme il a été dit [dentes),
ἐν τοῖς πρότερον,	dans les choses auparavant (précé-
τῶν δὲ ἐνεργειῶν	et *si* d'entre les actes
αἳ μέν εἰσιν ἀναγκαῖαι	les uns sont nécessaires
καὶ αἱρεταὶ	et préférables
διὰ ἕτερα	en-vue-d'autres *objets* [mes,
αἳ δὲ κατὰ αὑτάς,	les autres *préférables* en eux-mê-
δῆλον ὅτι	*il est* évident que
θετέον τὴν εὐδαιμονίαν	il faut supposer le bonheur
τινὰ τῶν αἱρετῶν	quelqu'un des *actes* préférables
κατὰ αὑτὰς	en eux-mêmes
καὶ οὐ τῶν	et non des *actes préférables*
διὰ ἄλλο·	en-vue-d'un autre *objet* :
ἡ γὰρ εὐδαιμονία	car le bonheur *n'est*
ἐνδεὴς οὐδενός,	ne manquant de rien,
ἀλλὰ αὐταρκής.	mais se-suffisant-à-lui-même.
Εἰσὶ δὲ αἱρεταὶ κατὰ αὑτὰς	Or sont préférables en eux-mêmes
ἀπὸ ὧν	*les actes* desquels (dans lesquels)
μηδὲν ἐπιζητεῖται	rien n'est recherché

τεῖται παρὰ τὴν ἐνέργειαν. Τοιαῦται δ' εἶναι δοκοῦσιν αἱ κατ' ἀρετὴν πράξεις· τὰ γὰρ καλὰ καὶ σπουδαῖα πράττειν τῶν δι' αὑτὰ αἱρετῶν. Καὶ τῶν παιδιῶν δὲ αἱ ἡδεῖαι, οὐ γὰρ δι' ἕτερα αὐτὰς αἱροῦνται· βλάπτονται γὰρ ἀπ' αὐτῶν μᾶλλον ἢ ὠφελοῦνται, ἀμελοῦντες τῶν σωμάτων καὶ τῆς κτήσεως. Καταφεύγουσι δ' ἐπὶ τὰς τοιαύτας διαγωγὰς τῶν εὐδαιμονιζομένων οἱ πολλοί, διὸ παρὰ τοῖς τυράννοις εὐδοκιμοῦσιν οἱ ἐν ταῖς τοιαύταις διαγωγαῖς εὐτράπελοι· ὧν γὰρ ἐφίενται[1], ἐν τούτοις παρέχουσι σφᾶς αὐτοὺς ἡδεῖς· δέονται δὲ τοιούτων. Δοκεῖ μὲν οὖν εὐδαιμονικὰ ταῦτα εἶναι διὰ τὸ τοὺς ἐν δυναστείαις ἐν τούτοις ἀποσχολάζειν.

Οὐδὲν δὲ ἴσως σημεῖον οἱ τοιοῦτοί εἰσιν· οὐ γὰρ ἐν τῷ δυναστεύειν ἡ ἀρετὴ οὐδ' ὁ νοῦς, ἀφ' ὧν αἱ σπου-

tions dans lesquelles on ne cherche rien de plus que l'acte même ; et telles sont, à ce qu'il semble, celles qui sont conformes à la vertu (car faire des choses honnêtes et vertueuses, est du nombre des actions préférables en elles-mêmes). On peut aussi ranger dans cette classe les divertissements ou les jeux agréables ; car on ne les préfère pas comme moyens d'arriver à d'autres choses : au contraire, ils sont plutôt nuisibles qu'utiles, nous faisant négliger le soin de notre santé et celui de notre fortune. Cependant la plupart de ceux dont on vante la félicité ont recours à de tels amusements, et c'est ce qui fait que les hommes qui s'y montrent ingénieux, et qui savent s'y prêter, jouissent d'une grande considération auprès des tyrans. Car les flatteurs se rendent agréables dans les choses que les tyrans désirent, et les tyrans à leur tour ont besoin de gens qui les amusent ; aussi ces divertissements passent-ils pour des moyens de bonheur, parce qu'on voit que les hommes élevés au pouvoir en sont incessamment occupés.

Mais peut-être n'est-ce pas là une preuve en faveur de cette opinion : car ni la vertu ni la raison, d'où procèdent les actions honnêtes, ne consistent dans l'exercice d'une grande puissance :

παρὰ τὴν ἐνέργειαν.
Τοιαῦται δὲ δοκοῦσιν εἶναι
αἱ πράξεις κατὰ ἀρετήν·
πράττειν γὰρ
τὰ καλὰ καὶ σπουδαῖα
τῶν αἱρετῶν
διὰ αὑτά.
Καὶ δὲ αἱ ἡδεῖαι
τῶν παιδιῶν,
οὐ γὰρ αἱροῦνται αὐτὰς
διὰ ἕτερα.
Βλάπτονται γὰρ
μᾶλλον ἢ ὠφελοῦνται
ὑπὸ αὐτῶν,
ἀμελοῦντες τῶν σωμάτων
καὶ τῆς κτήσεως.
Οἱ δὲ πολλοὶ
τῶν εὐδαιμονιζομένων
καταφεύγουσιν ἐπὶ
τὰς διαγωγὰς τοιαύτας,
διὸ
οἱ εὐτράπελοι
ἐν ταῖς διαγωγαῖς τοιαύταις
εὐδοκιμοῦσιν
παρὰ τοῖς τυράννοις·
παρέχουσι γὰρ σφᾶς αὐτοὺς
ἡδεῖς ἐν τούτοις
ὧν ἐφίενται·
δέονται δὲ
τοιούτων.
Ταῦτα μὲν οὖν
δοκεῖ
εἶναι εὐδαιμονικὰ
διὰ τὸ
τοὺς ἐν δυναστείαις
ἀποσχολάζειν
ἐν τούτοις.
Ἴσως δὲ οἱ τοιοῦτοι
εἰσιν οὐδὲν σημεῖον·
οὐ γὰρ ἡ ἀρετὴ
οὐδὲ ὁ νοῦς
ἀπὸ ὧν
αἱ ἐνέργειαι σπουδαῖαι
ἐν τῷ δυνατεύειν·

au-delà-de l'acte *lui-même.*
Or telles paraissent être
les actions selon la vertu;
car faire
les choses belles et vertueuses
fait partie des choses préférables
en elles-mêmes.
D'autre part aussi les agréables
des divertissements,
car on ne préfère pas eux
en-vue-d'autres *objets.*
Car *les hommes* sont lésés
plutôt qu'ils *ne* sont aidés
par eux,
négligeant leurs corps
et leur bien.
D'ailleurs la plupart
de ceux estimés-heureux
se-réfugient vers
les passe-temps tels,
à-cause-de-quoi
les *hommes* ingénieux
dans les passe-temps tels
sont-en-réputation
auprès des tyrans;
car ils rendent eux-mêmes
agréables dans ces choses
qu'ils (les tyrans) désirent;
et *ceux-ci* ont-besoin
de *gens* tels.
D'une part donc ces choses
paraissent
être constitutives-du-bonheur
à-cause-de ceci
les *hommes* dans les puissances
passer-leur-temps
en elles.
Mais peut-être les *gens* tels
ne sont aucune (ne sont point une)
car ni la vertu [preuve;
ni la raison
desquelles *procèdent*
les actes vertueux [pouvoir;
ne *consistent* dans le avoir-le-

δαῖαι ἐνέργειαι· οὐδ' εἰ ἄγευστοι οὗτοι ὄντες ἡδονῆς εἰλικρινοῦς καὶ ἐλευθερίου ἐπὶ τὰς σωματικὰς καταφεύγουσιν, διὰ τοῦτο ταύτας οἰητέον αἱρετωτέρας εἶναι· καὶ γὰρ οἱ παῖδες τὰ παρ' αὐτοῖς τιμώμενα κράτιστα οἴονται εἶναι. Εὔλογον δή, ὥσπερ παισὶ καὶ ἀνδράσιν ἕτερα φαίνεται τίμια, οὕτω καὶ φαύλοις καὶ ἐπιεικέσιν.

Καθάπερ οὖν πολλάκις εἴρηται, καὶ τίμια καὶ ἡδέα ἐστὶ τὰ τῷ σπουδαίῳ τοιαῦτα ὄντα· ἑκάστῳ δὲ ἡ κατὰ τὴν οἰκείαν ἕξιν αἱρετωτάτη ἐνέργεια, καὶ τῷ σπουδαίῳ δὴ ἡ κατὰ τὴν ἀρετήν.

Οὐκ ἐν παιδιᾷ ἄρα ἡ εὐδαιμονία. Καὶ γὰρ ἄτοπον τὸ τέλος εἶναι παιδιάν, καὶ πραγματεύεσθαι καὶ κακοπαθεῖν τὸν βίον ἅπαντα τοῦ παίζειν χάριν. Ἅπαντα γὰρ ὡς εἰπεῖν ἑτέρου ἕνεκα αἱρούμεθα πλὴν τῆς εὐδαι-

et, parce que ceux qui la possèdent, incapables de goûter une volupté pure et digne d'un homme libre, se jettent sur les plaisirs du corps, ce n'est pas un motif pour croire qu'ils méritent en effet la préférence. Car enfin les enfants aussi s'imaginent que les choses qui les intéressent ont réellement une grande importance. Il est donc tout simple que, de même que les hommes faits et les enfants donnent leur estime à des choses fort différentes, de même les méchants et les bons donnent la leur à des choses tout opposées.

Or, comme on l'a déjà dit bien des fois, il n'y a de réellement digne et agréable que ce qui l'est aux yeux de l'homme de bien : mais les actions que chacun préfère à toutes les autres, sont celles qui sont le plus conformes à ses dispositions propres : et par conséquent, celles qui obtiennent la préférence de l'homme vertueux, sont les actions conformes à la vertu.

Le bonheur ne se trouve donc pas dans de frivoles amusements : car il serait absurde d'en faire le but de toute sa vie, de ne s'occuper et de ne prendre de la peine que dans la vue de s'amuser. Il n'y a rien, pour ainsi dire, que nous ne recherchions en vue de quelque autre chose, excepté le bonheur, parce qu'il est la fin

οὐδὲ εἰ οὗτοι	ni si ceux-ci (ceux qui le possèdent)
ὄντες ἄγευστοι	étant incapables-de-goûter
ἡδονῆς	un plaisir
εἰλικρινοῦς καὶ ἐλευθερίου	pur et libéral
καταφεύγουσιν	se-réfugient
ἐπὶ τὰς σωματικάς,	vers les *plaisirs* corporels,
οἰητέον διὰ τοῦτο	il ne faut croire à-cause-de cela
ταύτας εἶναι αἱρετωτέρας·	ces *plaisirs* là être plus désirables :
καὶ γὰρ	et en-effet
οἱ παῖδες οἴονται	les enfants croient
τὰ τιμώμενα παρὰ αὑτοῖς	les choses estimées chez (par) eux
εἶναι κράτιστα.	être les meilleures.
Εὔλογον δή,	*Il est* donc vraisemblable,
ὥσπερ ἕτερα	de-même-que des choses différentes
φαίνεται τίμια	sont-manifestement précieuses
παισὶ	pour les enfants
καὶ ἀνδράσιν,	et pour les hommes,
οὕτω καὶ φαύλοις	de-même aussi pour les méchants
καὶ ἐπιεικέσιν.	et pour les bons.
Καθάπερ οὖν	Comme donc
εἴρηται πολλάκις,	il a été dit souvent,
τὰ ὄντα τοιαῦτα	les choses étant telles
τῷ σπουδαίῳ	pour *l'homme* vertueux
ἐστὶ καὶ τίμια	sont *réellement* et précieuses
καὶ ἡδέα·	et agréables ;
ἡ δὲ ἐνέργεια	d'autre part l'acte
κατὰ τὴν ἕξιν οἰκείαν	selon notre disposition propre
αἱρετωτάτη	*est* le plus désirable
ἑκάστῳ,	pour chacun,
καὶ τῷ σπουδαίῳ δὴ	et pour l'*homme* vertueux donc
ἡ κατὰ τὴν ἀρετήν.	l'*acte* selon la vertu.
Ἡ ἄρα εὐδαιμονία	Donc le bonheur
οὐκ ἐν παιδιᾷ.	n'*est* pas dans l'amusement.
Καὶ γὰρ ἄτοπον	Et en-effet *il serait* absurde
τὸ τέλος εἶναι παιδιάν,	la fin être l'amusement,
καὶ πραγματεύεσθαι	et de mettre-la-main-à-l'-œuvre
καὶ κακοπαθεῖν	et de supporter-des-maux
ἅπαντα τὸν βίον	toute la vie
χάριν τοῦ παίζειν.	en-vue-du s'-amuser.
Αἱρούμεθα γὰρ	Car nous désirons
ἅπαντα	toutes choses
ὡς εἰπεῖν	pour *ainsi* dire
ἕνεκα ἑτέρου	à-cause-d'un autre *objet*
πλὴν τῆς εὐδαιμονίας·	excepté le bonheur ;

μονίας· τέλος γὰρ αὕτη. Σπουδάζειν δὲ καὶ πονεῖν παιδιᾶς χάριν ἠλίθιον φαίνεται καὶ λίαν παιδικόν· παίζειν δ' ὅπως σπουδάζῃ[1], κατ' Ἀνάχαρσιν, ὀρθῶς ἔχειν δοκεῖ. Ἀναπαύσει γὰρ ἔοικεν ἡ παιδιά, ἀδυνατοῦντες δὲ συνεχῶς πονεῖν ἀναπαύσεως δέονται. Οὐ δὴ τέλος ἡ ἀνάπαυσις· γίνεται γὰρ ἕνεκα τῆς ἐνεργείας. Δοκεῖ δ' ὁ εὐδαίμων βίος κατ' ἀρετὴν εἶναι· οὗτος δὲ μετὰ σπουδῆς, ἀλλ' οὐκ ἐν παιδιᾷ.

Βελτίω τε λέγομεν τὰ σπουδαῖα τῶν γελοίων καὶ τῶν μετὰ παιδιᾶς, καὶ τοῦ βελτίονος ἀεὶ καὶ μορίου καὶ ἀνθρώπου σπουδαιοτέραν τὴν ἐνέργειαν· ἡ δὲ τοῦ βελτίονος κρείττων καὶ εὐδαιμονικωτέρα ἤδη.

Ἀπολαύσειέ τ' ἂν τῶν σωματικῶν ἡδονῶν ὁ τυχὼν καὶ ἀνδράποδον οὐχ ἧττον τοῦ ἀρίστου· εὐδαιμονίας δ'

par excellence. Ce serait donc une sorte de stupidité, et une puérilité excessive, que de ne se proposer, dans ses travaux et dans ses occupations les plus sérieuses, d'autre objet que l'amusement. « Jouer, afin d'être capable des occupations sérieuses, » comme dit Anacharsis, est, ce semble, une maxime fort sage; car le jeu est une sorte de délassement, et l'on en a besoin, parce qu'on ne peut pas travailler sans cesse. Mais le délassement n'est pas un but, puisqu'au contraire il est une préparation à l'action. D'ailleurs, il semble que la vie heureuse soit la vie conforme à la vertu; or, une telle vie est chose sérieuse et ne se compose pas de vains amusements.

L'on dit encore, en général, que les choses sérieuses valent mieux que celles qui ne sont que plaisantes ou amusantes; et l'on regarde les actes de la partie de notre être la plus précieuse, ou ceux de l'homme la plus estimable, comme des actes plus sérieux; or, ce qui appartient à un être plus digne d'estime et meilleur, est dès lors plus précieux et plus propre à nous rendre heureux.

Enfin, tout individu, quel qu'il soit d'ailleurs, même un esclave, est aussi capable de jouir des plaisirs des sens que l'homme le

αὕτη γὰρ τέλος.	car celui-ci *est* une fin.
Σπουδάζειν δὲ	Mais s'occuper-sérieusement
καὶ πονεῖν	et travailler
χάριν παιδιᾶς	en-vue-de l'amusement,
φαίνεται ἠλίθιον	est-manifestement niais
καὶ λίαν παιδικόν·	et trop puéril ;
παίζειν δὲ	mais s'amuser
ὅπως σπουδάζῃ,	afin qu'*on* s'occupe-sérieusement.
κατὰ Ἀνάχαρσιν,	selon Anacharsis,
δοκεῖ	paraît
ἔχειν ὀρθῶς.	être bien.
Ἡ γὰρ παιδιὰ	Car l'amusement
ἔοικεν ἀναπαύσει,	ressemble au repos,
ἀδυνατοῦντες δὲ	et *les hommes* ne-pouvant-pas
πονεῖν συνεχῶς	travailler continuellement
δέονται ἀναπαύσεως.	ont-besoin de repos.
Ἡ ἀνάπαυσις	Le repos
οὐ δὴ τέλος·	n'*est* donc pas une fin ;
γίνεται γὰρ	car il a-lieu
ἕνεκα τῆς ἐνεργείας·	en-vue de l'acte ;
ὁ δὲ βίος εὐδαίμων	d'ailleurs la vie heureuse
δοκεῖ εἶναι	paraît être
κατὰ ἀρετήν·	selon la vertu ;
οὗτος δὲ μετὰ σπουδῆς,	or cette *vie a lieu* avec sérieux,
ἀλλὰ οὐκ	mais ne *consiste* pas
ἐν παιδιᾷ.	dans l'amusement.
Λέγομεν τε	Et nous disons
τὰ σπουδαῖα	les choses sérieuses
βελτίω	*être* meilleures
τῶν γελοίων	que les choses plaisantes
καὶ τῶν μετὰ παιδιᾶς,	et les choses avec amusement,
καὶ τὴν ἐνέργειαν	et l'acte
τοῦ βελτίονος ἀεὶ	de *ce qui est* le meilleur toujours
καὶ μορίου καὶ ἀνθρώπου	et *comme* partie et *comme* homme
σπουδαιοτέραν·	*être* plus (le plus) sérieux ;
ἡ δὲ τοῦ βελτίονος	or l'acte du meilleur
κρείττων	*est* meilleur *que les autres*
καὶ ἤδη	et dès-lors (par suite)
εὐδαιμονικωτέρα.	plus constitutif-du-bonheur.
Ὅ τε τυχὼν	Et le premier-venu
ἀπολαύσειεν ἂν	jouirait
τῶν ἡδονῶν σωματικῶν,	des plaisirs corporels,
καὶ ἀνδράποδον	et un esclave
οὐχ ἧττον τοῦ ἀρίστου·	non moins que *l'homme* le meilleur

οὐδεὶς ἀνδραπόδῳ μεταδίδωσιν, εἰ μὴ καὶ βίου[1]. Οὐ γὰρ ἐν ταῖς τοιαύταις διαγωγαῖς ἡ εὐδαιμονία, ἀλλ' ἐν ταῖς κατ' ἀρετὴν ἐνεργείαις, καθάπερ καὶ πρότερον εἴρηται.

VII. Εἰ δ' ἐστὶν ἡ εὐδαιμονία κατ' ἀρετὴν ἐνέργεια, εὔλογον κατὰ τὴν κρατίστην· αὕτη δ' ἂν εἴη τοῦ ἀρίστου[1]. Εἴτε δὴ νοῦς τοῦτο εἴτε ἄλλο τι, ὃ δὴ κατὰ φύσιν δοκεῖ ἄρχειν καὶ ἡγεῖσθαι καὶ ἔννοιαν ἔχειν περὶ καλῶν καὶ θείων, εἴτε θεῖον ὂν καὶ αὐτὸ εἴτε τῶν ἐν ἡμῖν τὸ θειότατον, ἡ τούτου ἐνέργεια κατὰ τὴν οἰκείαν ἀρετὴν εἴη ἂν ἡ τελεία εὐδαιμονία. Ὅτι δ' ἐστὶ θεωρητική, εἴρηται.

Ὁμολογούμενον δὲ τοῦτ' ἂν δόξειεν εἶναι καὶ τοῖς πρότερον καὶ τῷ ἀληθεῖ. Κρατίστη τε γὰρ αὕτη ἐστὶν ἡ ἐνέργεια· καὶ γὰρ ὁ νοῦς τῶν ἐν ἡμῖν καὶ τῶν γνω-

plus vertueux. Mais nul homme ne peut faire entrer un esclave en partage du bonheur, s'il ne le fait entrer aussi en partage de la vie; car ce n'est pas dans de tels passe-temps que consiste le bonheur, mais dans les actes qui sont conformes à la vertu, comme on l'a déjà dit.

VII. Mais si le bonheur est une manière d'agir toujours conforme à la vertu, il est naturel de penser que ce doit être à la vertu la plus parfaite, c'est-à-dire à celle de la partie la plus excellente. Que ce soit donc l'esprit, ou quelque autre principe auquel appartient naturellement l'empire et la prééminence, et qui semble comprendre en soi l'intelligence de tout ce qu'il y a de sublime et de divin; que ce soit même un principe divin, ou au moins ce qu'il y a en nous de plus divin, le parfait bonheur ne saurait être que l'action de ce principe dirigée par la vertu qui lui est propre; et nous avons déjà dit qu'elle est purement contemplative.

Au reste, cela semble s'accorder entièrement avec ce que nous avons dit sur ce sujet, et avec la vérité : car cette action est en effet la plus puissante, puisque l'entendement est la plus précieuse des choses qui sont en nous, et de toutes celles qui sont

οὐδεὶς δὲ μεταδίδωσιν
ἀνδραπόδῳ
εὐδαιμονίας,
εἰ μὴ καὶ βίου.
Ἡ γὰρ εὐδαιμονία οὐκ
ἐν ταῖς διαγωγαῖς τοιαύταις,
ἀλλὰ ἐν ταῖς ἐνεργείαις
κατὰ τὴν ἀρετήν,
καθάπερ καὶ εἴρηται
πρότερον.
VII. Εἰ δὲ ἡ εὐδαιμονία
ἐστὶν ἐνέργεια
κατὰ ἀρετήν,
εὔλογον
κατὰ τὴν κρατίστην·
αὕτη δὲ εἴη ἂν
τοῦ ἀρίστου.
Εἴτε δὴ νοῦς
τοῦτο
εἴτε τι ἄλλο,
ὃ δὴ δοκεῖ
κατὰ φύσιν
ἄρχειν καὶ ἡγεῖσθαι
καὶ ἔχειν ἔννοιαν
περὶ καλῶν καὶ θείων,
εἴτε ὂν θεῖον
καὶ αὐτὸ
εἴτε τὸ θειότατον
τῶν ἐν ἡμῖν,
ἡ ἐνέργεια τούτου
κατὰ τὴν ἀρετὴν οἰκείαν
εἴη ἂν ἡ τελεία εὐδαιμονία.
Εἴρηται δὲ
ὅτι θεωρητική.
Τοῦτο δὲ δόξειεν ἂν
εἶναι ὁμολογούμενον
τοῖς πρότερον
καὶ τῷ ἀληθεῖ.
Αὕτη τε γὰρ ἡ ἐνέργειά
ἐστι κρατίστη·
καὶ γὰρ ὁ νοῦς
τῶν ἐν ἡμῖν,
καὶ
τῶν γνωστῶν,

mais personne ne donne-part
à un esclave
du bonheur,
sinon aussi de la vie.
Car le bonheur ne *consiste* pas
dans les passe-temps tels,
mais dans les actes
selon la vertu,
comme aussi il a été dit
précédemment.
VII. Si, d'autre part le bonheur
est un acte
selon la vertu,
il est vraisemblable *que c'est*
selon la *vertu* la plus parfaite;
or ce serait *celle*
de la meilleure *partie de l'homme.*
Soit-que donc l'esprit
soit cette *partie*
soit quelque autre *principe*,
lequel certes semble
selon la nature
commander et dominer
et avoir l'intelligence [divines,
relativement aux choses belles et
soit-que ce *principe* étant (soit) divin
lui aussi
soit-qu'il *soit* la plus divine
des choses *qui sont* en nous,
l'acte de ce *principe*
selon la vertu *qui lui est* propre
serait le parfait bonheur.
D'autre part il a été dit
que *cet acte est* contemplatif.
Or cela paraîtrait
être s'accordant
aux choses *dites* précédemment
et à la vérité.
Car et cet acte
est le meilleur;
et en-effet l'esprit *est la meilleure*
des choses *qui sont* en nous,
et *les meilleures*
des choses connaissables

στῶν, περὶ ἃ ὁ νοῦς[1]. Ἔτι δὲ συνεχεστάτη· θεωρεῖν τε γὰρ δυνάμεθα συνεχῶς μᾶλλον ἢ πράττειν ὁτιοῦν.

Οἰόμεθά τε δεῖν ἡδονὴν παραμεμῖχθαι τῇ εὐδαιμονίᾳ, ἡδίστη δὲ τῶν κατ' ἀρετὴν ἐνεργειῶν ἡ κατὰ τὴν σοφίαν ὁμολογουμένως ἐστίν· δοκεῖ γοῦν ἡ φιλοσοφία θαυμαστὰς ἡδονὰς ἔχειν καθαριότητι καὶ τῷ βεβαίῳ, εὔλογον δὲ τοῖς εἰδόσι τῶν ζητούντων[2] ἡδίω τὴν διαγωγὴν εἶναι.

Ἥ τε λεγομένη αὐτάρκεια περὶ τὴν θεωρητικὴν μάλιστ' ἂν εἴη· τῶν μὲν γὰρ πρὸς τὸ ζῆν ἀναγκαίων καὶ σοφὸς καὶ δίκαιος καὶ οἱ λοιποὶ δέονται, τοῖς δὲ τοιούτοις ἱκανῶς κεχορηγημένων ὁ μὲν δίκαιος δεῖται πρὸς οὓς δικαιοπραγήσει καὶ μεθ' ὧν, ὁμοίως δὲ καὶ ὁ σώφρων καὶ ὁ ἀνδρεῖος καὶ τῶν ἄλλων ἕκαστος, ὁ δὲ

accessibles à la connaissance de l'entendement lui-même. Son action est aussi la plus continue; car il nous est plus possible de nous livrer sans interruption à la contemplation qu'à toute autre action, quelle qu'elle soit.

Nous pensons aussi qu'il faut que le bonheur soit accompagné et, pour ainsi dire, mêlé de quelque plaisir : or, entre les actes conformes à la vertu, ceux qui sont dirigés par la sagesse sont incontestablement ceux qui nous causent le plus de joie; et par conséquent la sagesse semble comprendre en soi les plaisirs les plus ravissants par leur pureté et par la sécurité qui les accompagne, et il n'y a pas de doute que les hommes qui savent, passent leur temps d'une manière plus agréable que ceux qui cherchent et qui ignorent.

D'un autre côté, ce qu'on a appelé la condition de se suffire à soi-même se trouve surtout dans la vie contemplative : car le juste et le sage ont besoin, comme tous les autres hommes, des choses nécessaires à l'existence; mais, entre ceux qui en sont suffisamment pourvus, l'homme juste a encore besoin de trouver des personnes envers qui et avec qui il puisse pratiquer la justice, et il en sera de même de celui qui est tempérant ou courageux, ou qui possède telle ou telle autre vertu morale; au lieu que le sage,

περὶ ἃ	*sont celles* auxquelles
ὁ νοῦς.	l'esprit s'*applique*.
Ἔτι δὲ	D'autre part encore
συνεχεστάτη·	*il est* le plus continu;
δυνάμεθά τε γὰρ	et en-effet nous pouvons
θεωρεῖν συνεχῶς	contempler continuement
μᾶλλον ἢ πράττειν	plutôt que faire *continuement*
ὁτιοῦν.	quoi-que-ce-soit.
Οἰόμεθά τε δεῖν	Et nous croyons qu'il faut
ἡδονὴν παραμεμῖχθαι	le plaisir être mêlé
τῇ εὐδαιμονίᾳ,	au bonheur, [actes
ἡδίστη δὲ τῶν ἐνεργειῶν	d'autre part le plus agréable des
κατὰ ἀρετὴν	selon la vertu
ἐστιν ὁμολογουμένως	est d'un-commun-accord
ἡ κατὰ τὴν σοφίαν·	l'*acte* selon la sagesse:
ἡ φιλοσοφία	la philosophie
δοκεῖ γοῦν	semble donc
ἔχειν ἡδονὰς θαυμαστὰς	avoir des plaisirs admirables
καθαριότητι καὶ τῷ βεβαίῳ.	par la pureté et la solidité,
εὔλογον δὲ	et *il est* vraisemblable
τὴν διαγωγὴν εἶναι	la manière-de-passer-le-temps être
ἡδίω τοῖς εἰδόσι	plus agréable pour ceux qui savent
τῶν ζητούντων.	que pour ceux qui cherchent.
Ἥ τε λεγομένη	Et celle appelée
αὐτάρκεια	capacité-de-se suffire-à-soi-même
εἴη ἂν μάλιστα	serait surtout
περὶ τὴν θεωρητικήν·	relativement à l'*acte* contemplatif;
καὶ γὰρ μὲν	et en-effet d'une part
σοφὸς καὶ δίκαιος	le sage et le juste
καὶ οἱ λοιποὶ	et les autres
δέονται	ont-besoin
τῶν ἀναγκαίων	des choses nécessaires
πρὸς τὸ ζῆν,	au vivre,
κεχορηγημένων δὲ	mais *eux* étant pourvus
ἱκανῶς	suffisamment
τοῖς τοιούτοις	des choses telles,
ὁ μὲν δίκαιος δεῖται	le juste d'une part a-besoin
πρὸς οὓς καὶ μεθ' ὧν	*des gens* envers qui et avec qui
δικαιοπραγήσει,	il agira-justement,
ὁμοίως δὲ	et semblablement
καὶ ὁ σώφρων	aussi le tempérant
καὶ ὁ ἀνδρεῖος,	et le courageux
καὶ ἕκαστος τῶν ἄλλων,	et chacun des autres,
ὁ δὲ σοφὸς	d'autre part le sage

σοφὸς καὶ καθ' αὑτὸν ὢν δύναται θεωρεῖν, καὶ ὅσῳ ἂν σοφώτερος ᾖ, μᾶλλον· βέλτιον δ' ἴσως συνεργοὺς ἔχων, ἀλλ' ὅμως αὐταρκέστατος.

Δόξαι τ' ἂν αὐτὴ μόνη δι' αὑτὴν ἀγαπᾶσθαι· οὐδὲν γὰρ ἀπ' αὐτῆς γίνεται παρὰ τὸ θεωρῆσαι, ἀπὸ δὲ τῶν πρακτικῶν ἢ πλεῖον ἢ ἔλαττον περιποιούμεθα παρὰ τὴν πρᾶξιν.

Δοκεῖ τε ἡ εὐδαιμονία ἐν τῇ σχολῇ εἶναι· ἀσχολούμεθα γὰρ ἵνα σχολάζωμεν, καὶ πολεμοῦμεν ἵνα εἰρήνην ἄγωμεν. Τῶν μὲν οὖν πρακτικῶν ἀρετῶν ἐν τοῖς πολιτικοῖς ἢ ἐν τοῖς πολεμικοῖς ἡ ἐνέργεια· αἱ δὲ περὶ ταῦτα πράξεις δοκοῦσιν ἄσχολοι εἶναι, αἱ μὲν πολεμικαὶ καὶ παντελῶς, οὐδεὶς γὰρ αἱρεῖται τὸ πολεμεῖν τοῦ πολεμεῖν ἕνεκα, οὐδὲ παρασκευάζει πόλεμον· δόξαι γὰρ ἂν παντελῶς μιαιφόνος τις εἶναι, εἰ τοὺς φίλους πολεμίους ποιοῖτο, ἵνα μάχαι καὶ φόνοι γίνοιντο. Ἔστι

même dans l'isolement le plus absolu, peut encore se livrer à la contemplation, et le peut d'autant plus qu'il a plus de sagesse. Peut-être néanmoins le pourrait-il mieux s'il associait d'autres personnes à ses travaux; mais il est pourtant de tous les hommes celui qui peut le plus se suffire à lui-même.

D'ailleurs la vie contemplative seule semble pouvoir nous charmer par elle-même, puisqu'elle n'a point d'autre résultat que la contemplation, tandis que dans la vie nous atteignons toujours plus ou moins, outre l'action, quelque but ultérieur.

Il semble aussi que le bonheur consiste dans le loisir: car nous ne travaillons que pour nous procurer du loisir; et nous faisons la guerre pour obtenir la paix. Or c'est dans les travaux de la politique et de la guerre que se manifeste l'activité des vertus pratiques; et les actions de cette espèce ne laissent aucun moment de loisir, surtout les actions militaires. Car il n'y a personne qui veuille se préparer à la guerre, et la faire uniquement pour le plaisir de la faire; ce serait une horrible scélératesse que de semer la haine entre des amis, afin de susciter entre eux des

καὶ ὢν κατὰ αὑτὸν,
δύναται θεωρεῖν,
καὶ μᾶλλον
ὅσῳ ἂν ᾖ σοφώτερος·
ἴσως δὲ βέλτιον
ἔχων
συνεργούς,
ἀλλὰ ὅμως
αὐταρκέστατος.
Αὐτή τε δόξαι ἂν μόνη
ἀγαπᾶσθαι διὰ αὑτήν·
οὐδὲν γὰρ γίνεται
ἀπὸ αὐτῆς
παρὰ τὸ θεωρῆσαι,
ἀπὸ δὲ τῶν πρακτικῶν
περιποιούμεθα
ἢ πλεῖον ἢ ἔλαττον
παρὰ τὴν πρᾶξιν.
Ἥ τε εὐδαιμονία δοκεῖ
εἶναι ἐν τῇ σχολῇ·
ἀσχολούμεθα γὰρ
ἵνα σχολάζωμεν,
καὶ πολεμοῦμεν
ἵνα ἄγωμεν εἰρήνην.
Ἡ μὲν οὖν ἐνέργεια
τῶν ἀρετῶν πρακτικῶν
ἐν πολιτικοῖς
ἢ ἐν τοῖς πολεμικοῖς·
αἱ δὲ πράξεις
περὶ ταῦτα
δοκοῦσιν εἶναι ἄσχολοι,
αἱ μὲν πολεμικαὶ
καὶ παντελῶς,
οὐδεὶς γὰρ αἱρεῖται
τὸ πολεμεῖν
ἕνεκα τοῦ πολεμεῖν,
οὐδὲ παρασκευάζει
τὸν πόλεμον·
τὶς γὰρ δόξαι ἂν
εἶναι παντελῶς μιαιφόνος,
εἰ ποιοῖτο τοὺς φίλους
πολεμίους,
ἵνα μάχαι καὶ φόνοι
γίνοιντο.

même étant avec lui-même (seul)
peut contempler,
et *d'autant* plus
qu'il sera plus sage;
et peut-être mieux
ayant (s'il a)
des associés-à-ses-travaux,
mais cependant [me.
très-capable-de-se-suffire-à-lui-mê-
Et lui (cet acte) paraîtrait seul
être aimé pour lui-même;
car rien ne résulte
de lui
outre le contempler,
mais des choses pratiques
nous acquérons
ou plus ou moins
outre l'action.
Et le bonheur paraît
être dans le loisir;
car nous nous-occupons
afin que nous ayons-du-loisir,
et nous faisons-la-guerre
afin que nous menions la paix.
Or d'une part l'acte
des vertus pratiques
a lieu dans les choses politiques
ou dans les choses guerrières;
d'autre part les actions
relativement à ces choses,
paraissent être sans-loisir,
les guerrières d'une part
même complètement,
car personne ne préfère
le faire-la-guerre
pour le faire-la-guerre,
ni ne prépare *dans ce dessein*
la guerre;
car on paraîtrait
être tout à fait sanguinaire,
si on se-faisait ses amis
ennemis,
afin que combats et meurtres
eussent-lieu.

δὲ καὶ ἡ τοῦ πολιτικοῦ ἄσχολος, καὶ παρ' αὐτὸ τὸ πολιτεύεσθαι περιποιουμένη δυναστείας καὶ τιμὰς ἢ τήν γε εὐδαιμονίαν αὐτῷ καὶ τοῖς πολίταις, ἑτέραν οὖσαν τῆς πολιτικῆς, ἣν καὶ ζητοῦμεν δῆλον ὡς ἑτέραν οὖσαν.

Εἰ δὴ τῶν μὲν κατὰ τὰς ἀρετὰς πράξεων αἱ πολιτικαὶ καὶ πολεμικαὶ κάλλει καὶ μεγέθει προέχουσιν, αὗται δ' ἄσχολοι καὶ τέλους τινὸς ἐφίενται καὶ οὐ δι' αὑτὰς αἱρεταί εἰσιν, ἡ δὲ τοῦ νοῦ ἐνέργεια σπουδῇ τε διαφέρειν δοκεῖ θεωρητικὴ οὖσα, καὶ παρ' αὑτὴν οὐδενὸς ἐφίεσθαι τέλους, ἔχειν τε ἡδονὴν τελείαν οἰκείαν (αὕτη δὲ συναύξει τὴν ἐνέργειαν), καὶ τὸ αὔταρκες δὲ καὶ σχολαστικὸν καὶ ἄτρυτον ὡς ἀνθρώπῳ καὶ ὅσα ἄλλα τῷ μακαρίῳ ἀπονέμεται κατὰ ταύτην τὴν ἐνέργειαν φαίνεται ὄντα· ἡ τελεία δὴ εὐδαιμονία αὕτη ἂν

combats et des meurtres. D'autre part, la vie de l'homme politique lui laisse aussi bien peu de loisirs, et, outre les soins de l'administration, il est sans cesse occupé à acquérir de la puissance et des honneurs, ou à se procurer à lui-même et à ses concitoyens un bonheur tout différent de la politique elle-même et que nous recherchons évidemment comme tel.

Si donc, entre les actions qui sont conformes à la vertu, celles d'un homme livré aux travaux de l'administration et de la guerre l'emportent par leur éclat et par leur importance, mais ne laissent aucun moment de loisir, tendent toujours à quelque but, et ne sont nullement préférables par elles-mêmes, tandis que l'acte de la raison, qui comporte une application sérieuse, étant purement contemplatif, n'ayant d'autre fin que lui-même, et portant avec soi une volupté qui lui est propre, donne plus d'énergie à nos actes; si la condition de se suffire à soi-même, un loisir sans fin (autant que le comporte la nature de l'homme), et tous les autres avantages qui caractérisent la félicité parfaite, sont le partage de ce genre d'activité, il s'ensuit que c'est elle qui est réellement le

Καὶ δὲ
ἡ πολιτικοῦ
ἐστιν ἄσχολος,
περιποιουμένη
καὶ παρὰ αὐτὸ
τὸ πολιτεύεσθαι
δυναστείας καὶ τιμὰς
καὶ τήν γε εὐδαιμονίαν
αὐτῷ καὶ τοῖς πολίταις,
οὖσαν ἑτέραν
τῆς πολιτικῆς,
ἣν καὶ ζητοῦμεν
δῆλον
ὡς οὖσαν ἑτέραν.
Εἰ δὴ αἱ πολιτικαὶ μὲν
καὶ πολεμικαὶ
τῶν πράξεων κατὰ τὰς ἀρετὰς
προέχουσι κάλλει
καὶ μεγέθει,
αὗται δὲ ἄσχολοι
καὶ ἐφίενταί τινος τέλους
καὶ οὐκ εἰσὶν
αἱρεταὶ
διὰ αὑτάς,
ἡ δὲ ἐνέργεια τοῦ νοῦ
δοκεῖ διαφέρειν τε
σπουδῇ
οὖσα θεωρητική,
καὶ ἐφίεσθαι οὐδενὸς τέλους
παρὰ αὑτήν,
ἔχειν τε
ἡδονὴν οἰκείαν τελείαν
(αὕτη δὲ συναύξει
τὴν ἐνέργειαν),
καὶ τὸ αὔταρκες δὲ
καὶ σχολαστικὸν
καὶ ἄτρυτον
ὡς ἀνθρώπῳ
καὶ ὅσα ἄλλα
ἀπονέμεται τῷ μακαρίῳ,
φαίνεται ὄντα
κατὰ ταύτην τὴν ἐνέργειαν·
αὕτη δὴ εἴη ἂν
ἡ εὐδαιμονία τελεία

D'autre part aussi
l'*action* du politique
est sans-loisir,
cherchant-à-se-procurer
aussi outre *cela* même
le gouverner-l'-État
pouvoirs et honneurs
et du-moins le bonheur
pour lui-même et ses concitoyens
bonheur étant différent
de la politique,
que même nous recherchons
évidemment
comme étant différent.
Si donc les politiques d'une part
et *les* guerrières
des actions selon les vertus
l'emportent en beauté
et en grandeur,
et *que* celles-ci *soient* sans-loisir,
et *qu*'elles tendent à quelque but,
et *qu*'elles ne soient pas
préférables
par elles-mêmes,
que d'autre part l'acte de l'esprit
paraisse et l'emporter
par le sérieux
étant contemplatif,
et ne tendre à aucun but
en-dehors-de lui-même,
et avoir
un plaisir propre complet [temps
(et ce *plaisir* augmente-en-même
l'acte), [soi-même
et *si* d'autre part le se-suffire-à-
et le loisir
et l'absence-de-fatigue [homme
comme *cela est possible* pour un
et toutes les autres choses qui
sont attribuées à l'*homme* heureux,
sont-manifestes étant
dans cet acte;
ce serait donc
le bonheur complet

εἴη ἀνθρώπου, λαβοῦσα μῆκος βίου τέλειον. Οὐδὲν γὰρ ἀτελές ἐστιν τῶν τῆς εὐδαιμονίας.

Ὁ δὲ τοιοῦτος ἂν εἴη βίος κρείττων ἢ κατ' ἄνθρωπον· οὐ γὰρ ᾗ ἄνθρωπός ἐστιν οὕτως βιώσεται, ἀλλ' ᾗ θεῖόν τι ἐν αὐτῷ ὑπάρχει· ὅσῳ δὲ διαφέρει τοῦτο τοῦ συνθέτου[1], τοσούτῳ καὶ ἡ ἐνέργεια τῆς κατὰ τὴν ἄλλην ἀρετήν. Εἰ δὴ θεῖον ὁ νοῦς πρὸς τὸν ἄνθρωπον, καὶ ὁ κατὰ τοῦτον βίος θεῖος πρὸς τὸν ἀνθρώπινον βίον. Οὐ χρὴ δὲ κατὰ τοὺς παραινοῦντας[2] ἀνθρώπινα φρονεῖν ἄνθρωπον ὄντα οὐδὲ θνητὰ τὸν θνητόν, ἀλλ' ἐφ' ὅσον ἐνδέχεται ἀθανατίζειν καὶ πάντα ποιεῖν πρὸς τὸ ζῆν κατὰ τὸ κράτιστον τῶν ἐν αὐτῷ· εἰ γὰρ καὶ τῷ ὄγκῳ μικρόν ἐστι, δυνάμει καὶ τιμιότητι πολὺ μᾶλλον πάντων ὑπερέχει.

Δόξειε δ' ἂν καὶ εἶναι ἕκαστος τοῦτο, εἴπερ τὸ κύριον

bonheur de l'homme, quand elle a rempli toutefois la durée de sa vie; car rien d'imparfait ne peut être compté parmi les éléments ou conditions du bonheur.

Cependant, une telle vie serait au-dessus de la condition humaine; car ce n'est pas comme homme qu'on pourrait vivre ainsi, mais comme ayant en soi quelque chose de divin; et autant ce principe est supérieur à ce qui est composé, autant l'acte qui lui appartient exclusivement est au-dessus de la vertu morale. Or, si la raison est quelque chose de divin par rapport à l'homme, de même une telle vie est divine par rapport à la vie humaine. Il ne faut donc pas suivre le conseil de ceux qui veulent qu'on n'ait que des sentiments conformes à l'humanité, parce qu'on est homme, et qu'on n'aspire qu'à la destinée d'une créature mortelle, puisqu'on est mortel; mais nous devons nous appliquer, autant qu'il est possible, à nous rendre dignes de l'immortalité, et faire tous nos efforts pour conformer notre vie à ce qu'il y a en nous de plus sublime. Car, si ce principe divin est petit par l'espace qu'il occupe, il est, par sa puissance et par sa dignité, au-dessus de tout.

On est même autorisé à croire que c'est lui qui constitue proprement chaque individu, puisqu'il en est la partie dominante et

ἀνθρώπου,	de l'homme [partage
λαβοῦσα	ayant reçu (à condition qu'il ait en-
μῆκος τέλειον βίου.	la longueur complète de la vie.
Οὐδὲν γὰρ ἀτελές	Car rien d'incomplet
ἐστιν τῶν	n'est des (dans les) choses
τῆς εὐδαιμονίας.	du bonheur.
Ὁ δὲ βίος τοιοῦτος	Or la vie telle
εἴη ἂν κρείττων	serait meilleure
ἢ κατὰ ἄνθρωπον·	que eu-égard-à-l'homme :
οὐ γὰρ βιώσεται οὕτως	car il ne vivra pas ainsi
ᾗ ἐστιν ἄνθρωπος,	en-tant-qu'il est homme, [divin
ἀλλὰ ᾗ τι θεῖον,	mais en-tant-que quelque *principe*
ὑπάρχει ἐν αὐτῷ·	existe en lui ;
ὅσῳ δὲ τοῦτο	et d'autant que (autant) ce *principe*
διαφέρει τοῦ συνθέτου,	l'emporte sur le composé,
τοσούτῳ καὶ ἡ ἐνέργεια	d'autant aussi l'acte *qui en résulte*
τῆς	l'*emporte sur* l'*acte*
κατὰ τὴν ἄλλην ἀρετήν.	*qui est* selon les autres vertus.
Εἰ δὴ ὁ νοῦς θεῖον	Si donc l'esprit *est* chose divine
πρὸς τὸν ἄνθρωπον,	par-rapport-à l'homme,
καὶ ὁ βίος κατὰ τοῦτον	la vie aussi selon celui-ci (l'esprit)
θεῖος	*est* divine
πρὸς τὸν βίον ἀνθρώπινον.	par-rapport-à la vie humaine.
Οὐ χρὴ δὲ	D'ailleurs il ne faut pas
κατὰ τοὺς παραινοῦντας	selon ceux qui nous *y* exhortent
ὄντα ἄνθρωπον	étant homme
φρονεῖν ἀνθρώπινα	penser des choses humaines
οὐδὲ τὸν θνητὸν	ni celui *étant* mortel
θνητά,	*penser* des choses mortelles,
ἀλλὰ ἐπὶ ὅσον ἐνδέχεται	mais pour autant qu'il est-possible
ἀθανατίζειν	s'immortaliser
καὶ ποιεῖν πάντα	et faire toutes choses
πρὸς τὸ ζῆν	pour le vivre
κατὰ τὸ κράτιστον	selon la meilleure
τῶν ἐν αὐτῷ·	des choses *étant* en lui-même ;
εἰ γὰρ ἐστι μικρὸν	car si elle est petite
τῷ ὄγκῳ,	par le volume, [*autres*
ὑπερέχει πάντων	elle s'élève au-dessus de toutes *les*
πολὺ μᾶλλον	bien davantage
δυνάμει καὶ τιμιότητι.	par *sa* puissance et *sa* valeur.
Τοῦτο δὲ δόξειεν ἂν	Ce *principe* d'ailleurs paraîtrait
καὶ εἶναι	même être
ἕκαστος,	chacun (le fonds de chacun),
εἴπερ τὸ κύριον	puisqu'*il est* le *principe* dominant

καὶ ἄμεινον· ἄτοπον οὖν γίνοιτ' ἄν, εἰ μὴ τὸν αὑτοῦ βίον αἱροῖτο[1] ἀλλά τινος ἄλλου[2]. Τὸ λεχθέν τε πρότερον ἁρμόσει καὶ νῦν· τὸ γὰρ οἰκεῖον ἑκάστῳ τῇ φύσει κράτιστον καὶ ἥδιστόν ἐστιν ἑκάστῳ. Καὶ τῷ ἀνθρώπῳ δὴ ὁ κατὰ τὸν νοῦν βίος, εἴπερ τοῦτο μάλιστα[3] ἄνθρωπος. Οὗτος ἄρα καὶ εὐδαιμονέστατος.

VIII. Δευτέρως δ' ὁ κατὰ τὴν ἄλλην ἀρετήν· αἱ γὰρ κατὰ ταύτην ἐνέργειαι ἀνθρωπικαί· δίκαια γὰρ καὶ ἀνδρεῖα καὶ τὰ ἄλλα τὰ κατὰ τὰς ἀρετὰς πρὸς ἀλλήλους πράττομεν ἐν συναλλάγμασιν καὶ χρείαις καὶ πράξεσι παντοίαις, ἔν τε τοῖς πάθεσι διατηροῦντες τὸ πρέπον ἑκάστῳ, ταῦτα δ' εἶναι φαίνεται πάντα ἀνθρωπικά.

Ἔνια δὲ καὶ συμβαίνειν ἀπὸ τοῦ σώματος δοκεῖ, καὶ πολλὰ συνῳκειῶσθαι τοῖς πάθεσιν ἡ τοῦ ἤθους ἀρετή.

supérieure : par conséquent, il y aurait de l'absurdité à ne pas adopter sa propre vie et à aller choisir celle d'un autre. Ceci s'accorde tout à fait avec ce que nous avons dit précédemment : car ce qu'il y a de propre à la nature de chaque être, avons-nous dit, est aussi ce qu'il y a naturellement de plus précieux et de plus agréable pour lui : or, c'est ce que doit être pour l'homme une vie dirigée par la raison, s'il est vrai que la raison soit vraiment tout l'homme. Une telle vie est donc, en effet, la plus complètement heureuse.

VIII. On peut placer au second rang la vie conforme aux vertus morales : car les actions auxquelles elles donnent lieu sont purement humaines, puisque la justice, le courage et les autres vertus que nous pratiquons dans les transactions mutuelles, dans les affaires et dans les circonstances de tout genre où nos passions interviennent, observant, à l'égard de chaque personne ce qui est convenable, sont toutes choses qui composent la vie humaine.

Il semble aussi que, dans bien des cas, les impressions purement corporelles exercent quelque influence, et que souvent la vertu morale a une affinité très grande avec les passions.

καὶ ἄμεινον·
γίνοιτο οὖν ἂν ἄτοπον,
εἰ αἱροῖτο μὴ τὸν βίον
αὑτοῦ
ἀλλά τινος ἄλλου.
Τὸ λεχθέν τε πρότερον
ἁρμόσει καὶ νῦν·
τὸ γὰρ οἰκεῖον
τῇ φύσει
ἑκάστῳ
ἐστὶ κράτιστον
καὶ ἥδιστον
ἑκάστῳ.
Καὶ τῷ ἀνθρώπῳ δὴ
ὁ βίος κατὰ τὸν νοῦν,
εἴπερ τοῦτο
ἄνθρωπος μάλιστα.
Οὗτος ἄρα
καὶ εὐδαιμονέστατος.
VIII. Δευτέρως δὲ
ὁ κατὰ τὴν ἄλλην ἀρετήν·
αἱ γὰρ ἐνέργειαι
κατὰ ταύτην
ἀνθρωπικαί·
πράττομεν γὰρ
πρὸς ἀλλήλους
δίκαια
καὶ ἀνδρεῖα
καὶ τὰ ἄλλα
κατὰ τὰς ἀρετὰς
ἐν συναλλάγμασιν
καὶ χρείαις
καὶ πράξεσι παντοίαις,
ἔν τε τοῖς πάθεσι
διατηροῦντες
τὸ πρέπον ἑκάστῳ·
πάντα δὲ ταῦτα φαίνεται
εἶναι ἀνθρωπικά.
Ἔνια δὲ καὶ
δοκεῖ
συμβαίνειν ἀπὸ τοῦ σώματος,
καὶ ἡ ἀρετὴ τοῦ ἤθους
συνῳκειῶσθαι πολλὰ
τοῖς πάθεσιν.

et supérieur;
il serait donc absurde,
si *on* choisissait non la vie
de soi-même
mais de quelque autre.
Et ce qui a été dit précédemment
s'appliquera aussi maintenant :
car *ce qui est* propre
à la nature
à (de) chacun
est le meilleur
et le plus agréable
pour chacun.
Et pour l'homme donc
la *vie* selon l'esprit,
puisque ce *principe*-là
est l'homme surtout.
Cette vie par-conséquent
est aussi la plus heureuse.
VIII. Or au-second-rang
est la *vie* selon les autres vertus;
car les actes
selon ces *vertus*-là
sont humains;
car nous faisons
les uns à-l'-égard des autres
des choses justes
et courageuses
et les autres choses
selon ces vertus
dans des contrats
et des nécessités
et des affaires de-toutes-sortes,
et dans les passions
en observant
ce qui convient à chacun :
or toutes ces choses sont-manifestes
être humaines.
Or quelques-unes aussi
paraissent
venir du corps,
et la vertu du caractère (morale)
être-proche en beaucoup *de points*
des passions.

Συνέζευκται δὲ καὶ ἡ φρόνησις τῇ τοῦ ἤθους ἀρετῇ, καὶ αὕτη τῇ φρονήσει, εἴπερ αἱ μὲν τῆς φρονήσεως ἀρχαὶ κατὰ τὰς ἠθικάς εἰσιν ἀρετάς, τὸ δ' ὀρθὸν τῶν ἠθικῶν κατὰ τὴν φρόνησιν. Συνηρτημέναι δ' αὗται καὶ τοῖς πάθεσι περὶ τὸ σύνθετον ἂν εἶεν· αἱ δὲ τοῦ συνθέτου ἀρεταὶ ἀνθρωπικαί. Καὶ ὁ βίος δὴ ὁ κατὰ ταύτας καὶ ἡ εὐδαιμονία. Ἡ δὲ τοῦ νοῦ κεχωρισμένη· τοσοῦτον γὰρ περὶ αὐτῆς εἴρηται· διακριβῶσαι γὰρ μεῖζον τοῦ προκειμένου ἐστίν.

Δόξειε δ' ἂν καὶ τῆς ἐκτὸς χορηγίας[1] ἐπὶ μικρὸν ἢ ἐπ' ἔλαττον δεῖσθαι τῆς ἠθικῆς. Τῶν μὲν γὰρ ἀναγκαίων ἀμφοῖν χρεία καὶ ἐξ ἴσου ἔστω, εἰ καὶ μᾶλλον διαπονεῖ περὶ τὸ σῶμα ὁ πολιτικός, καὶ ὅσα τοιαῦτα (μικρὸν γὰρ ἄν τι διαφέροι)· πρὸς δὲ τὰς ἐνεργείας πολὺ διοίσει. Τῷ μὲν γὰρ ἐλευθερίῳ δεήσει χρημάτων

La prudence s'associe également à la vertu morale, et celle-ci à la prudence, car les principes de la prudence sont conformes aux vertus morales comme ce que celles-ci ont de régulier l'est à la prudence : or les vertus morales étant indissolublement unies aux passions, ne peuvent se trouver que dans un sujet complexe; elles sont donc les vertus d'un être composé, elles sont donc purement humaines, et par conséquent, il en faut dire autant de la vie qui y est conforme, et aussi du bonheur, tandis que celui de la raison existe à part. Mais c'en est assez sur cet article; car une discussion plus exacte et plus étendue dépasserait le but que nous nous proposons ici.

Au reste, le bonheur de la vie contemplative ne semble exiger que peu des biens extérieurs, ou paraît en exiger moins que le bonheur qui résulte de la vertu morale. Supposons, en effet, dans l'un et l'autre genre de vie, un égal besoin des biens nécessaires : car, quoique l'homme appelé à des fonctions publiques ait à supporter plus de fatigues corporelles, et d'autres choses de cette espèce, il n'y aura pas au fond une très grande différence; mais il y en aura une très grande par rapport aux actions. En effet, il faudra beaucoup d'argent au libéral pour exercer sa libéralité, à

Καὶ δὲ ἡ φρόνησις
συνέζευκται
τῇ ἀρετῇ τοῦ ἤθους,
καὶ αὕτη τῇ φρονήσει,
εἴπερ αἱ μὲν ἀρχαὶ
τῆς φρονήσεως
εἰσὶ κατὰ τὰς ἀρετὰς
ἠθικάς,
τὸ δὲ ὀρθὸν
τῶν ἠθικῶν
κατὰ τὴν φρόνησιν.
Αὗται δὲ συνηρτημέναι
καὶ τοῖς πάθεσιν
εἶεν ἂν περὶ τὸ σύνθετον·
αἱ δὲ ἀρεταὶ τοῦ συνθέτου
ἀνθρωπικαί.
Καὶ ὁ βίος δὴ
ὁ κατὰ τὰς ἀρετὰς
καὶ ἡ εὐδαιμονία.
Ἡ δὲ τοῦ νοῦ
κεχωρισμένη·
εἴρηται γὰρ τοσοῦτον
περὶ αὐτῆς·
διακριβῶσαι γάρ ἐστιν
μεῖζον τοῦ προκειμένου.
Δόξειε δὲ ἂν
καὶ δεῖσθαι
τῆς χορηγίας ἐκτὸς
ἐπὶ μικρὸν ἢ ἐπὶ ἔλαττον
τῆς ἠθικῆς.
Χρεία μὲν γὰρ
τῶν ἀναγκαίων
ἔστω ἀμφοῖν
καὶ ἐξ ἴσου,
εἰ καὶ ὁ πολιτικὸς
διαπονεῖ μᾶλλον τὸ σῶμα,
καὶ ὅσα
τοιαῦτα
(διαφέροι γὰρ ἂν μικρόν τι)·
διοίσει δὲ πολὺ
πρὸς τὰς ἐνεργείας.
Δεήσει μὲν γὰρ
τῷ ἐλευθερίῳ
χρημάτων

Et d'autre part aussi la prudence
est unie
à la vertu du caractère,
et celle-ci à la prudence,
puisque d'une part les principes
de la prudence
sont selon les vertus
morales,
que d'autre part le régulier
des *vertus* morales
est selon la prudence.
Or ces *vertus* étant liées
aussi avec les passions
seraient par-rapport au composé:
or les vertus du composé
sont humaines.
Et la vie donc
celle selon les vertus *est humaine*
et (ainsi que) le (ce) bonheur.
Mais le *bonheur* de l'esprit
est séparé;
car il a été dit autant *qu'il faut*
sur lui;
car discuter-exactement est
plus grand que le *but* proposé.
D'autre part il paraîtrait
aussi avoir-besoin
de la fourniture du-dehors
en peu ou en moins
que le *bonheur* moral.
Car *j'admets* que le besoin
des choses nécessaires
soit à tous-deux
même à égalité,
quoique l'homme politique
se-fatigue plus du corps,
et de toutes-les-choses-qui
sont telles
(car *cela* différerait quelque peu):
mais *cela* différera beaucoup
pour les actes.
Car il faudra d'une part
à *l'homme* libéral
de l'argent,

πρὸς τὸ πράττειν τὰ ἐλευθέρια, καὶ τῷ δικαίῳ δὴ εἰς τὰς ἀνταποδόσεις (αἱ γὰρ βουλήσεις ἄδηλοι, προσποιοῦνται δὲ καὶ οἱ μὴ δίκαιοι βούλεσθαι δικαιοπραγεῖν), τῷ ἀνδρείῳ δὲ δυνάμεως, εἴπερ ἐπιτελεῖ τι τῶν κατὰ τὴν ἀρετήν, καὶ τῷ σώφρονι ἐξουσίας. Πῶς γὰρ δῆλος ἔσται ἢ οὗτος ἢ τῶν ἄλλων τις;

Ἀμφισϐητεῖταί τε πότερον κυριώτερον τῆς ἀρετῆς ἡ προαίρεσις ἢ αἱ πράξεις, ὡς ἐν ἀμφοῖν οὔσης· τὸ δὴ τέλειον δῆλον ὡς ἐν ἀμφοῖν ἂν εἴη· πρὸς δὲ τὰς πράξεις πολλῶν δεῖται, καὶ ὅσῳ ἂν μείζους ὦσιν καὶ καλλίους, πλειόνων.

Τῷ δὲ θεωροῦντι οὐδενὸς τῶν τοιούτων πρός γε τὴν ἐνέργειαν χρεία, ἀλλ' ὡς εἰπεῖν καὶ ἐμπόδιά ἐστιν πρός γε τὴν θεωρίαν· ᾗ δ' ἄνθρωπός ἐστιν καὶ πλείοσι συζῇ, αἱρεῖται τὰ κατὰ τὴν ἀρετὴν πράττειν· δεήσεται οὖν τῶν τοιούτων πρὸς τὸ ἀνθρωπεύεσθαι.

l'homme juste pour rendre mutuellement aux autres ce qu'il en a reçu; car la volonté ne se voit pas, et ceux qui ne sont pas justes feignent souvent de vouloir pratiquer la justice. Il faudra à l'homme courageux une certaine puissance pour accomplir certains actes de courage; l'homme tempérant lui-même a besoin de quelque aisance; car sans les moyens de se satisfaire, comment saurait-on s'il est tempérant ou s'il n'est pas tout autre chose?

Cependant, on demande si l'intention est plus essentielle à la vertu que les actes, attendu qu'elle consiste dans ces deux choses. Il est visible qu'elle n'existe complètement qu'avec ces deux conditions; mais, pour exécuter les actes, on a besoin de beaucoup de choses, et plus ils sont généreux et imposants, plus il faut de moyens.

Celui qui se livre à la vie contemplative, au contraire, n'a nul besoin de tout cela pour exercer ses fonctions; ce seraient même, pour ainsi dire, des obstacles, du moins à la pure contemplation. Toutefois, en tant qu'homme et appelé à vivre avec les hommes, il préfère exécuter les actes conformes à la vertu, et, par conséquent, il aura besoin de toutes ces ressources pour faire son métier.

πρὸς τὸ πράττειν τὰ ἐλευθέρια,	pour faire les choses libérales,
καὶ τῷ δικαίῳ δὴ	et à l'homme juste certes
πρὸς τὰς ἀνταποδόσεις	pour les dons-en-retour
(αἱ γὰρ βουλήσεις ἄδηλοι,	(car les volontés *sont* obscures,
καὶ δὲ οἱ μὴ δίκαιοι	et aussi ceux *qui* ne *sont* pas justes
προσποιοῦνται βούλεσθαι	feignent de vouloir
δικαιοπραγεῖν),	agir-justement),
δυνάμεως δὲ	et *il faudra* du pouvoir
τῷ ἀνδρείῳ,	à l'*homme* courageux,
εἴπερ ἐπιτελεῖ	si-toutefois il accomplit
τι τῶν	quelqu'une des choses
κατὰ τὴν ἀρετήν.	selon la vertu,
καὶ τῷ σώφρονι	et au tempérant
ἐξουσίας.	la faculté *de ne pas l'être.*
Πῶς γὰρ ἔσται δῆλος	Car comment sera-t-il-évident
ἢ οὗτος	ou *étant* celui-là (tempérant)
ἤ τις	ou quelqu'un
τῶν ἄλλων;	des autres (des non-tempérants)?
Ἀμφισβητεῖταί τε	Et il est controversé
πότερον ἡ προαίρεσις	si l'intention [vertu
ἐστι κυριώτερον τῆς ἀρετῆς	est une chose plus essentielle à la
ἢ αἱ πράξεις,	que les actions, [tes-deux :
ὡς οὔσης ἐν ἀμφοῖν·	comme *la vertu* étant dans tou-
δῆλον δὴ	*il est* évident assurément
ὡς τὸ τέλειον	que la perfection
εἴη ἂν ἐν ἀμφοῖν·	serait dans toutes-deux-*réunies;*
πρὸς δὲ τὰς πράξεις	d'autre part pour les actions
δεῖται πολλῶν,	il est-besoin de beaucoup de choses,
καὶ πλειόνων	et plus nombreuses
ὅσῳ ὦσιν ἂν	d'autant que *les actes* seront
μείζους καὶ καλλίους.	plus grands et plus beaux. [temple
Τῷ δὲ θεωροῦντι	D'autre part pour celui qui con-
χρεία	*il n'est* besoin
οὐδενὸς τῶν τοιούτων	d'aucune des choses telles
πρός γε τὴν ἐνέργειαν,	du-moins pour l'acte,
ἀλλὰ ὡς εἰπεῖν	mais pour dire *ainsi*
ἐστιν ἐμπόδια	*ce* sont des obstacles
πρός γε τὴν θεωρίαν·	du-moins pour la contemplation :
ᾗ δέ ἐστιν ἄνθρωπος	d'autre part en-tant-qu'il est hom-
καὶ συζῇ πλείοσι,	et *qu*'il vit-avec plusieurs, [me
αἱρεῖται πράττειν	il préfère exécuter
τὰ κατὰ τὴν ἀρετήν·	les choses selon la vertu : [telles
δεήσεται οὖν τῶν τοιούτων	il aura-besoin donc des *ressources*
πρὸς τὸ ἀνθρωπεύεσθαι.	pour faire-le-métier-d'-homme.

Ἡ δὲ τελεία εὐδαιμονία ὅτι θεωρητική τίς ἐστιν ἐνέργεια, καὶ ἐντεῦθεν ἂν φανείη. Τοὺς θεοὺς γὰρ μάλιστα ὑπειλήφαμεν μακαρίους καὶ εὐδαίμονας εἶναι· πράξεις δὲ ποίας ἀπονεῖμαι χρεὼν αὐτοῖς; πότερα τὰς δικαίας; ἢ γελοῖοι φανοῦνται συναλλάττοντες καὶ παρακαταθήκας ἀποδιδόντες καὶ ὅσα τοιαῦτα; ἀλλὰ τὰς ἀνδρείους, ὑπομένοντας τὰ φοβερὰ καὶ κινδυνεύοντας ὅτι καλόν; ἢ τὰς ἐλευθερίους; τίνι δὲ δώσουσιν; ἄτοπον δ' εἰ καὶ ἔσται αὐτοῖς νόμισμα ἤ τι τοιοῦτον. Αἱ δὲ σώφρονες τί ἂν εἶεν; ἢ φορτικὸς ὁ ἔπαινος, ὅτι οὐκ ἔχουσιν φαύλας ἐπιθυμίας; διεξιοῦσι δὲ πάντα φαίνοιτ' ἂν τὰ περὶ τὰς πράξεις μικρὰ καὶ ἀνάξια θεῶν. Ἀλλὰ μὴν ζῆν τε πάντες ὑπειλήφασιν αὐτούς, καὶ ἐνεργεῖν ἄρα· οὐ γὰρ δὴ καθεύδειν ὥσπερ τὸν Ἐνδυμίωνα[1]. Τῷ δὲ ζῶντι τοῦ πράττειν ἀφαιρουμένου, ἔτι δὲ μᾶλλον

Mais voici de quoi nous convaincre que le parfait bonheur est une sorte d'activité purement contemplative. En effet, nous avons reconnu que ce sont les Dieux surtout qui jouissent d'une félicité absolue et sans bornes : or, quelles actions faudra-t-il leur attribuer? des actes de justice? Ne serait-il pas ridicule de se les représenter contractant des engagements, restituant des dépôts, et faisant d'autres choses de ce genre? Supposera-t-on qu'ils font des actes de courage, qu'ils affrontent le péril, ou s'exposent aux dangers, parce que cela est beau et honorable, ou qu'ils pratiquent la libéralité? Mais à qui feront-ils des présents? Il serait absurde de supposer qu'ils ont de l'argent monnayé, ou quelque chose de pareil. Que sera-ce si l'on suppose qu'ils sont tempérants? Ne serait-ce pas un grossier outrage envers les Dieux, que de les louer de ce qu'ils n'ont pas des désirs honteux? En un mot, si l'on considère en détail toutes les actions de la vie pratique, on les trouvera basses, petites, et indignes de la majesté des Dieux. Cependant tout le monde croit qu'ils existent, qu'ils vivent et, par conséquent, qu'ils agissent; car apparemment ils ne dorment pas sans cesse, comme Endymion. Or, si l'on ôte à un être vivant la faculté d'agir, et plus encore celle de créer ou de produire, que

Φανείη δὲ ἂν	D'autre part il serait-évident
καὶ ἐντεῦθεν	aussi de-là
ὅτι ἡ εὐδαιμονία τελεία	que le bonheur parfait
ἐστί τις ἐνέργεια θεωρητική.	est un acte contemplatif.
Ὑπειλήφαμεν γὰρ	Nous avons supposé en-effet
τοὺς θεοὺς εἶναι	les dieux être
μακαρίους καὶ εὐδαίμονας·	fortunés et heureux ;
ποίας δὲ πράξεις	or quels actes
χρέων ἀπονεῖμαι αὐτοῖς ;	faut-il attribuer à eux?
πότερα τὰς δικαίας ;	est-ce les *actes* justes?
ἢ φανοῦνται	est-ce-qu'ils ne paraîtront pas
γελοῖοι	ridicules
συναλλάττοντες	faisant-des-contrats
καὶ ἀποδίδοντες παρακαταθήκας	et rendant des dépôts
καὶ ὅσα	et *faisant* toutes les choses
τοιαῦτα ;	*qui sont* telles?
ἀλλὰ τὰς ἀνδρείους,	mais (ou bien) les *actes* courageux,
ὑπομένοντας τὰ φόβερα	affrontant les choses redoutables
καὶ κινδυνεύοντας	et s'-exposant-au-danger
ὅτι καλόν ;	parce que *c'est* beau?
ἢ τὰς ἐλευθερίους ;	ou les *actes* libéraux (de libéralité)?
τίνι δὲ δώσουσιν ;	mais à qui donneront-ils?
ἄτοπον δὲ	d'autre part *il serait* absurde
εἰ νόμισμα	si la monnaie
ἤ τι τοιοῦτον	ou quelque chose de tel
ἔσται αὐτοῖς.	sera (était) à eux.
Τί δὲ εἶεν ἂν	Et que seraient (que pourraient être)
αἱ σώφρονες ;	les *actes* tempérants ?
ἢ ὁ ἔπαινος	est-ce-que cette louange n'*est* pas
φορτικός,	grossière
ὅτι οὐκ ἔχουσι	*de dire* qu'ils n'ont pas
ἐπιθυμίας φαύλας ;	de désirs mauvais?
πάντα δὲ τὰ	or toutes les choses
περὶ τὰς πράξεις	relativement aux actions
φαίνοιτο ἂν	seraient-manifestement
τοῖς διεξιοῦσι	pour *ceux* les examinant
μικρὰ καὶ ἀνάξια θεῶν.	petites et indignes des dieux.
Ἀλλὰ μὴν πάντες	Mais certes tous
ὑπειλήφαμεν αὐτοὺς ζῆν τε,	nous avons supposé eux et vivre,
καὶ ἄρα ἐνεργεῖν·	et donc agir ;
οὐ γὰρ δὴ-καθεύδειν	car non certes dormir
ὥσπερ τὸν Ἐνδυμίωνα.	comme Endymion.
Τοῦ δὲ πράττειν,	D'autre part le agir,
ἔτι δὲ μᾶλλον τοῦ ποιεῖν	et encore plus le créer

τοῦ ποιεῖν, τί λείπεται πλὴν θεωρία; ὥστε τοῦ θεοῦ ἐνέργεια, μακαριότητι διαφέρουσα, θεωρητικὴ ἂν εἴη. Καὶ τῶν ἀνθρωπίνων δὴ ἡ ταύτῃ συγγενεστάτη εὐδαιμονικωτάτη.

Σημεῖον δὲ καὶ τὸ μὴ μετέχειν τὰ λοιπὰ ζῷα εὐδαιμονίας, τῆς τοιαύτης ἐνεργείας ἐστερημένα τελείως. Τοῖς μὲν γὰρ θεοῖς ἅπας ὁ βίος μακάριος, τοῖς δ' ἀνθρώποις, ἐφ' ὅσον ὁμοίωμά τι τῆς τοιαύτης ἐνεργείας ὑπάρχει· τῶν δ' ἄλλων ζῴων οὐδὲν εὐδαιμονεῖ, ἐπειδὴ οὐδαμῇ κοινωνεῖ θεωρίας. Ἐφ' ὅσον δὴ διατείνει ἡ θεωρία, καὶ ἡ εὐδαιμονία, καὶ οἷς μᾶλλον ὑπάρχει τὸ θεωρεῖν, καὶ εὐδαιμονεῖν, οὐ κατὰ συμβεβηκὸς ἀλλὰ κατὰ τὴν θεωρίαν· αὕτη γὰρ καθ' αὑτὴν τιμία. Ὥστ' εἴη ἂν ἡ εὐδαιμονία θεωρία τις.

IX. Δεήσει δὲ καὶ τῆς ἐκτὸς εὐημερίας ἀνθρώπῳ

lui reste-t-il que la pure contemplation? de sorte que l'activité de Dieu, si éminente par la félicité qui l'accompagne, ne saurait être qu'une énergie purement contemplative; et, par conséquent, entre les facultés humaines, celle qui a le plus de ressemblance avec celle-là, est aussi la source du plus parfait bonheur.

Ce qui le prouve encore, c'est que les autres animaux, qui sont entièrement privés d'une pareille activité, ne participent point au bonheur: car la vie des Dieux est un état de félicité constante celle des hommes n'est heureuse qu'autant qu'elle ressemble en quelque chose à une telle activité, tandis qu'aucun autre animal ne peut goûter le bonheur, précisément parce qu'il n'est jamais capable de contemplation. Par conséquent, le bonheur s'étend ou s'augmente à proportion de la faculté contemplative; et plus on la possède à un degré éminent, plus aussi l'on est heureux, non pas par accident, mais par le fait même de la contemplation : car elle est par elle-même d'un grand prix, en sorte qu'on pourrait dire que le bonheur est une sorte de contemplation.

IX. Cependant l'homme ne saurait se passer de l'aisance qui tient

ἀφαιρουμένου τῷ ζῶντι,	étant ôté à l'*être* vivant,
τί λείπεται	que reste-t-il
πλὴν θεωρία;	sauf la contemplation?
ὥστε ἐνέργεια τοῦ θεοῦ,	de-sorte-que l'acte de dieu,
διαφέρουσα μακαριότητι,	l'emportant par le bonheur,
εἴη ἂν θεωρητική.	serait contemplatif.
Καὶ δὴ	Et donc
τῶν ἀνθρωπίνων	des *actes* humains
ἡ συγγενεστάτη ταύτῃ	le plus proche de celui-là
εὐδαιμονικωτάτη.	*serait* le plus constitutif-du-bonheur
Σημεῖον δὲ καὶ	D'autre part une preuve encore
τὸ	*est* ceci,
τὰ λοιπὰ ζῷα	les autres animaux
μὴ μετέχειν εὐδαιμονίας,	ne pas participer au bonheur,
ἐστερημένα τελείως	étant privés complètement
τῆς ἐνεργείας τοιαύτης.	de l'acte tel.
Τοῖς μὲν γὰρ θεοῖς	D'une part en-effet pour les dieux
ἅπας ὁ βίος	toute la vie
μακάριος,	*est* heureuse,
τοῖς δὲ ἀνθρώποις	d'autre part pour les hommes,
ἐπὶ ὅσον	pour autant que
τι ὁμοίωμα	quelque ressemblance
τῆς ἐνεργείας τοιαύτης	de l'acte tel
ὑπάρχει·	existe;
οὐδὲν δὲ τῶν ἄλλων ζῴων	mais aucun des autres animaux
εὐδαιμονεῖ,	*n*'est-heureux,
ἐπειδὴ κοινωνεῖ	attendu-qu'*aucun* ne participe
οὐδαμῇ	en-aucune-façon
θεωρίας.	à la contemplation.
Ἐπὶ ὅσον δὴ διατείνει	Autant donc s'-étend
ἡ θεωρία,	la contemplation,
καὶ ἡ εὐδαιμονία,	*autant s'étend* aussi le bonheur,
καὶ οἷς τὸ θεωρεῖν	et *à ceux* auxquels le contempler
ὑπάρχει μᾶλλον,	appartient davantage,
καὶ τὸ εὐδαιμονεῖν,	aussi le être-heureux *appartient davantage*,
οὐ κατὰ συμβεβηκὸς	non par accident,
ἀλλὰ κατὰ τὴν θεωρίαν·	mais selon la contemplation;
αὕτη γὰρ τιμία	car celle-ci *est* précieuse
κατὰ αὑτήν.	par elle-même.
Ὥστε ἡ εὐδαιμονία	De-sorte-que le bonheur
εἴη ἄν τις θεωρία.	serait une contemplation;
IX. Δεήσει δὲ καὶ	IX. D'autre part il faudra auss
τῆς εὐημερίας ἐκτὸς	de l'aisance du-dehors
ὄντι ἀνθρώπῳ·	à *celui* étant homme;

ὄντι· οὐ γὰρ αὐτάρκης ἡ φύσις πρὸς τὸ θεωρεῖν, ἀλλὰ δεῖ καὶ τὸ σῶμα ὑγιαίνειν καὶ τροφὴν καὶ τὴν λοιπὴν θεραπείαν ὑπάρχειν.

Οὐ μὴν οἰητέον γε πολλῶν καὶ μεγάλων δεήσεσθαι τὸν εὐδαιμονήσοντα, εἰ μὴ ἐνδέχεται ἄνευ τῶν ἐκτὸς ἀγαθῶν μακάριον εἶναι· οὐ γὰρ ἐν τῇ ὑπερβολῇ τὸ αὔταρκες οὐδ' ἡ πρᾶξις, δυνατὸν δὲ καὶ μὴ ἄρχοντα γῆς καὶ θαλάττης πράττειν τὰ καλά· καὶ γὰρ ἀπὸ μετρίων δύναιτ' ἄν τις πράττειν κατὰ τὴν ἀρετήν. Τοῦτο δ' ἔστιν ἰδεῖν ἐναργῶς· οἱ γὰρ ἰδιῶται τῶν δυναστῶν οὐχ ἧττον δοκοῦσι τὰ ἐπιεικῆ πράττειν, ἀλλὰ καὶ μᾶλλον. Ἱκανὸν δὲ τοσαῦτα ὑπάρχειν· ἔσται γὰρ ὁ βίος εὐδαίμων τοῦ κατὰ τὴν ἀρετὴν ἐνεργοῦντος.

Καὶ Σόλων δὲ τοὺς εὐδαίμονας ἴσως ἀπεφαίνετο καλῶς, εἰπὼν μετρίως τοῖς ἐκτὸς κεχορηγημένους,

aux biens extérieurs : car la nature humaine est incapable de se suffire à elle-même dans l'exercice de la contemplation ; il faut encore que le corps jouisse de la santé, qu'il puisse se procurer les aliments, et toutes les autres ressources nécessaires.

Mais, d'un autre côté, quoiqu'il n'y ait point de félicité possible sans les biens extérieurs, il ne faut pas s'imaginer que pour être heureux l'on ait besoin de ces biens en grande abondance, et des plus précieux. Car il n'est pas nécessaire d'aller jusqu'à l'excès pour trouver la mesure suffisante, ou les moyens d'agir. On peut, au contraire, faire tout ce qui est honnête et honorable, sans posséder l'empire de la terre et de la mer, et même, avec une fortune médiocre, agir d'une manière conforme à la vertu. C'est ce dont il est facile de se convaincre en considérant que les simples particuliers ne sont pas moins en état que les souverains de faire des actions vertueuses ; ils le sont même plus, et il leur suffit d'avoir les ressources limitées qu'on vient de dire ; car quiconque fait de telles actions ne peut manquer de vivre heureux.

Aussi Solon semble t-il avoir parfaitement défini ce que c'est qu'un homme heureux, quand il a dit que c'est celui qui, médiocrement pourvu des biens de la fortune, a trouvé moyen

ἡ γὰρ φύσις	car la nature
οὐκ αὐτάρκης	n'*est* pas se-suffisant-à-elle-même
πρὸς τὸ θεωρεῖν,	pour le contempler,
ἀλλὰ δεῖ	mais il faut
καὶ τὸ σῶμα ὑγιαίνειν	et le corps être-sain
καὶ τροφὴν	et la nourriture
καὶ τὴν λοιπὴν θεραπείαν	et les autres soins *du corps*
ὑπάρχειν	être. [certes
Οὐ μὴν οἰητέον γε	Toutefois il ne faut pas croire
τὸν εὐδαιμονήσοντα	celui devant-être-heureux
δεήσεσθαι	devoir avoir-besoin
πολλῶν καὶ μεγάλων,	de *biens* nombreux et grands,
εἰ μὴ ἐνδέχεται	s'il n'est-pas-possible
εἶναι μακάριον	d'être heureux
ἄνευ τῶν ἀγαθῶν ἐκτός·	sans les biens du-dehors ;
τὸ γὰρ αὔταρκες	car le se-suffire-à-soi-même
οὐδὲ ἡ πρᾶξις	non-plus-que l'action
οὐκ ἐν τῇ ὑπερβολῇ,	n'*est* dans l'excès,
δυνατὸν δὲ	d'autre part *il est* possible
πράττειν τὰ καλὰ	de faire les choses belles
καὶ μὴ ἄρχοντα	même ne commandant pas
γῆς καὶ θαλάττης·	à la terre et à la mer ;
καὶ γάρ τις δύναιτο ἂν	et en-effet on pourrait
πράττειν κατὰ τὴν ἀρετὴν	agir selon la vertu
ἀπὸ μετρίων.	au-moyen-de *ressources* médiocres.
Ἔστι δὲ ἰδεῖν τοῦτο	Et il est-possible de voir cela
ἐναργῶς·	clairement ;
οἱ γὰρ ἰδιῶται	car les simples-particuliers
δοκοῦσι	paraissent
πράττειν τὰ ἐπιεικῆ	faire les choses convenables
οὐχ ἧττον τῶν δυναστῶν,	non moins que les souverains,
ἀλλὰ καὶ μᾶλλον.	mais même davantage.
Ἱκανὸν δὲ	Et *il est* suffisant
τοσαῦτα ὑπάρχειν·	autant qu'*on a dit* être *à eux* :
ὁ γὰρ βίος	car la vie
τοῦ ἐνεργοῦντος	de celui qui agit
κατὰ τὴν ἀρετὴν	selon la vertu
ἔσται εὐδαίμων.	sera heureuse.
Καὶ Σόλων δε	Et Solon d'ailleurs
ἀπεφαίνετο ἴσως καλῶς	montrait (définissait) peut-être bien
τοὺς εὐδαίμονας,	les heureux,
εἰπὼν κεχορηγημένους	en disant *eux* pourvus
μετρίως	médiocrement
τοῖς ἐκτὸς,	des *biens* du-dehors,

πεπραγότας δὲ τὰ κάλλισθ', ὡς ᾤετο, καὶ βεβιωκότας σωφρόνως[1]· ἐνδέχεται γὰρ μέτρια κεκτημένους πράττειν ἃ δεῖ. Ἔοικεν δὲ καὶ Ἀναξαγόρας οὐ πλούσιον οὐδὲ δυνάστην ὑπολαβεῖν τὸν εὐδαίμονα, εἰπὼν ὅτι οὐκ ἂν θαυμάσειεν εἴ τις ἄτοπος[2] φανείη τοῖς πολλοῖς· οὗτοι γὰρ κρίνουσιν τοῖς ἐκτός, τούτων αἰσθανόμενοι μόνον.

Συμφωνεῖν δὴ τοῖς λόγοις ἐοίκασιν αἱ τῶν σοφῶν δόξαι. Πίστιν μὲν οὖν καὶ τὰ τοιαῦτα ἔχει τινά, τὸ δ' ἀληθὲς ἐν τοῖς πρακτοῖς ἐκ τῶν ἔργων καὶ τοῦ βίου κρίνεται· ἐν τούτοις γὰρ τὸ κύριον. Σκοπεῖν δὴ τὰ προειρημένα χρὴ ἐπὶ τὰ ἔργα καὶ τὸν βίον ἐπιφέροντας, καὶ συναδόντων μὲν τοῖς ἔργοις ἀποδεκτέον, διαφωνούντων δὲ λόγους ὑποληπτέον.

Ὁ δὲ κατὰ νοῦν ἐνεργῶν καὶ τοῦτον θεραπεύων καὶ

de réussir le mieux, et a vécu avec modération. Car il est possible, dans une condition médiocre, de faire tout ce qu'on doit; et Anaxagoras ne paraît pas avoir regardé la richesse et la puissance comme des conditions nécessaires au bonheur, lorsqu'il a dit qu'il ne serait pas surpris qu'un homme vraiment heureux ne passât pour insensé dans l'esprit du vulgaire, qui n'en juge que par les circonstances extérieures, n'étant capable d'être frappé que par elles.

Ainsi, les opinions des sages confirment très bien nos raisonnements; et sans doute cela est fait pour leur concilier l'assentiment des hommes: mais, quand il s'agit de la pratique, c'est surtout par les faits et par la manière de vivre que l'on juge de leur vérité; car c'est là ce qu'il y a d'essentiel. Il faut donc considérer avec attention les théories que je viens d'exposer et les confronter avec les actions et la vie elle-même, les approuver quand elles sont d'accord avec les actes, et, quand elles ne le sont pas, n'y voir que des paroles et des raison frivoles.

Quant à l'homme dont les actions sont dirigées par l'intelligence et qui cultive soigneusement sa raison, on peut le consi-

πεπραγότας δὲ	d'autre part ayant fait
τὰ κάλλιστα,	les choses les plus belles (ayant le
ὡς ᾤετο,	à-ce-qu'il pensait, [mieux réussi);
καὶ βεβιωκότας σωφρόνως·	et ayant vécu avec-modération ;
ἐνδέχεται γὰρ	car il-est possible
κεκτημένους	des *gens* possèdant
μέτρια	*des biens* médiocres
πράττειν ἃ δεῖ.	faire ce qu'il faut.
Ἀναξάγορας δὲ καὶ	D'autre part Anaxagoras aussi
ἔοικεν	semble
ὑπολαβεῖν τὸν εὐδαίμονα	avoir suposé l'*homme* heureux
οὐ πλούσιον	n'*être* ni riche
οὐδὲ δυνάστην,	ni souverain,
εἰπὼν ὅτι οὐκ ἂν θαυμάσειεν,	ayant dit qu'il ne s'-étonnerait pas
εἴ φανείη τις ἄτοπος	s'il paraissait un insensé
τοῖς πολλοῖς·	aux nombreux (au vulgaire);
οὗτοι γὰρ κρίνουσιν	car ceux-ci jugent
τοῖς ἐκτὸς,	par les *biens* du-dehors,
αἰσθανόμενοι μόνον τούτων.	s' apercevant seulement de ceux-là.
Αἱ δὴ δόξαι τῶν σοφῶν	Donc les opinions des sages
ἐοίκασι συμφωνεῖν	semblent s'-accorder-avec
τοῖς λόγοις.	les (nos) discours.
Καὶ τὰ τοιαῦτα	Et les choses telles
ἔχει μὲν οὖν	ont (offrent) d'une part donc
τινα πίστιν,	une certaine créance,
τὸ δὲ ἀληθὲς	d'autre part la vérité
ἐν τοῖς πρακτοῖς	dans les choses pratiques
κρίνεται ἐκ τῶν ἔργων	est jugée d'après les actes
καὶ τοῦ βίου·	et d'après la vie;
τὸ γὰρ κύριον	car le principal
ἐν τούτοις.	*consiste* en cela.
Χρὴ δὴ σκοπεῖν	Il faut donc examiner
τὰ προειρημένα	les choses dites précédement
ἐπιφέροντας ἐπὶ τὰ ἔργα	en *les* rapportant aux actes
καὶ τὸν βίον,	et à la vie,
καὶ συναδόντων μὲν	et ces choses étant-d'-accord d'une [part
τοῖς ἔργοις	avec les actes
ἀποδεκτέον,	il faut *les* admettre,
διαφωνούντων δὲ,	d'autre part étant-en-désaccord,
ὑποληπτέον	il faut *les* considérer-comme
λόγους.	de *pures* paroles.
Ὁ δὲ ἐνεργῶν	D'autre part celui agissant
κατὰ νοῦν	selon l'intelligence
καὶ θεραπεύων τοῦτον	et cultivant celle-là

διακείμενος ἄριστα καὶ θεοφιλέστατος ἔοικεν· εἰ γάρ τις ἐπιμέλεια τῶν ἀνθρωπίνων ὑπὸ θεῶν γίνεται, ὥσπερ δοκεῖ, καὶ εἴη ἂν εὔλογον χαίρειν τε αὐτοὺς τῷ ἀρίστῳ καὶ τῷ συγγενεστάτῳ (τοῦτο δ' ἂν εἴη ὁ νοῦς) καὶ τοὺς ἀγαπῶντας μάλιστα τοῦτο καὶ τιμῶντας ἀντευποιεῖν ὡς τῶν φίλων αὐτοῖς ἐπιμελουμένους καὶ ὀρθῶς τε καὶ καλῶς πράττοντας. Ὅτι δὲ πάντα ταῦτα τῷ σοφῷ μάλιστ' ὑπάρχει, οὐκ ἄδηλον. Θεοφιλέστατος ἄρα. Τὸν αὐτὸν δ' εἰκὸς καὶ εὐδαιμονέστατον· ὥστε κἂν οὕτως εἴη ὁ σοφὸς μάλιστ' εὐδαίμων.

X. Ἆρ' οὖν εἰ περί τε τούτων καὶ τῶν ἀρετῶν, ἔτι δὲ καὶ φιλίας καὶ ἡδονῆς ἱκανῶς εἴρηται τοῖς τύποις, τέλος ἔχειν οἰητέον τὴν προαίρεσιν; ἢ καθάπερ λέγεται, οὐκ ἔστιν ἐν τοῖς πρακτοῖς τέλος τὸ θεωρῆσαι ἕκαστα καὶ γνῶναι, ἀλλὰ μᾶλλον τὸ πράττειν αὐτά;

dérer comme le mieux organisé des hommes et le plus cher aux Dieux. Car, s'il est vrai qu'ils prennent quelque soin des affaires humaines, comme il le semble, il y a lieu de croire qu'ils prennent plaisir à voir ce qu'il y a au monde de plus excellent et de plus analogue à leur nature (or, ce ne peut être que la raison), et qu'ils récompensent par leurs bienfaits ceux qui savent en connaître le prix et s'y attacher avec le plus de zèle, comme des hommes qui honorent ce qu'ils aiment eux-mêmes et qui se conduisent avec droiture et noblesse. Or, il est évident que c'est le sage surtout qui réunit toutes ces conditions; il est donc particulièrement cher aux Dieux, et, par conséquent, il doit jouir de la plus grande félicité; de sorte que, dans un tel état de choses, le sage surtout doit être heureux.

X. Si nous en avons dit assez sur ce sujet, sur celui de la vertu, sur l'amitié et sur la volupté, dans ces esquisses, devons-nous croire que nous ayons accompli notre dessein; ou n'a-t-on pas raison de dire, quand il est question de la pratique, que le but qu'on doit se proposer n'est pas de connaître et de considérer simplement chaque espèce d'actions, mais bien plutôt de se mettre en état de les pratiquer?

ἔοικεν	paraît *être*
καὶ ἄριστα διακείμενος	et le mieux disposé
καὶ θεοφιλέστατος·	et le plus aimé-des-dieux;
εἰ γάρ τις ἐπιμέλεια	car si quelque soin
τῶν ἀνθρωπίνων	des *affaires* humaines
γίνεται ὑπὸ θεῶν,	existe de-la-part des dieux,
ὥσπερ δοκεῖ,	comme il semble,
καὶ εἴη ἂν εὔλογον	il serait aussi logique
αὐτούς τε χαίρειν	et eux se-réjouir
τῷ ἀρίστῳ	de la chose la meilleure
καὶ τῷ συγγενεστάτῳ	et la plus proche-de-leur-nature
(τοῦτο δὲ εἴη ἂν ὁ νοῦς)	(or ce serait l'intelligence)
καὶ ἀντευποιεῖν	et récompenser-par-des-bienfaits
τοὺς ἀγαπῶντας	ceux aimant
καὶ τιμῶντας μάλιστα τοῦτο	et estimant le plus cette chose
ὡς ἐπιμελουμένους	comme prenant-soin
τῶν φίλων αὐτοῖς	des choses chères à eux
καὶ πράττοντας	et agissant
ὀρθῶς τε καὶ καλῶς.	et avec-droiture et bien.
Οὐ δὲ ἄδηλον	Or *il n'est* pas douteux
ὅτι πάντα ταῦτα	que toutes ces choses
ὑπάρχει μάλιστα τῷ σοφῷ.	sont surtout au sage.
Ἄρα θεοφιλέστατος.	Donc *il est* le plus aimé-des-dieux.
Εἰκὸς δὲ	D'autre part *il est* vraisemblable
τὸν αὐτὸν	le même
καὶ εὐδαιμονέστατον·	*être* aussi le plus heureux; [choses)
ὥστε οὕτως	de sorte-que ainsi (dans cet-état de
καὶ ὁ σοφὸς εἴη ἂν	le sage aussi serait
μάλιστα εὐδαίμων.	le plus heureux.
X. Ἆρα οὖν	X. Est-ce-que-donc
εἰ εἴρηται ἱκανῶς	s'il a été parlé suffisamment
τοῖς τύποις	dans ces esquisses
περί τε τούτων	et sur ces choses-là
καὶ τῶν ἀρετῶν	et sur les vertus
ἔτι δὲ καὶ φιλίας	et encore aussi sur l'amitié
καὶ ἡδονῆς,	et le plaisir,
οἰητέον τὴν προαίρεσιν	il faut-croire notre dessein
ἔχειν τέλος,	avoir fin (être accompli),
ἤ, καθάπερ λέγεται,	ou, selon-qu'il est dit, [chose
τὸ θεωρῆσαι καὶ γνῶναι ἕκαστα	le contempler et connaître chaque
οὐκ ἔστι τέλος	n'est-il pas la fin
ἐν τοῖς πρακτικοῖς,	dans les choses pratiques,
ἀλλὰ μᾶλλον	mais plutôt
τὸ πράττειν αὐτά;	le pratiquer elles (ces choses)?

Οὐδὲ δὴ περὶ ἀρετῆς ἱκανὸν τὸ εἰδέναι, ἀλλ' ἔχειν καὶ χρῆσθαι πειρατέον, ἢ εἴ πως ἄλλως ἀγαθοὶ γινόμεθα.

Εἰ μὲν οὖν ἦσαν οἱ λόγοι αὐτάρκεις πρὸς τὸ ποιῆσαι ἐπιεικεῖς, πολλοὺς ἂν μισθοὺς καὶ μεγάλους δικαίως ἔφερον κατὰ τὸν Θέογνιν[1], καὶ ἔδει ἂν τούτους πορίσασθαι[2]· νῦν δὲ φαίνονται προτρέψασθαι μὲν καὶ παρορμῆσαι τῶν νέων τοὺς ἐλευθερίους ἰσχύειν, ἦθός τ' εὐγενὲς καὶ ὡς ἀληθῶς φιλόκαλον ποιῆσαι ἂν κατακώχιμον ἐκ τῆς ἀρετῆς, τοὺς δὲ πολλοὺς ἀδυνατεῖν πρὸς καλοκάγαθίαν προτρέψασθαι.

Οὐ γὰρ πεφύκασιν αἰδοῖ πειθαρχεῖν ἀλλὰ φόβῳ, οὐδὲ ἀπέχεσθαι τῶν φαύλων διὰ τὸ αἰσχρὸν ἀλλὰ διὰ τὰς τιμωρίας· πάθει γὰρ ζῶντες τὰς οἰκείας ἡδονὰς διώκουσιν καὶ δι' ὧν αὗται ἔσονται, φεύγουσι δὲ τὰς ἀντι-

Car il ne suffit pas de savoir ce que c'est que la vertu, il faut la posséder et s'efforcer d'en faire usage. Ou bien, y aurait-il quelque autre manière de devenir homme de bien?

Assurément, si les discours suffisaient pour nous rendre vertueux, ils auraient droit à de grandes et magnifiques récompenses, comme dit Théognis, et il ne faudrait pas manquer de se les procurer. Mais malheureusement ils n'ont de force que pour encourager et exciter les jeunes gens doués d'un esprit libéral, d'un caractère généreux, et qui sont véritablement épris de l'amour du beau, et pour les attacher invariablement à la vertu. Mais il semble qu'ils soient impuissants à la faire naître dans les âmes vulgaires.

Car celles-ci ne sont pas naturellement disposées à obéir à la voix de l'honneur; elles cèdent plutôt à la crainte; c'est le châtiment plus que le sentiment de la honte, qui peut les forcer à s'abstenir de ce qui est honteux et méprisable. C'est que les hommes vivant sous l'empire des passions poursuivent avec ardeur les plaisirs propres à chacune d'elles, ou les moyens de se les procurer, et fuient les peines qui y sont opposées; mais, n'ayant

Οὐδὲ δὴ περὶ τῆς ἀρετῆς
τὸ εἰδέναι ἱκανόν,
ἀλλὰ πειρατέον
ἔχειν
καὶ χρῆσθαι,
ἢ
εἰ γινόμεθα ἀγαθοί
πως ἄλλως.
Εἰ μὲν οὖν οἱ λόγοι
ἦσαν αὐτάρκεις
πρὸς τὸ ποιῆσαι ἐπιεικεῖς,
ἔφερον ἂν δικαίως
πολλοὺς καὶ μεγάλους
μισθοὺς
κατὰ τὸν Θέογνιν,
καὶ ἔδει ἂν
πορίσασθαι τούτους·
νῦν δὲ φαίνονται
ἰσχύειν μὲν
προτρέψασθαι καὶ παρορμῆσαι
τοὺς ἐλευθερίους
τῶν νέων
ποιῆσαί τε ἂν
κατακώχιμον ἐκ τῆς ἀρετῆς
ἦθος εὐγενὲς
καὶ ὡς ἀληθῶς
φιλόκαλον,
ἀδυνατεῖν δὲ
προτρέψασθαι τοὺς πολλοὺς
πρὸς τὴν καλοκἀγαθίαν.
Οὐ γὰρ πεφύκασι
πειθαρχεῖν αἰδοῖ
ἀλλὰ φόβῳ,
οὐδὲ ἀπέχεσθαι
τῶν φαύλων
διὰ τὸ αἰσχρὸν
ἀλλὰ διὰ τὰς τιμωρίας·
ζῶντες γὰρ πάθει
διώκουσιν ἡδονὰς
οἰκείας
καὶ διὰ ὧν
αὗται ἔσονται,
φεύγουσι δὲ
τὰς λύπας ἀντικειμένας,

Ni certes au-sujet-de la vertu
le connaître *n'est* suffisant,
mais il faut-tâcher
de *la* posséder
et d'*en* faire-usage,
ou *de posséder quelque autre chose*
si nous devenons vertueux
de-quelque-manière autrement.
Si d'une part donc les discours
étaient suffisants
pour le rendre-convenables,
ils auraient emporté justement
de nombreuses et grandes
récompenses
selon Théognis,
et il aurait fallu
se procurer ceux-là ; [évidents
maintenant d'autre part ils sont-
avoir-la-force d'un côté,
de pousser-en-avant et d'exciter
les libéraux
d'entre les jeunes *gens* [dre
et pouvoir (qu'ils pourraient) ren-
épris de la vertu
un caractère noble
et bien véritablement
ami-du-beau,
d'autre part être-impuissants-à
pousser-en-avant la plupart
vers le bien. [turellement
Car ils ne sont-pas-disposés-na-
à obéir à la pudeur
mais à la crainte,
ni à s'abstenir
des choses méprisables
à-cause-du honteux (de la honte)
mais à-cause-des châtiments ;
car vivant par la passion
ils poursuivent les plaisirs
qui leur sont propres
et *les choses* par lesquelles
ces *plaisirs* seront,
d'autres part ils fuient
les peines opposées,

κειμένας λύπας, τοῦ δὲ καλοῦ καὶ ὡς ἀληθῶς ἡδέος οὐδ' ἔννοιαν ἔχουσιν, ἄγευστοι ὄντες.

Τοὺς δὴ τοιούτους τίς ἂν λόγος μεταρρυθμίσαι; οὐ γὰρ οἷόν τε ἢ οὐ ῥᾴδιον τὰ ἐκ παλαιοῦ τοῖς ἤθεσι κατειλημμένα λόγῳ μεταστῆσαι. Ἀγαπητὸν δ' ἴσως ἐστὶν εἰ πάντων ὑπαρχόντων δι' ὧν ἐπιεικεῖς δοκοῦμεν γίνεσθαι, μεταλάβοιμεν τῆς ἀρετῆς.

Γίνεσθαι δ' ἀγαθοὺς οἴονται οἳ μὲν φύσει οἳ δ' ἔθει οἳ δὲ διδαχῇ. Τὸ μὲν οὖν τῆς φύσεως δῆλον ὡς οὐκ ἐφ' ἡμῖν ὑπάρχει, ἀλλὰ διά τινας θείας αἰτίας[1] τοῖς ὡς ἀληθῶς εὐτυχέσιν ὑπάρχει· ὁ δὲ λόγος καὶ ἡ διδαχὴ μή ποτ' οὐκ ἐν ἅπασιν ἰσχύει, ἀλλὰ δεῖ προδιειργάσθαι τοῖς ἔθεσι τὴν τοῦ ἀκροατοῦ ψυχὴν πρὸς τὸ καλῶς χαίρειν καὶ μισεῖν, ὥσπερ γῆν τὴν θρέψουσαν τὸ σπέρμα.

jamais connu par expérience ce que c'est que le beau et le plaisir véritable, ils sont incapables de les goûter.

Quel raisonnement pourrait donc ramener à la règle des hommes de ce caractère? Car il n'est pas possible, ou du moins il est fort difficile à la raison de réformer des vices qui se sont dès longtemps comme fondus dans les mœurs, et peut-être doit-on se contenter, quand on réunit tous les moyens qui sont regardés comme propres à nous rendre vertueux, si l'on parvient à posséder quelque vertu.

On croit qu'il y a des hommes qui sont naturellement vertueux, que d'autres le deviennent par habitude, et d'autres par l'effet de l'instruction ; mais il est évident qu'il ne dépend pas de nous de l'être par nature, et que c'est un privilège que des hommes véritablement favorisés de la fortune tiennent de quelque cause divine. Quant à la raison et à l'instruction, on peut craindre qu'elles n'aient pas la même influence sur tous les hommes, et peut-être faut-il que l'âme de celui qui doit recevoir leurs préceptes, comme une terre destinée à nourrir la semence qu'on lui confie, ait été formée d'avance, par de bonnes habitudes, à concevoir des sentiments d'amour ou d'aversion conformes à la vertu.

οὐδὲ δὲ ἔχουσιν	d'autre part ils n'ont pas-même
ἔννοιαν τοῦ καλοῦ	l'idée du beau [gréable,
καὶ ὡς ἀληθῶς ἡδέος,	et (ni) du bien véritablement a-
ὄντες ἄγευστοι.	étant sans-*l*'avoir-goûté.
Τίς δὴ λόγος	Quelle parole donc
μεταρρυθμίσαι ἂν	réformerait
τοὺς τοιούτους;	les *gens* tels?
οὐ γὰρ οἷόν τε	car *il* n'*est* pas possible
ἢ οὐ ῥᾴδιον	ou *il* n'*est* pas facile
μεταστῆσαι λόγῳ	de changer par la parole
τὰ κατειλημμένα	les *vices* contenus
τοῖς ἤθεσι	dans les caractères
ἐκ παλαιοῦ.	d'ancienne *date*.
Ἴσως δέ ἐστιν ἀγαπητὸν	Et peut-être est-il suffisant
εἰ πάντων ὑπαρχόντων	si toutes *les conditions* étant
δι' ὧν δοκοῦμεν	par lesquelles nous paraissons
γίνεσθαι ἐπιεικεῖς,	devenir convenables,
μεταλάβοιμεν τῆς ἀρετῆς.	nous participons à la vertu.
Οἱ μὲν δὲ οἴονται	Or les uns croient
γίνεσθαι ἀγαθοὺς φύσει,	*les hommes* être bons par nature,
οἱ δὲ ἔθει,	les autres par habitude,
οἱ δὲ διδαχῇ.	les autres par instruction.
Τὸ μὲν οὖν	D'une part donc la chose
τῆς φύσεως	de (qui concerne) la nature
δῆλον	*est* évidente
ὡς οὐχ ὑπάρχει ἐπὶ ἡμῖν,	qu'elle n'est pas en nous,
ἀλλὰ ὑπάρχει	mais *qu*'elle est
διά τινας αἰτίας θείας	pour certaines causes divines
τοῖς ὡς ἀληθῶς	dans ceux bien véritablement
εὐτυχέσιν·	heureux;
ὁ δὲ λόγος	d'autre part la parole
καὶ ἡ διδαχὴ	et l'instruction
μή ποτε οὐκ ἰσχύει	peut-être n'ont-pas-de-force
ἐν ἅπασιν,	dans tous,
ἀλλὰ δεῖ	mais il faut
προδιειργάσθαι	avoir préparé-à-l'-avance
τοῖς ἔθεσιν	par les habitudes
τὴν ψυχὴν τοῦ ἀκροατοῦ	l'âme de l'auditeur
πρὸς τὸ χαίρειν καὶ μισεῖν	à se-réjouir et à haïr
καλῶς,	bien (conformément à la vertu),
ὥσπερ	comme [une terre
γῆν	*il faut avoir préparé d'avance*
τὴν θρέψουσαν	celle qui doit nourrir
τὸ σπέρμα.	le germe.

Οὐ γὰρ ἂν ἀκούσειεν λόγου ἀποτρέποντος οὐδ' αὖ συνείη ὁ κατὰ πάθος ζῶν· τὸν δ' οὕτως ἔχοντα πῶς οἷόν τε μεταπεῖσαι; ὅλως τε οὐ δοκεῖ λόγῳ ὑπείκειν τὸ πάθος ἀλλὰ βίᾳ.

Δεῖ δὴ τὸ ἦθος προϋπάρχειν πως οἰκεῖον τῆς ἀρετῆς, στέργον τὸ καλὸν καὶ δυσχεραῖνον τὸ αἰσχρόν. Ἐκ νέου δ' ἀγωγῆς ὀρθῆς τυχεῖν πρὸς ἀρετὴν χαλεπὸν μὴ ὑπὸ τοιούτοις τραφέντα νόμοις· τὸ γὰρ σωφρόνως καὶ καρτερικῶς ζῆν οὐχ ἡδὺ τοῖς πολλοῖς, ἄλλως τε καὶ νέοις. Διὸ νόμοις δεῖ τετάχθαι τὴν τροφὴν καὶ τὰ ἐπιτηδεύματα[1]· οὐκ ἔσται γὰρ λυπηρὰ συνήθη γινόμενα.

Οὐχ ἱκανὸν δ' ἴσως νέους ὄντας τροφῆς καὶ ἐπιμελείας τυχεῖν ὀρθῆς, ἀλλ' ἐπειδὴ καὶ ἀνδρωθέντας δεῖ ἐπιτηδεύειν αὐτὰ καὶ ἐθίζεσθαι, καὶ περὶ ταῦτα δεοίμεθ' ἂν νόμων, καὶ ὅλως δὴ περὶ πάντα τὸν βίον· οἱ

En effet, celui qui est soumis à l'empire des passions ne peut guère entendre ni comprendre les raisons destinées à l'en détourner; et, dans cet état, comment le faire changer de sentiments? Car, en général, la passion est plutôt disposée à céder à la force qu'à la raison.

Il faut donc d'abord que l'on ait des mœurs appropriées, en quelque sorte, à la vertu, qu'on ait de l'amour pour ce qui est honnête, de l'aversion pour ce qui est honteux et bas : mais on ne saurait même guère être susceptible, dès la jeunesse, d'une bonne et sage éducation, et qui vous rende propre à la vertu, si l'on n'a pas été nourri sous de pareilles lois; car une vie sobre et austère n'a pas beaucoup d'attraits, surtout pour les jeunes gens. Voilà pourquoi les lois doivent prescrire la nourriture et les diverses occupations qui leur sont convenables; car elles n'auront plus rien de pénible pour eux, quand ils en auront contracté l'habitude.

Cependant, peut-être n'est-ce pas assez de donner aux jeunes gens une bonne éducation et de les surveiller avec attention; mais, puisqu'il faut qu'ils s'exercent eux-mêmes, et qu'ils s'accoutument, quand ils seront devenus hommes à pratiquer ce qu'on leur aura enseigné, on peut encore avoir besoin, pour cela, du secours des lois, et, en général, pour tout le temps de la vie :

Ὁ γὰρ ζῶν κατὰ πάθος	Car celui vivant selon la passion
οὐκ ἀκούσειεν ἂν	n'entendrait pas
λόγου	la parole
ἀποτρέποντος	détournant (qui l'en détourne)
οὐδὲ αὖ συνείη·	ni encore ne *la* comprendrait ;
πῶς δὲ οἷόν τε	d'autre part comment *est-il* possible
μεταπεῖσαι	de changer-par-la-persuasion
τὸν ἔχοντα οὕτως ;	celui qui est dans-cet-état ?
ὅλως τε τὸ πάθος	et en-un-mot la passion
δοκεῖ ὑπείκειν	semble céder
οὐ λόγῳ ἀλλὰ βίᾳ.	non à la parole mais à la force.
Δεῖ δὴ τὸ ἦθος	Il faut donc le caractère
οἰκεῖον τῆς ἀρετῆς	propre à la vertu
προϋπάρχειν πως,	exister-d'-abord en-quelque-sorte,
στέργον τὸ καλὸν	chérissant le beau
καὶ δυσχεραῖνον τὸ αἰσχρόν.	et haïssant le honteux.
Χαλεπὸν δὲ	D'autre part *il est* difficile
μὴ τραφέντα	n'ayant pas été nourri
ὑπὸ τοιούτοις νόμοις	sous de telles lois
τυχεῖν ἐκ νέου	de rencontrer dès le jeune *âge*
ἀγωγῆς ὀρθῆς πρὸς ἀρετήν·	une direction droite vers la vertu ;
τὸ γὰρ ζῆν σωφρόνως	car le vivre avec-modération
καὶ καρτερικῶς	et avec-patience
οὐχ ἡδὺ τοῖς πολλοῖς,	n'*est* pas agréable à la plupart,
ἄλλως τε καὶ νέοις.	et autrement et (surtout) aux jeunes.
Διὸ δεῖ	A-cause-de-quoi il faut
τὴν τροφὴν καὶ τὰ ἐπιτηδεύματα	la nourriture et les occupations
τετάχθαι νόμοις·	avoir été réglées par des lois ;
γινόμενα γὰρ συνήθη	car devenant habituelles
οὐκ ἔσται λυπηρά.	elles ne seront pas pénibles.
Οὐχ ἱκανὸν δὲ	D'autre part *il* n'*est* pas suffisant
ἴσως	peut-être
ὄντας νέους	*les hommes* étant jeunes
τυχεῖν	rencontrer
τροφῆς	une nourriture
καὶ ἐπιμελείας ὀρθῆς,	et un soin droit (convenable),
ἀλλὰ ἐπειδὴ δεῖ	mais puisqu'il faut
καὶ ἀνδρωθέντας	*eux* devenus-hommes aussi
ἐπιτηδεύειν αὐτὰ	pratiquer elles (ces choses-là)
καὶ συνεθίζεσθαι,	et s'*y* habituer,
δεοίμεθα ἂν νόμων	nous aurions-besoin de lois
καὶ περὶ ταῦτα,	aussi pour cela,
καὶ ὅλως δὴ	et en-un-mot certes
περὶ πάντα τὸν βίον·	pour toute la vie ;

γὰρ πολλοὶ ἀνάγκῃ μᾶλλον ἢ λόγῳ πειθαρχοῦσιν καὶ ζημίαις ἢ τῷ καλῷ.

Διόπερ οἴονταί τινες τοὺς νομοθετοῦντας δεῖν μὲν παρακαλεῖν ἐπὶ τὴν ἀρετὴν καὶ προτρέπεσθαι τοῦ καλοῦ χάριν, ὡς ὑπακουσομένων τῶν ἐπιεικῶς τοῖς ἔθεσι προηγμένων, ἀπειθοῦσι δὲ καὶ ἀφυεστέροις οὖσιν κολάσεις τε καὶ τιμωρίας ἐπιτιθέναι, τοὺς δ' ἀνιάτους ὅλως ἐξορίζειν· τὸν μὲν γὰρ ἐπιεικῆ καὶ πρὸς τὸ καλὸν ζῶντα τῷ λόγῳ πειθαρχήσειν, τὸν δὲ φαῦλον ἡδονῆς ὀρεγόμενον λύπῃ κολάζεσθαι ὥσπερ ὑποζύγιον. Διὸ καί φασι δεῖν τοιαύτας γίνεσθαι τὰς λύπας αἳ μάλιστ' ἐναντιοῦνται ταῖς ἀγαπωμέναις ἡδοναῖς.

Εἰ δ' οὖν, καθάπερ εἴρηται, τὸν ἐσόμενον ἀγαθὸν τραφῆναι καλῶς δεῖ καὶ ἐθισθῆναι, εἶθ' οὕτως ἐν ἐπιτηδεύμασιν ἐπιεικέσι ζῆν καὶ μήτ' ἄκοντα μήθ' ἑκόντα

car le grand nombre se soumet plutôt à la nécessité qu'à la raison, et aux punitions qu'à l'honneur.

Voilà pourquoi plusieurs sont persuadés que les législateurs doivent sans doute exhorter les hommes à la vertu, et les y exciter par des motifs d'honneur, parce que ceux qui y sont préparés par de bonnes habitudes sauront entendre un pareil langage; mais il faut aussi imposer des peines et des châtiments à ceux qui sont rebelles à la loi et qui ont des dispositions naturelles moins heureuses. Quant aux hommes d'une incurable perversité, il n'y a d'autre moyen que de les bannir entièrement. En effet, celui qui vit en honnête homme et qui a des sentiments vertueux saura se montrer docile à la voix de la raison : mais l'homme vicieux, adonné aux voluptés, doit être châtié comme un vil animal; et c'est pour cela, dit-on, que l'on doit employer de préférence les peines qui sont le plus opposées aux plaisirs que recherche le coupable.

Au reste, si, comme je viens de le dire, il faut que l'homme destiné à devenir vertueux ait été élevé sagement, et ait contracté de bonnes habitudes; s'il doit, de plus, continuer à mener une vie sage et réglée, sans jamais se permettre, à dessein ou malgré

οἱ γὰρ πολλοὶ πειθαρχοῦσιν	car la plupart obéissent
ἀνάγκῃ	à la nécessité
μᾶλλον ἢ λόγῳ	plutôt qu'à la parole
καὶ ζημίαις	et aux punitions
ἢ τῷ καλῷ.	*plutôt* qu'au beau.
Διόπερ τινὲς οἴονται	A-cause-de quoi certains pensent
δεῖν μὲν	qu'il faut d'une part
τοὺς νομοθετοῦντας παρακαλεῖν	ceux qui-légifèrent exhorter
καὶ προτρέπεσθαι ἐπὶ τὴν ἀρετὴν	et pousser à la vertu
χάριν τοῦ καλοῦ,	en-vue-du beau, [venablement
ὡς τῶν προηγμένων ἐπιεικῶς	comme ceux étant entraînés con-
τοῖς ἔθεσι	par leurs habitudes
ὑπακουσομένων,	devant obéir,
ἐπιτιθέναι δὲ	d'autre part imposer
κολάσεις τε καὶ τιμωρίας	et des peines et des châtiments
ἀπειθοῦσι	aux désobéissant
καὶ οὖσιν	et étant
ἀφυεστέροις,	moins-bien-doués-par-la nature,
ἐξορίζειν δὲ ὅλως	d'autre part bannir entièrement
τοὺς ἀνιάτους·	les incorrigibles; [ble
τὸν μὲν γὰρ ἐπιεικῆ	car d'une part l'*homme* convena-
καὶ ζῶντα πρὸς τὸ καλὸν	et vivant selon le beau
πειθαρχήσειν τῷ λόγῳ,	devoir obéir à la parole,
τὸν δὲ φαῦλον	d'autre part l'*homme* vicieux
ὀρεγόμενον ἡδονῆς	recherchant le plaisir
κολάζεσθαι λύπῃ	*devoir* être puni par une peine
ὥσπερ ὑποζύγιον.	comme une bête-sous-le-joug.
Διὸ καὶ φασι	A-cause-de-quoi aussi on dit
δεῖν	qu'il faut
τὰς λύπας γίνεσθαι τοιαύτας	les peines être telles,
αἳ ἐναντιοῦνται μάλιστα	lesquelles sont opposées le plus
ταῖς ἡδοναῖς	aux plaisirs
ἀγαπωμέναις.	chéris *par ces hommes*.
Εἰ δὲ οὖν,	Or si donc,
καθάπερ εἴρηται	selon-qu'il a été dit,
δεῖ	il faut
τὸν ἐσόμενον ἀγαθὸν	l'*homme* devant être vertueux
τραφῆναι	avoir été élevé
καὶ ἐθισθῆναι	et avoir-été-formé-par-l'habitude
καλῶς,	bien,
εἶτα οὕτως ζῆν	puis ainsi *formé* vivre
ἐν ἐπιτηδεύμασιν ἐπιεικέσι	dans des occupations convenables
καὶ μήτε πράττειν ἄκοντα	et ni ne faire involontaire
μήτε ἑκόντα	ni volontaire

πράττειν τὰ φαῦλα, ταῦτα δὲ γίνοιτ' ἂν βιουμένοις κατά τινα νοῦν καὶ τάξιν ὀρθήν, ἔχουσαν ἰσχύν.

Ἡ μὲν οὖν πατρικὴ πρόσταξις οὐκ ἔχει τὸ ἰσχυρὸν οὐδὲ τὸ ἀναγκαῖον, οὐδὲ δὴ ὅλως ἡ ἑνὸς ἀνδρός, μὴ βασιλέως ὄντος ἤ τινος τοιούτου, ὁ δὲ νόμος ἀναγκαστικὴν ἔχει δύναμιν, λόγος ὢν ἀπό τινος φρονήσεως καὶ νοῦ. Καὶ τῶν μὲν ἀνθρώπων ἐχθαίρουσι τοὺς ἐναντιουμένους ταῖς ὁρμαῖς, κἂν ὀρθῶς αὐτὸ δρῶσιν· ὁ δὲ νόμος οὐκ ἔστιν ἐπαχθὴς τάττων τὸ ἐπιεικές.

Ἐν μόνῃ δὲ τῇ Λακεδαιμονίων πόλει[1] μετ' ὀλίγων ὁ νομοθέτης ἐπιμέλειαν δοκεῖ πεποιῆσθαι τροφῆς τε καὶ ἐπιτηδευμάτων· ἐν δὲ ταῖς πλείσταις τῶν πόλεων ἐξημέληται περὶ τῶν τοιούτων, καὶ ζῇ ἕκαστος ὡς βούλεται, κυκλωπικῶς θεμιστεύων παίδων ἠδ' ἀλόχου[2].

Κράτιστον μὲν οὖν τὸ γίνεσθαι κοινὴν ἐπιμέλειαν

lui, aucune action répréhensible, cela ne peut se faire qu'autant que sa conduite sera assujettie aux lois de la raison et à un certain ordre appuyé de la force convenable.

Or, l'autorité paternelle n'a point cette force irrésistible qui ressemble à la nécessité; elle ne se trouve pas même dans l'autorité d'un seul individu, à moins qu'il ne soit roi, ou quelque chose de pareil : il n'y a que la loi qui soit revêtue de cette puissance coercitive, parce qu'elle est l'expression, dans une certaine mesure, de la prudence et de la raison. Or, en général, on hait ceux qui s'opposent à nos désirs, même quand ils ont de justes motifs pour le faire ; au lieu que la loi n'excite aucun sentiment de haine en prescrivant ce qui est honnête et sage.

Mais ce n'est que dans l'état de Lacédémone que le législateur, peu imité en cela, semble avoir donné quelque attention à l'éducation et aux occupations des citoyens, tandis que, dans la plupart des autres États, on a négligé ce point essentiel, et chacun vit comme il le juge à propos, *donnant*, comme les Cyclopes, *sa volonté pour loi à son épouse et à ses enfants.*

Une surveillance commune, un système d'éducation publique,

τὰ φαῦλα,	les choses mauvaises,
ταῦτα δὲ γίνοιτο ἂν	eh-bien cela arriverait
βιουμένοις	à *ceux* vivant
κατά τινα νοῦν	suivant un certain esprit
καὶ τάξιν ὀρθὴν	et un ordre régulier,
ἔχουσαν ἰσχύν.	ayant de la force. [ment
Ἡ μὲν οὖν πρόσταξις	D'une part donc le commande-
πατρικὴ	paternel
οὐκ ἔχει τὸ ἰσχυρὸν	n'a pas la force
οὐδὲ τὸ ἀναγκαῖον,	ni la nécessité,
οὐδὲ δὴ ὅλως	ni certes en-un-mot [me
ἡ ἑνὸς ἀνδρός,	le *commandement* d'un seul hom-
μὴ ὄντος βασιλέως	n'étant pas roi
ἤ τινος ἄλλου,	ou quelque autre *tel*,
ὁ δὲ νόμος ἔχει	d'autre part la loi a
δύναμιν ἀναγκαστικήν,	une puissance coercitive,
ὢν λόγος	étant la parole (l'expression)
ἀπό τινος φρονήσεως	d'une certaine prudence
καὶ νοῦ.	et d'un *certain* esprit.
Καὶ ἐχθαίρουσι μὲν	Et d'une part on hait
τοὺς τῶν ἀνθρώπων	ceux des hommes
ἐναντιουμένους ταῖς ὁρμαῖς,	s'opposant à *nos* penchants,
καὶ ἂν δρῶσιν αὐτὸ	même s'ils le font
ὀρθῶς·	bien (avec raison);
ὁ δὲ νομος	d'autre part la loi
οὐκ ἔστιν ἐπαχθὴς	n'est pas odieuse
τάττων τὸ ἐπιεικές.	en prescrivant le convenable.
Ἐν μόνῃ δὲ τῇ πόλει	Or dans la seule ville
Λακεδαιμονίων	des Lacédémoniens
ὁ νομοθέτης δοκεῖ	le législateur paraît
μετὰ ὀλίγων	avec peu *d'autres*
πεποιῆσθαι ἐπιμέλειαν	avoir fait pour soi (avoir pris) soin
τροφῆς τε	et de la nourriture
καὶ ἐπιτηδευμάτων·	et des occupations;
ἐν δὲ ταῖς πλείσταις	d'autre part dans la plupart
τῶν πόλεων	des villes
ἐξημέληται	il a été négligé (négligence a été)
περὶ τῶν τοιούτων,	au-sujet-des choses telles,
καὶ ἕκαστος ζῇ	et chacun vit
ὡς βούλεται,	comme il veut,
θεμιστεύων κυκλωπικῶς	commandant en-cyclope
παίδων ἠδὲ ἀλόχου.	aux enfants et à l'épouse.
Τὸ μὲν οὖν	D'une part donc ceci
ἐπιμέλειαν κοινὴν γίνεσθαι	un soin commun être

καὶ ὀρθὴν καὶ δρᾶν αὐτὸ δύνασθαι· κοινῇ δ' ἐξαμελουμένων ἑκάστῳ δόξειεν ἂν προσήκειν τοῖς σφετέροις τέκνοις καὶ φίλοις εἰς ἀρετὴν συμβάλλεσθαι, ἢ προαιρεῖσθαί γε. Μάλιστα δ' ἂν τοῦτο δύνασθαι δόξειεν ἐκ τῶν εἰρημένων νομοθετικὸς γενόμενος· αἱ μὲν γὰρ κοιναὶ ἐπιμέλειαι δῆλον ὅτι διὰ νόμων γίνονται, ἐπιεικεῖς δὲ αἱ διὰ τῶν σπουδαίων. Γεγραμμένων δ' ἢ ἀγράφων, οὐδὲν ἂν δόξειε διαφέρειν, οὐδὲ δι' ὧν εἷς ἢ πολλοὶ παιδευθήσονται, ὥσπερ οὐδ' ἐπὶ μουσικῆς καὶ γυμναστικῆς καὶ τῶν ἄλλων ἐπιτηδευμάτων. Ὥσπερ γὰρ ἐν ταῖς πόλεσιν ἐνισχύει τὰ νόμιμα καὶ τὰ ἔθη, οὕτως καὶ ἐν οἰκίαις οἱ πατρικοὶ λόγοι καὶ τὰ ἔθη, καὶ ἔτι μᾶλλον διὰ τὴν συγγένειαν καὶ τὰς εὐεργεσίας· προϋπάρχουσι γὰρ στέργοντες καὶ εὐπειθεῖς τῇ φύσει.

Ἔτι δὲ καὶ διαφέρουσιν αἱ καθ' ἕκαστον παιδεῖαι

est donc ce qu'il y a de meilleur, et surtout de pouvoir le mettre à exécution : mais, quand cette partie a été négligée dans les institutions publiques, il est convenable que chaque citoyen s'applique à rendre vertueux ses enfants et ses amis, ou au moins qu'il en ait l'intention; et c'est à quoi il pourra, ce semble, réussir le mieux, d'après ce que nous venons de dire, en se faisant lui-même législateur. Car les institutions communes s'établissent par des lois, et elles ne seront utiles et sages qu'autant que les lois elles-mêmes seront bonnes. Et peu importe que ces lois soient écrites ou non écrites, ou qu'un individu ou un plus grand nombre soient formés et instruits par elles, comme dans la musique et dans la gymnastique, et dans tous les autres objets d'enseignement. Car, de même que dans les républiques ce sont les mœurs et les institutions légales qui ont une véritable force, ainsi, dans les familles, ce sont les mœurs et les préceptes paternels. Les liens du sang et les bienfaits leur donnent même encore plus d'autorité; car la nature a préparé, pour ainsi dire, les enfants à chérir la puissance paternelle, et à s'y rendre dociles.

Cependant, il y a encore une différence entre l'instruction

καὶ ὀρθὴν	et droit (bien dirigé)
καὶ δύνασθαι δρᾶν αὐτὸ	et pouvoir faire cela
κράτιστον·	*est* le meilleur; [gligées
ἐξαμελουμένων δὲ	d'autre part ces choses étant né-
κοινῇ	en commun
δόξειεν ἂν	il paraîtrait
προσήκειν ἑκάστῳ	appartenir à chacun
συμβάλλεσθαι εἰς ἀρετὴν	de contribuer à la vertu
τοῖς σφετέροις τέκνοις	pour (en faveur de) ses enfants
καὶ φίλοις,	et *ses* amis,
ἢ προαιρεῖσθαί γε.	ou *en* avoir-l'intention du-moins.
Δόξειε δὲ ἂν	Or il paraîtrait
ἐκ τῶν εἰρημένων	d'après les choses dites
δύνασθαι μάλιστα τοῦτο	pouvoir le plus cela
γενόμενος νομοθετικός·	en étant devenu législateur;
δῆλον μὲν γὰρ ὅτι	car d'un côté *il est* évident que
αἱ ἐπιμέλειαι κοιναὶ	les soins communs
γίνονται διὰ νόμων,	ont-lieu par les lois,
αἱ δὲ ἐπιεικεῖς	et les *soins* convenables
διὰ τῶν σπουδαίων.	par les *lois* sérieuses.
Οὐδὲν δὲ δόξειεν ἂν	D'autre part rien ne paraîtrait
διαφέρειν	différer
γεγραμμένων ἢ ἀγράφων,	*elles* étant écrites ou non-écrites,
οὐδὲ διὰ ὧν	ni *celles* par lesquelles
εἷς ἢ πολλοὶ	un seul ou plusieurs
παιδευθήσονται,	seront instruits,
ὥσπερ οὐδὲ ἐπὶ μουσικῆς	comme non-plus pour la musique
καὶ γυμναστικῆς	ni la gymnastique
καὶ τῶν ἄλλων ἐπιτηδευμάτων.	et les autres exercices.
Ὥσπερ γὰρ	Car de-même-que
ἐν ταῖς πόλεσιν	dans les villes [bitudes
τὰ νόμιμα καὶ τὰ ἔθη	les *institutions* légales et les ha-
ἐνισχύει,	ont-de-la-force,
οὕτως καὶ ἐν ταῖς οἰκίαις	de-même aussi dans les maisons
οἱ λόγοι πατρικοὶ	les discours paternels [*de-la force*,
καὶ τὰ ἔθη.	et les habitudes *paternelles ont-*
καὶ ἔτι μᾶλλον	et encore davantage
διὰ τὴν συγγένειαν	à-cause-de la parenté
καὶ τὰς εὐεργεσίας·	et des bienfaits; [rement
προϋπάρχουσι γὰρ	car ils (*les enfants*) sont-antérieu-
στέργοντες	*les* chérissant
καὶ εὐπειθεῖς τῇ φύσει.	et dociles par nature.
Ἔτι δὲ	D'autre part encore
καὶ αἱ παιδεῖαι	les éducations aussi

τῶν κοινῶν, ὥσπερ ἐπ' ἰατρικῆς· καθόλου μὲν γὰρ τῷ πυρέττοντι συμφέρει ἡσυχία καὶ ἀσιτία, τινὶ δ' ἴσως οὔ, ὅ τε πυκτικὸς ἴσως οὐ πᾶσι τὴν αὐτὴν μάχην περιτίθησιν. Ἐξακριβοῦσθαι δὴ δόξειεν ἂν μᾶλλον τὸ καθ' ἕκαστον ἰδίας τῆς ἐπιμελείας γινομένης· μᾶλλον γὰρ τοῦ προσφόρου τυγχάνει ἕκαστος. Ἀλλ' ἐπιμεληθείη μὲν ἂν ἄριστα καθ' ἓν καὶ ἰατρὸς καὶ γυμναστὴς καὶ πᾶς ἄλλος ὁ τὸ καθόλου εἰδὼς ὅ τι πᾶσιν ἢ τοῖς τοιοῖσδε· τοῦ κοινοῦ γὰρ αἱ ἐπιστῆμαι λέγονταί τε καί εἰσιν.

Οὐ μὴν ἀλλ' ἑνός τινος οὐδὲν ἴσως κωλύει καλῶς ἐπιμεληθῆναι καὶ ἀνεπιστήμονα ὄντα, τεθεαμένον δ' ἀκριβῶς τὰ συμβαίνοντα ἐφ' ἑκάστῳ δι' ἐμπειρίαν, καθάπερ καὶ ἰατροὶ ἔνιοι δοκοῦσιν ἑαυτῶν ἄριστοι εἶναι, ἑτέρῳ οὐδὲν ἂν δυνάμενοι ἐπαρκέσαι. Οὐδὲν δ' ἧττον

donnée à chacun en particulier, et celle qui est commune à tous les citoyens, comme le prouve l'exemple de la médecine : car sans doute il est fort utile de prescrire, en général, la diète et le repos à un homme qui est tourmenté de la fièvre; mais il y a peut-être tel individu à qui ce régime ne convient pas; de même qu'un lutteur n'oppose pas les mêmes coups à tous ses adversaires. Il semble aussi que chaque partie doit être traitée avec plus de précision, quand l'éducation est individuelle ; car chacun profite plus à part. D'ailleurs, un médecin, un maître de gymnastique, ou tout autre, donnera des soins très utiles à un seul homme, s'il possède les principes généraux de son art, et s'il sait à la fois ce qui convient à tous ou seulement à tels ou tels individus; car les objets de la science sont appelés et sont, en effet, des objets généraux.

Il est possible, néanmoins, que, même sans avoir acquis des connaissances générales, on soit très utile à quelque individu, seulement pour avoir observé attentivement les résultats des faits, et pour connaître par expérience chaque cas particulier, comme il arrive à certaines gens de pouvoir être d'assez bons médecins pour eux-mêmes, bien qu'il leur soit impossible d'être d'aucune ressource pour d'autres. Et quand on veut devenir habile dans un

κατὰ ἕκαστον
διαφέρουσι τῶν κοινῶν.
ὥσπερ ἐπὶ ἰατρικῆς·
καθόλου μὲν γὰρ
ἡσυχία καὶ ἀσιτία
συμφέρει
τῷ πυρέττοντι,
οὐ δὲ ἴσως τινί,
ὅ τε πυκτικὸς ἴσως
οὐ περιτίθησι πᾶσι
τὴν αὐτὴν μάχην.
Τὸ κατὰ ἕκαστον
δόξειεν ἂν δὴ
ἐξακριβοῦσθαι μᾶλλον
τῆς ἐπιμελείας γινομένης
ἰδίας·
ἕκαστος γὰρ
τυγχάνει μᾶλλον
τοῦ προσφόρου.
Ἀλλὰ καὶ ἰατρὸς
καὶ γυμναστὴς καὶ πᾶς ἄλλος
ἐπιμεληθείη ἂν μὲν ἄριστα
κατὰ ἓν
ὁ εἰδὼς
τὸ καθόλου
ὅ τι πᾶσιν
ἢ τοῖς τοιοῖσδε·
αἱ γὰρ ἐπιστῆμαι
λέγονταί τε καί εἰσι
τοῦ κοινοῦ.
Οὐ μὴν ἀλλὰ
οὐδὲν κωλύει ἴσως
καὶ ὄντα ἀνεπιστήμονα
ἐπιμεληθῆναι καλῶς
τινος ἑνός,
τεθεαμένον δὲ ἀκριβῶς
διὰ ἐμπειρίαν
τὰ συμβαίνοντα ἐπὶ ἑκάστῳ,
καθάπερ καὶ ἔνιοι
δοκοῦσιν εἶναι
ἄριστοι ἰατροὶ ἑαυτῶν,
δυνάμενοι ἂν οὐδὲν
ἐπαρκέσαι ἑτέρῳ.
Οὐδὲν δὲ ἧττον

concernant chacun-en-particulier
diffèrent *des éducations* publiques,
comme pour la médecine;
car d'une part en-général
repos et diète
est utile (sont utiles)
au fébricitant, [qu'un,
d'autre part non peut-être à quel
et l'athlète-au-pugilat peut-être
n'applique pas à tous
le même combat. [particulier
La chose concernant chacun-en-
paraîtrait certes [tage
être traitée-avec-précision davan-
le soin étant
particulier;
car chacun-en-particulier
atteint davantage
l'utile.
Mais et le médecin
et le gymnaste et tout autre
soignerait certes le mieux
chaque cas un par un
le sachant (s'il sait)
la chose en-général,
ce qui *est utile* à tous [dition)
ou à ceux étant tels (dans telle con-
car les sciences
et sont appelées et sont *réellement*
objet du commun (du général).
Néanmoins
rien n'empêche peut-être
même étant dépourvu-de-science
de prendre-soin bien [le),
de quelque chose une (individuel-
d'autre part ayant examiné exacte-
par expérience [ment
les choses arrivant pour chaque *cas*,
comme aussi quelques-uns
paraissent être [mêmes
excellents médecins d' (pour) eux-
qui ne pourraient en-rien
secourir un autre.
Mais néanmoins

ἴσως τῷ γε βουλομένῳ τεχνικῷ γενέσθαι καὶ θεωρητικῷ ἐπὶ τὸ καθόλου βαδιστέον εἶναι δόξειεν ἄν, κἀκεῖνο γνωριστέον ὡς ἐνδέχεται· εἴρηται γὰρ ὅτι περὶ τοῦθ' αἱ ἐπιστῆμαι.

Τάχα δὴ καὶ τῷ βουλομένῳ δι' ἐπιμελείας βελτίους ποιεῖν, εἴτε πολλοὺς εἴτ' ὀλίγους, νομοθετικῷ πειρατέον γενέσθαι, εἰ διὰ νόμων ἀγαθοὶ γενοίμεθ' ἄν. Ὅντινα γὰρ οὖν καὶ τὸν προτεθέντα διαθεῖναι καλῶς οὐκ ἔστι τοῦ τυχόντος, ἀλλ' εἴπερ τινός, τοῦ εἰδότος, ὥσπερ ἐπὶ ἰατρικῆς καὶ τῶν λοιπῶν ὧν ἔστιν ἐπιμέλειά τις καὶ φρόνησις.

5 Ἆρ' οὖν μετὰ τοῦτο ἐπισκεπτέον πόθεν ἢ πῶς νομοθετικὸς γένοιτ' ἄν τις; ἢ καθάπερ ἐπὶ τῶν ἄλλων, παρὰ τῶν πολιτικῶν[1]; μόριον γὰρ ἐδόκει[2] τῆς πολιτικῆς εἶναι. Ἢ οὐχ ὅμοιον φαίνεται ἐπὶ τῆς πολιτικῆς

art ou dans la spéculation, peut-être n'est-il pas moins nécessaire d'acquérir des connaissances générales aussi étendues qu'il est possible, puisque c'est en cela, comme on vient de le dire, que consiste la science.

Enfin, peut-être aussi doit-on s'appliquer à se rendre habile dans la législation, quand on entreprend de rendre les hommes, soit en petit soit en grand nombre, meilleurs qu'ils ne sont, puisque c'est par les lois qu'il peuvent le devenir. Car il n'appartient pas à tout le monde de former à la vertu un individu quel qu'il soit; mais, s'il y a quelqu'un qui en soit capable, ce ne peut être que celui qui possède la science, comme cela a lieu pour la médecine, et pour toutes les autres sciences qui sont le résultat de l'application et de la prudence.

Faut-il donc examiner, après cela, comment on pourra acquérir la science du législateur, et où l'on en puisera la connaissance? ou bien la trouvera-t-on, comme les autres, chez ceux qui s'occupent des affaires publiques? Car nous avons reconnu qu'elle est une partie de la politique : ou bien dira-t-on qu'il n'en est pas

δόξειεν ἂν ἴσως
εἶναι βαδιστέον
ἐπὶ τὸ καθόλου
τῷ γε βουλομένῳ
γενέσθαι τεχνικῷ
καὶ θεωρητικῷ,
καὶ ἐκεῖνο
γνωριστέον
ὡς ἐνδέχεται·
εἴρηται γὰρ ὅτι
αἱ ἐπιστῆμαι περὶ τοῦτο.
Τάχα δὴ καὶ
πειρατέον τῷ βουλομένῳ
ποιεῖν βελτίους
διὰ ἐπιμελείας
εἴτε πολλοὺς εἴτε ὀλίγους
γενέσθαι νομοθετικῷ,
εἰ γενοίμεθα ἂν ἀγαθοὶ
διὰ νόμων.
Οὐ γὰρ οὖν ἐστι
τοῦ τυχόντος
διαθεῖναι καλῶς
ὅντινα
καὶ τὸν προτεθέντα
ἀλλὰ εἴπερ τινός,
τοῦ εἰδότος,
ὥσπερ ἐπὶ ἰατρικῆς
καὶ τῶν λοιπῶν
ὧν ἔστιν
τις ἐπιμέλεια καὶ φρόνησις.
Ἆρα οὖν
ἐπισκεπτέον μετὰ τοῦτο
πόθεν ἢ πῶς
τις γένοιτο ἂν
νομοθετικός;
ἢ καθάπερ ἐπὶ τῶν ἄλλων,
παρὰ
τῶν πολιτικῶν;
ἐδόκει γὰρ
εἶναι μόριον
τῆς πολιτικῆς.
Ἢ ὅμοιον
οὐ φαίνεται
ἐπὶ τῆς πολιτικῆς

il paraîtrait peut-être
qu'il est à-marcher
vers la *connaissance* en-général
pour celui du moins qui veut
devenir habile-dans-un-art
et habile-à-contempler,
et *que* cela (le général)
est à-connaître
autant-qu'il est-possible;
car il a été dit que
les sciences *sont* autour de cela.
Peut-être donc aussi
est-il à-essayer pour qui veut
rendre meilleurs
par des soins
soit beaucoup soit peu d'*hommes*
de devenir habile-législateur,
s'*il est vrai que* nous devenions
par des lois. [bons
Car ce n'est donc pas *le fait*
de celui s'étant rencontré (du pre-
de disposer bien [mier venu)
un *être* quelconque
et celui s'étant proposé *à nous*,
mais si *c'est le fait* de quelqu'un,
c'est le fait de celui qui sait,
comme pour la médecine
et les autres *sciences* [tie)
desquelles est (desquelles font par-
quelque soin et *quelque* réflexion.
Est-ce-que donc
il faut-examiner après cela
d'où ou comment
quelqu'un deviendrait
habile-dans-la-législation ?
ou comme pour les autres *sciences*,
*le deviendrait-il d'*auprès (par les
des *hommes* politiques ? [leçons)
car *la science de la législation* pa-
être une partie [raissait
de la politique.
Ou-bien une chose semblable
n'est-elle pas manifeste
pour la politique

καὶ τῶν λοιπῶν ἐπιστημῶν τε καὶ δυνάμεων; ἐν μὲν γὰρ ταῖς ἄλλαις οἱ αὐτοὶ φαίνονται τάς τε δυνάμεις παραδιδόντες καὶ ἐνεργοῦντες ἀπ' αὐτῶν, οἷον ἰατροὶ καὶ γραφεῖς· τὰ δὲ πολιτικὰ ἐπαγγέλλονται μὲν διδάσκειν οἱ σοφισταί, πράττει δ' αὐτῶν οὐδείς, ἀλλ' οἱ πολιτευόμενοι, οἳ δόξαιεν ἂν δυνάμει τινὶ τοῦτο πράττειν καὶ ἐμπειρίᾳ μᾶλλον ἢ διανοίᾳ· οὔτε γὰρ γράφοντες οὔτε λέγοντες περὶ τῶν τοιούτων φαίνονται (καίτοι κάλλιον ἦν ἴσως ἢ λόγους δικανικούς τε καὶ δημηγορικούς), οὐδ' αὖ πολιτικοὺς πεποιηκότες τοὺς σφετέρους υἱεῖς ἤ τινας ἄλλους τῶν φίλων[1].

Εὔλογον δ' ἦν, εἴπερ ἐδύναντο· οὔτε γὰρ ταῖς πόλεσιν ἄμεινον οὐδὲν κατέλιπον ἄν, οὔθ' αὑτοῖς ὑπάρξαι προέλοιντ' ἂν μᾶλλον τῆς τοιαύτης δυνάμεως, οὐδὲ δὴ τοῖς φιλτάτοις. Οὐ μὴν μικρόν γε ἔοικεν ἡ ἐμπειρία

de la politique comme des autres sciences et des autres facultés? attendu que, dans celles-ci, les mêmes hommes sont capables de transmettre leur savoir à d'autres et de faire les actes qui en dépendent, comme les médecins et les peintres; au lieu que les sophistes promettent, il est vrai d'enseigner, la politique, mais il n'y en a pas un qui la pratique. Ce sont les chefs du gouvernement ou de l'administration que l'on pourrait regarder comme exerçant cette profession, au moyen d'une certaine faculté dont il sont doués, et par l'expérience plutôt que par la réflexion. Car on ne les voit ni écrire, ni discourir sur ce sujet, quoiqu'il y eût peut-être plus d'honneur à le faire qu'à prononcer des harangues, soit devant les tribunaux, soit devant le peuple. On ne voit pas non plus qu'ils aient rendu leur propres enfants, ou d'autres personnes pour qui ils avaient de l'affection, des politiques habiles.

Il est probable qu'ils l'auraient fait s'ils l'avaient pu faire, puisqu'ils n'auraient pu laisser après eux rien qui fût plus utile à leur patrie, et que, prisant la possession d'une pareille puissance plus que tout au monde, il n'y a rien, par conséquent, qu'ils eussent autant souhaité transmettre aux personnes qui leur étaient le plus chères. Au reste, l'expérience ne paraît pas être ici d'une

καὶ τῶν λοιπῶν	et pour les autres
ἐπιστημῶν τε καὶ δυνάμεων;	et sciences et facultés ?
ἐν μὲν γὰρ ταῖς ἄλλαις	car dans ces autres
οἱ αὐτοὶ φαίνονται	les mêmes sont-manifestes
παραδιδόντες τε τὰς δυνάμεις	et transmettant leurs facultés
καὶ ἐνεργοῦντες ἀπὸ αὐτῶν,	et agissant d'après elles.
οἷον ἰατροὶ καὶ γραφεῖς·	comme médecins et peintres;
οἱ δὲ σοφισταὶ	mais les sophistes
ἐπαγγέλλονται μὲν	font-profession d'une part
διδάσκειν τὰ πολιτικά,	d'enseigner les choses politiques,
οὐδεὶς δὲ αὐτῶν	d'autre part aucun d'eux
πράττει,	ne *les* pratique, [*tiquent*,
ἀλλὰ οἱ πολιτευόμενοι,	mais ceux qui gouvernent *les pra-*
οἳ δόξαιεν ἂν	lesquels paraîtraient
πράττειν τοῦτό	pratiquer cela
τινι δυνάμει	par une certaine faculté
καὶ ἐμπειρίᾳ	et expérience
μᾶλλον ἢ διανοίᾳ·	plutôt que par réflexion;
φαίνονται γὰρ	car ils sont-manifestes
οὔτε γράφοντες οὔτε λέγοντες	ni n'écrivant ni ne parlant
περὶ τῶν τοιούτων	sur les *sujets* tels
(καίτοι ἦν ἴσως	(quoique *cela* fût peut-être
κάλλιον	plus beau
ἢ	que d'*écrire et de prononcer*
λόγους δικανικούς τε	des discours et judiciaires
καὶ δημηγορικούς),	et populaires),
οὐδὲ αὖ πεποιηκότες	ni d'autre part n'ayant rendu
πολιτικοὺς	politiques
οὔτε τοὺς σφετέρους υἱεῖς	ni leurs propres fils
οὔτε τινὰς ἄλλους τῶν φίλων.	ni quelques autres de leurs amis.
Ἦν δὲ	Or il était
εὔλογον,	vraisemblable *qu'ils le fissent*,
εἴπερ ἐδύναντο·	si-toutefois ils *le* pouvaient;
οὔτε γὰρ κατέλειπον ἂν	car ils n'auraient laissé
ταῖς πόλεσιν	à leurs villes
οὐδὲν ἄμεινον,	rien *qui fût* meilleur,
οὔτε προέλοιντο ἂν	ni ils n'auraient *rien* désiré
μᾶλλον	davantage
ὑπάρξαι αὐτοῖς,	être à eux-mêmes, [chères
οὐδὲ δὴ τοῖς φιλτάτοις	ni certes aux *personnes* les plus
τῆς δυνάμεως τοιαύτης.	que la puissance telle.
Ἡ μὴν ἐμπειρία	Toutefois l'expérience
οὐκ ἔοικε συμβάλλεσθαι	ne paraît pas contribuer
μικρόν γε·	peu du-moins;

συμβάλλεσθαι· οὐδὲ γὰρ ἐγίνοντο ἂν διὰ τῆς πολιτικῆς συνηθείας πολιτικοί· διὸ τοῖς ἐφιεμένοις περὶ πολιτικῆς εἰδέναι προσδεῖν ἔοικεν ἐμπειρίας.

Τῶν δὲ σοφιστῶν οἱ ἐπαγγελλόμενοι[1] λίαν φαίνονται πόρρω εἶναι τοῦ διδάξαι· ὅλως γὰρ οὐδὲ ποῖόν τί ἐστιν ἢ περὶ ποῖα ἴσασιν· οὐ γὰρ ἂν τὴν αὐτὴν τῇ ῥητορικῇ οὐδὲ χείρω ἐτίθεσαν, οὐδ' ἂν ᾤοντο ῥᾴδιον εἶναι τὸ νομοθετῆσαι συναγαγόντι τοὺς εὐδοκιμοῦντας τῶν νόμων· ἐκλέξασθαι γὰρ εἶναι τοὺς ἀρίστους, ὥσπερ οὐδὲ τὴν ἐκλογὴν οὖσαν[2] συνέσεως καὶ τὸ κρῖναι ὀρθῶς μέγιστον, ὥσπερ ἐν τοῖς κατὰ μουσικήν. Οἱ γὰρ ἔμπειροι περὶ ἕκαστα κρίνουσιν ὀρθῶς τὰ ἔργα, καὶ δι' ὧν ἢ πῶς ἐπιτελεῖται συνιᾶσιν, καὶ ποῖα ποίοις συνᾴδει· τοῖς δ' ἀπείροις ἀγαπητὸν τὸ μὴ διαλανθάνειν εἰ εὖ ἢ κακῶς πεποίηται τὸ ἔργον, ὥσπερ ἐπὶ γραφικῆς.

mince utilité : sans cela, l'habitude de diriger les affaires publiques ne les aurait pas rendus de plus profonds politiques; et voilà pourquoi l'expérience semble être absolument nécessaire à ceux qui désirent s'instruire dans la science du gouvernement.

Quant aux sophistes qui font profession de cette science, il s'en faut de beaucoup qu'ils soient en état de l'enseigner; car ils ignorent entièrement en quoi elle consiste, et à quels objets elle s'applique : autrement, ils ne l'auraient pas confondue avec la rhétorique, ni regardée comme moins importante. Ils ne s'imagineraient pas qu'on puisse facilement devenir un législateur, en rassemblant toutes les lois célèbres, et en se bornant à choisir les meilleures; comme si ce choix ne dépendait pas de la sagacité qu'on y porte, et comme si bien juger en ce genre n'était pas, comme dans ce qui a rapport à la musique, une chose de la plus haute importance. En effet, les habiles en chaque genre savent porter un jugement sain des ouvrages, et connaissent comment et par quels moyens on leur donne le degré de perfection dont ils sont susceptibles; ils démêlent l'accord et la juste correspondance de toutes les parties entre elles : au lieu que les ignorants se contentent de pouvoir reconnaître si l'ouvrage est bien ou mal exécuté, comme dans la peinture.

οὐδὲ γὰρ ἐγίνοντο ἂν	car ils ne seraient pas devenus *sans*
πολιτικοὶ	politiques [*cela*
διὰ τῆς συνηθείας πολιτικῆς·	par l'habitude (de la) politique;
διὸ δοκεῖ	à-cause-de-quoi il semble
προσδεῖν τῆς ἐμπειρίας	être-besoin-en-outre d'expérience
τοῖς ἐφιεμένοις	à ceux désirant
εἰδέναι περὶ πολιτικῆς.	savoir au-sujet-de la politique.
Οἱ δὲ τῶν σοφιστῶν	D'autre part ceux des sophistes
ἐπαγγελλόμενοι	faisant-profession *de l'enseigner*
φαίνονται εἶναι	sont-manifestes être
λίαν πόρρω τοῦ διδάξαι·	trop loin du enseigner;
ὅλως γὰρ ἴσασιν	car en-général ils *ne* savent
οὐδὲ ποῖόν τί ἐστι	ni quelle chose *c'est*
ἢ περὶ ποῖα·	ou à quelles choses *elle s'applique;*
οὐ γὰρ ἐτίθεσαν ἂν	car ils ne *l'*auraient pas classée
τὴν αὐτὴν	*comme étant* la même
τῇ ῥητορικῇ	que la rhétorique
οὐδὲ χείρω,	ni *comme étant* pire,
οὐδὲ ᾤοντο ἂν	ni non-plus ils n'auraient pensé
τὸ νομοθετῆσαι εἶναι ῥᾴδιον	le faire-des-lois être facile
συναγαγόντι	à *quelqu'un* ayant rassemblé
τοὺς τῶν νόμων εὐδοκιμοῦντας;	celles des lois qui sont estimées;
εἶναι γὰρ	car *ils s'imaginent* qu'il est-pos-
ἐκλέξασθαι τοὺς ἀρίστους,	de choisir les meilleures, [sible
ὥσπερ τὴν ἐκλογὴν	comme ce choix n'étant pas non-plus
οὐδὲ οὖσαν συνέσεως	*acte* d'intelligence
καὶ τὸ κρῖναι ὀρθῶς	et le juger bien [portant
μέγιστον,	*n'étant pas* le *point* le plus im-
ὥσπερ ἐν τοῖς	comme dans les choses
κατὰ μουσικήν.	concernant la musique.
Οἱ γὰρ ἔμπειροι	Car les habiles
περὶ ἕκαστα	en chaque chose
κρίνουσιν ὀρθῶς τὰ ἔργα,	jugent bien les ouvrages,
καὶ συνιᾶσιν διὰ ὧν	et comprennent par quoi
ἢ πῶς	ou comment
ἐπιτελεῖται,	ils sont perfectionnés,
καὶ ποῖα	et quelles *parties*
συνᾴδει ποίοις·	s'-accordent à quelles *autres;*
ἀγαπητὸν δὲ	d'autre part *il est* suffisant
τοῖς ἀπείροις	pour les ignorants
τὸ μὴ διαλανθάνειν	ceci ne pas *leur* échapper
εἰ τὸ ἔργον πεποίηται	si l'ouvrage a été fait
εὖ ἢ κακῶς,	bien ou mal,
ὡς ἐπὶ γραφικῆς.	comme pour la peinture.

Οἱ δὲ νόμοι τῆς πολιτικῆς ἔργοις ἐοίκασιν· πῶς οὖν ἐκ τούτων νομοθετικὸς γένοιτ' ἄν τις, ἢ τοὺς ἀρίστους κρίναι; οὐ γὰρ φαίνονται οὐδ' ἰατρικοὶ ἐκ τῶν συγγραμμάτων γίνεσθαι. Καίτοι πειρῶνταί[1] γε λέγειν οὐ μόνον τὰ θεραπεύματα, ἀλλὰ καὶ ὡς ἰαθεῖεν ἂν καὶ ὡς δεῖ θεραπεύειν ἑκάστους, διελόμενοι τὰς ἕξεις. Ταῦτα δὲ τοῖς μὲν ἐμπείροις ὠφέλιμα εἶναι δοκεῖ, τοῖς δ' ἀνεπιστήμοσιν ἀχρεῖα. Ἴσως οὖν καὶ τῶν νόμων καὶ τῶν πολιτειῶν αἱ συναγωγαὶ τοῖς μὲν δυναμένοις θεωρῆσαι καὶ κρῖναι τί καλῶς ἢ τοὐναντίον καὶ ποῖα ποίοις ἁρμόττει εὔχρηστ' ἂν εἴη· τοῖς δ' ἄνευ ἕξεως τὰ τοιαῦτα διεξιοῦσιν τὸ μὲν κρίνειν καλῶς οὐκ ἂν ὑπάρχοι, εἰ μὴ ἄρα αὐτόματον, εὐσυνετώτεροι δ' εἰς ταῦτα τάχ' ἂν γένοιντο.

Παραλιπόντων οὖν τῶν προτέρων ἀνερεύνητον[2] τὸ

Mais les lois sont l'œuvre de la politique; comment donc pourraient-elles rendre un homme habile dans la législation, ou capable de juger celles qui sont les meilleures? Car enfin, on ne voit pas que la lecture des livres de médecine suffise pour faire d'habiles médecins; et pourtant on s'attache à y exposer non-seulement les remèdes en général, mais encore les moyens de guérir et les soins particuliers qu'il faut donner à chacnn, selon les tempéraments. Mais tous ces détails, qui sont fort utiles aux médecins expérimentés, ne peuvent servir à rien pour les ignorants. Il est donc possible que des recueils de lois et de constitutions politiques soient d'une très grande utilité pour les personnes capables de méditer, de juger de ce qui est bien et de ce qui ne l'est pas, ou de la convenance des choses les unes à l'égard des autres. Mais jamais on ne doit s'attendre, qu'en lisant de pareils recueils, ceux qui n'ont point ces dispositions, jugent sainement des lois, à moins que ce ne soit par hasard: seulement ils pourraient acquérir, par ce moyen, un peu plus d'intelligence de ce genre de connaissances.

Au reste, comme nos devanciers ont laissé inexploré le champ

Οἱ δὲ νόμοι ἐοίκασιν
ἔργοις τῆς πολιτικῆς·
πῶς οὖν τις
γένοιτο ἂν ἐκ τούτων
νομοθετικός,
ἢ κρίναι τοὺς ἀρίστους;
οὐ γὰρ φαίνονται
οὐδὲ γίνεσθαι ἰατρικοὶ
ἐκ τῶν συγγραμμάτων.
Καίτοι
πειρῶνταί γε
λέγειν
οὐ μόνον τὰ θεραπεύματα,
ἀλλὰ καὶ ὡς
ἰαθεῖεν ἂν
καὶ ὡς δεῖ
θεραπεύειν ἑκάστους,
διελόμενοι τὰς ἕξεις.
Ταῦτα δὲ δοκεῖ
εἶναι ὠφέλιμα μὲν
τοῖς ἐμπείροις,
ἀχρεῖα δὲ
τοῖς ἀνεπιστήμοσιν.
Ἴσως οὖν αἱ συναγωγαὶ
καὶ τῶν νόμων
καὶ τῶν πολιτειῶν
εἴη ἂν εὔχρηστα
τοῖς μὲν δυναμένοις
θεωρῆσαι καὶ κρῖναι
τί καλῶς
ἢ τὸ ἐναντίον
καὶ ποῖα
ἁρμόττει ποίοις·
τοῖς δὲ διεξιοῦσι
τὰ τοιαῦτα
ἄνευ ἕξεως
τὸ μὲν κρίνειν καλῶς
οὐχ ὑπάρχοι ἄν,
εἰ μὴ ἄρα αὐτόματον,
γένοιντο δὲ ἂν
τάχα
εὐσυνετώτεροι εἰς ταῦτα.
Τῶν οὖν προτέρων
παραλιπόντων ἀνερεύνητον

Or les lois ressemblent
aux œuvres de la politique ;
comment donc quelqu'un
deviendrait-il par elles
habile-dans-la législation,
ou jugerait-il les meilleures?
car *les hommes* ne sont pas-évidents
devenir non-plus habiles-dans-la
par les recueils. [médecine
Et-cependant *ceux qui les écrivent*
s'efforcent certes
de dire
non-seulement les remèdes,
mais encore comment *les malades*
seraient guéris
et comment il faut
soigner chacun
ayant distingué les tempéraments.
Or ces *détails* semblent
être utiles d'une part
à ceux *étant* expérimentés,
inutiles d'autre part
aux ignorants.
Peut-être donc les recueils
et des lois
et des constitutions
seraient choses utiles
à ceux d'une part qui peuvent
considérer et juger
quelle chose *est* bien
ou le contraire
et quelles *parties* [ties:
conviennent à quelles *autres par-*
d'autre part pour ceux qui parcou-
les *recueils* tels [rent
sans disposition *spéciale*
d'une part le juger bien
ne serait pas *donné*,
sinon certes fortuit,
d'autre part ils deviendraient
peut-être
plus intelligents en ces *matières*.
Donc les *philosophes* précédents
ayant laissé inexplorée

περὶ τῆς νομοθεσίας, αὐτοὺς ἐπισκέψασθαι μᾶλλον βέλτιον ἴσως, καὶ ὅλως δὴ περὶ πολιτείας, ὅπως εἰς δύναμιν ἡ περὶ τὰ ἀνθρώπινα φιλοσοφία τελειωθῇ.

Πρῶτον μὲν οὖν εἴ τι κατὰ μέρος εἴρηται καλῶς ὑπὸ τῶν προγενεστέρων πειραθῶμεν ἐπελθεῖν[1], εἶτα ἐκ τῶν συνηγμένων πολιτειῶν θεωρῆσαι τὰ ποῖα σῴζει καὶ φθείρει τὰς πόλεις καὶ τὰ ποῖα ἑκάστας τῶν πολιτειῶν, καὶ διὰ τίνας αἰτίας αἳ μὲν καλῶς αἳ δὲ τοὐναντίον πολιτεύονται· θεωρηθέντων γὰρ τούτων τάχ' ἂν μᾶλλον συνίδοιμεν καὶ ποία πολιτεία ἀρίστη, καὶ πῶς ἑκάστη ταχθεῖσα, καὶ τίσι νόμοις καὶ ἔθεσι χρωμένη. Λέγωμεν οὖν ἀρξάμενοι.

de la législation, peut-être ferons-nous mieux d'y consacrer nos recherches, et de les étendre sur la science du gouvernement en général, afin de perfectionner, autant qu'il dépend de nous, la philosophie de l'humanité.

Et d'abord commençons par exposer ce que nos devanciers peuvent avoir dit de bon et d'utile sur quelques objets particuliers : ensuite nous considérerons, d'après la comparaison des diverses formes de gouvernement dont les constitutions ont été recueillies, ce qui contribue à la ruine ou à la conservation des États en général, et de chaque forme de gouvernement en particulier ; et par quelles causes il arrive que les uns sont bien administrés, et les autres, au contraire. Car peut-être parviendrons-nous à reconnaître, à l'aide de ces considérations, quelle est la forme de gouvernement la plus parfaite, quel ordre et quel système de lois et de mœurs sont plus convenables à chacune de celles qui existent. Entrons donc en matière.

τὸ περὶ τῆς νομοθεσίας,	la *question* sur la législature,
ἴσως βέλτιον	peut-être *sera-t-il* mieux
αὐτοὺς ἐπισκέψασθαι μᾶλλον	nous-mêmes *l'*examiner davantage,
καὶ ὅλως δὴ	et en-général certes
περὶ πολιτείας	sur le gouvernement
ὅπως ἡ φιλοσοφία	afin que la philosophie
κατὰ τὰ ἀνθρώπινα	concernant les choses humaines
τελειωθῇ	soit perfectionnée
εἰς δύναμιν.	selon *notre* pouvoir.
Πρῶτον μὲν οὖν	D'abord d'une part donc
εἴ τι	si une chose
κατὰ μέρος	en partie (particulièrement)
εἴρηται καλῶς	a été dite bien
ὑπὸ τῶν προγενεστέρων	par ceux *qui sont* plus anciens
πειραθῶμεν ἐπελθεῖν,	tâchons de *l'*exposer,
εἶτα θεωρῆσαι	ensuite de considérer
ἐκ τῶν πολιτειῶν συνηγμένων	d'après les constitutions recueillies
τὰ ποῖα σῴζει	lesquelles choses conservent
καὶ φθείρει τὰς πόλεις	et ruinent les états,
καὶ τὰ ποῖα	et lesquelles *conservent et ruinent*
ἑκάστας τῶν πολιτειῶν,	chacun des gouvernements,
καὶ διὰ τίνας αἰτίας	et pour quelles causes
αἳ μὲν πολιτεύονται	les uns *des états* sont gouvernés
καλῶς	bien
αἳ δὲ τὸ ἐναντίον·	les autres *dans* le *sens* contraire;
τούτων γὰρ θεωρηθέντων	car ces choses ayant été considérées
τάχα συνίδοιμεν ἂν	peut-être aurions-nous-conscience
μᾶλλον	davantage
καὶ ποία πολιτεία	et quel gouvernement,
ἀρίστη,	*est* le meilleur,
καὶ πῶς ἑκάστη ταχθεῖσα,	et comment chacun étant réglé,
καὶ τίσι νόμοις καὶ ἔθεσι	et de quelles lois et coutumes
χρωμένη.	se-servant *il est le meilleur.*
Λέγωμεν οὖν ἀρξάμενοι.	Disons donc commençant.

NOTES

SUR LE DIXIÈME LIVRE DE LA MORALE A NICOMAQUE.

Page 4 : 1. Ἡδονῆς. Cette première phrase paraît avoir été ajoutée au texte par un copiste; ou tout au moins elle serait mieux placée à la fin du livre IXe.

— 2. Ἡδονῆς. Ce n'est pas la première fois qu'Aristote entreprend une discussion sur le plaisir; car toute la fin du VIIe livre de la *Morale à Nicomaque* est consacrée au même sujet.

— 3. Τὴν τοῦ ἤθους ἀρετήν. C'est la vertu morale qu'Aristote appelle aussi ἠθικὴ ἀρετή par opposition aux vertus intellectuelles ἀρεταὶ διανοητικαί ou τῆς διανοίας.

Page 6 : 1. Οἳ μέν. Sans doute Eudoxe dont on va parler plus loin, en tout cas, Aristippe et l'école de Cyrène.

— 2. Τἀγαθόν. Le bien par excellence, souverain; telle est ici la valeur de l'article.

— 3. Οἳ δέ. Speusippe, successeur de Platon et l'école platonicienne.

— 4. Τὸ μέσον. Pour Aristote, la vertu est un juste milieu.

— 5. Μήποτε.... λέγεται. Dans le sens de *peut-être* μήποτε est ordinairement suivi du subjonctif; on sous-entend alors devant cette locution un verbe tel que δέδοικα, φοβοῦμαι.... je crains que peut-être.

— 6. Τοιαύτην, c'est-à-dire ἐφετήν contenu en principe dans ἐφιέμενος.

Page 8 : 1. Εὔδοξος. Ce philosophe, qui ne nous est connu que par Aristote, paraît avoir eu des doctrines assez semblables à celle d'Épicure. Peut-être cet Eudoxe est-il le même qu'Eudoxe de Cnide, astronome grec, qui était à peu près contemporain d'Aristote.

— 2. Ἐν πᾶσιν. Ici nous avons probablement, jusqu'à la fin de la parenthèse, une citation d'Eudoxe.

— 3. Τὸ μάλιστα, sous-entendu : αἱρετόν.

Page 8 : 4. Σώφρων εἶναι. Eudoxe jouissait donc, comme Épicure, d'une réputation de modération et de tempérance.

Page 10 : 1. Πλάτων. Il est fait ici allusion au *Philèbe*, dans lequel Platon démontre que le plaisir sans la sagesse ne saurait être le bien véritable, et, que par conséquent, il n'est pas lui-même le souverain bien.

Page 12 : 1. Μὴ.... λέγωσιν. Pour expliquer ce subjonctif, il faut sous-entendre, devant μὴ, δέδοικα ou quelque verbe de signification analogue.
— 2. Τὶ φυσικὸν ἀγαθόν. Ce qui faisait dire ailleurs à Aristote (VII, 14) : πάντα γὰρ φύσει ἔχει τι θεῖον, tout a naturellement un principe divin.

Page 14 : 1. Περὶ τοῦ ἐναντίου, sur le contraire, c'est-à-dire sur l'argument tiré du contraire.
— 2. Οὐ.... φασιν. « Ils nient ». La négation qui précède φημί retombe toujours sur l'infinitif qui suit.

Page 16 : 1. Καὶ πράττειν. Ces deux mots paraissent interpolés.
— 2. Εἰ δὲ ἐν ταῖς ἡδοναῖς, suppléez : τοῦτο γίνεται.

Page 20 : 1. Τεμνόμενος. « Quand on se fait une coupure. » Leçon peu satisfaisante. On a proposé, non sans vraisemblance : κενούμενος, qui est l'opposé de ἀναπλήρωσις, ou ἀναπληρώμενος « Quand on sent un vide. »
2. Ὀφθαλμιῶσιν. Il y a ici une de ces ellipses fréquentes chez Aristote. Sous-entendez τοιαῦτα ὡς ἀληθῶς ἐστιν, ou quelque chose d'analogue.

Page 24 : 1. Τὴν, sous-entendu : ἡδονήν. Cet accusatif, régime d'un verbe ayant le même radical que le substantif, est un idiotisme fréquent.

Page 24 : 1. Ἢ διαφόρους εἴδει. Sous-entendu : οὔσας τὰς ἡδονάς.
— 2. Ἀφ' ὧν, pour τούτοις ἀφ' ὧν γίνονται.
— 3. Τὰ λεγόμενα. Aristote avait dit au début du chapitre qu'il allait examiner les diverses doctrines sur le plaisir, et il prévient ici que cette partie de sa tâche est terminée. Toutefois il semble qu'il y ait joint quelquefois ses observations et ses appréciations personnelles.

Page 26 : 1. Οὐδενός. Le français n'admettant pas le redoublement de la négation, nous sommes forcé, dans le mot à mot, de traduire οὐδέν par une affirmation.
— 2. Τοῦ ναοῦ. Cet article semble indiquer que par ἡ οἰκοδομική Aristote avait en vue la construction d'un temple.

Page 30 : 1. Τριγλύφου. Ornement de la frise dorique qui représente l'extrémité des solives, et qui a des rainures verticales.

— 2. Τὴν γραμμήν. Allusion aux courses dans le stade, où les chars, en effet, suivaient deux lignes : la première, du point de départ à l'extrémité du stade ; la seconde, de cette extrémité à la borne. Les deux lignes avaient donc des directions inverses et présentaient des différences de toutes sortes.

— 3. Διαπορεύεται. Sujet sous-entendu τις.

Page 30 : 1. Ἐν ἄλλοις. Dans d'autres traités, particulièrement dans les livres VI, VII, VIII de la *Physique*.

— 2. Ἥδεσθαι δέ. Le texte est ici d'une concision désespérante, c'est comme s'il y avait : ἐνδέχεσθαι δὲ ἥδεσθαι μὴ ἐν χρόνῳ, tandis qu'il est possible d'éprouver du plaisir non dans le temps.

Page 36 : 1. Τῇ ἐνεργείᾳ. Suppléez : οὐδεμία δὲ ἐνέργεια συνεχὴς γίνεται.

— 2. Διὰ τὸ αὐτό, par la même raison, c'est-à-dire parce qu'ils ont perdu le charme de la nouveauté.

Page 38 : 1. Δοκοῦσιν. Ce verbe a pour sujet αἱ ἡδοναί, dont l'idée domine toute cette discussion.

— 2. Τελειοῦσθαι. Infinitif gouverné par un verbe sous-entendu, tel que φαίνεται.

Page 42 : 1. Τῆς παρούσης ἐνεργείας; l'acte présent, celui auquel l'invite l'homme qui parle.

— 2. Ἐνεργῇ. Ce verbe a pour sujet sous-entendu τις.

— 3. Ἡ.... ἥδιον se rapporte à ἐνέργεια, dont l'idée est contenue dans le verbe ἐνεργῇ.

Page 50 : 1. Οὐ φατέον... εἶναι. Je fais retomber la négation sur le verbe à l'infinitif, cela a toujours lieu avec φημί.

Page 52 : 1. Διελθεῖν. Aristote rappelle ici d'un mot les sujets importants qu'il a traités dans les sept premiers livres (sur les *vertus*), dans le huitième et le neuvième (sur l'*amitié*), et enfin au commencement du dixième (sur le *plaisir*). Vertu, amitié et plaisir, tels sont les éléments du bonheur, dont il avait averti dès le début qu'il voulait traiter ; et puisque à présent il les possède, il ne lui reste plus qu'à se résumer et à conclure.

Page 54 : 1. Ἐφίενται a pour sujet οἱ τύραννοι, παρέχουσι a pour sujet οἱ εὐτράπελοι, et δέονται a pour sujet οἱ τύραννοι.

Page 58 : 1. Σπουδάζῃ a pour sujet τις sous-entendu.

Page 60 : 1. Βίου. Vie véritablement digne de l'homme, par opposition à ζωή, vie intime, organique. — Ramsauer explique ainsi : *Siquidem ne vitæ quidem participes esse videntur.*

Page 60 : 1. Τοῦ ἀρίστου. Sous-entendu : μορίου.

Page 62 : 1. Νοῦς.. .. γνωστῶν. Sous-entendu : κράτιστος après le premier mot, et κράτιστα après le second.
— 2. Τῶν ζητούντων, complément du comparatif, pour ἢ τοῖς ζητοῦσι.

Page 68 : 1. Τοῦ συνθέτου, le composé, c'est-à-dire l'homme proprement dit, à la fois *sensibilité* et *raison*.
— 2. Τοὺς παραινοῦντας. Ramsauer pense qu'il s'agit des poètes, entre autres, d'un poète inconnu que cite Aristote : Θνατὰ χρὴ τὸν θανατὸν, οὐκ ἀθάνατα τὸν θνατὸν φρονεῖν. — Il cite encore ce vers d'Euripide : Ὄντας δὲ θνητοὺς, θνητὰ καὶ φρονεῖν χρῶν, et celui de Sophocle : Ἐπεί σε μανθάνω θνητὴν φρονοῦσαν θνητὰ κοὐκ ἀγνώμονα.

Page 70 : 1. Αἱροῖτο. Sujet sous-entendu : τις.
— 2. Ἄλλου. S'ils choisissent, par exemple, la vie de l'animal ou celle de la plante.
— 3. Ἄνθρωπος μάλιστα. L'homme s'approche donc d'autant plus de sa nature vraiment humaine, qu'il est plus près de la nature divine.

Page 72 : 1. Χορηγίας, littéralement : frais que l'on fait pour les chœurs, d'où, par extension, richesses, ressources, et ici biens extérieurs.

Page 76 : 1. Ἐνδυμίωνα. Endymion, berger de Carie, d'une grande beauté, avait été placé dans le ciel par Jupiter, qui ensuite l'en chassa et le condamna à un sommeil perpétuel, parce qu'il avait osé attenter à l'honneur de Junon.

Page 82 : 1. Σωφρόνως. Allusion à un entretien que, suivant Hérodote, Solon eut avec Crésus au sujet du bonheur.
— 2. Ἄτοπος. Cf. *Eth. Eud.*, 1215 b, 6-14 : Ἀναξαγόρας... ἐρωτηθεὶς τίς ὁ εὐδαιμονέστατος· « οὐθείς, εἶπεν, ὧν σὺ νομίζεις, ἀλλ' ἄτοπος ἄν τίς σοι φανείη. »

Page 86 : 1. Κατὰ τὸν Θέογνιν. Voyez les *Sentences* de Théognis, vers 432 :

Εἰ δ' Ἀσκληπιάδαις τοῦτο γ' ἔδωκε θεὸς
Ἰᾶσθαι κακότητα καὶ ἀτηρὰς φρένας ἀνδρῶν,
Πολλοὺς ἂν μισθοὺς καὶ μεγάλους ἔφερον.

« Si Dieu avait accordé aux fils d'Esculape le privilège de guérir les vices et l'aveuglement des hommes, quelles magnifiques récompenses ne mériteraient-ils pas? »
— 2. Πορίσασθαι, se procurer à prix d'argent.

Page 88 : 1. Θείας αἰτίας. Platon examine aussi dans le *Ménon* si la vertu ne viendrait pas de quelque faveur divine.

Page 90 : 1. Τὴν τροφὴν καὶ τὰ ἐπιτηδεύματα. Allusion à l'éducation que l'État donnait aux jeunes Spartiates.

Page 94 : 1. Ἐν.... πόλει. Aristote a parlé ailleurs (*Politique*, I, 8, c. 1), de la nourriture des enfants de Lacédémone. Cf. Xénophon (*De Lacedemon. Rep.*, c. II, § 2).

— 2. Ἀλόχου. Mot poétique qu'on serait surpris de rencontrer ici, si ce n'était une allusion à un passage d'Homère.

Page 100 : 1. Παρὰ τῶν πολιτικῶν. Le raisonnement est d'une concision extrême. De même que l'on étudie les autres sciences auprès de ceux qui en font profession, faut-il étudier la législation auprès de ceux qui administrent et gouvernent les États?

— 2. Ἐδόκει a pour sujet ἡ νομοθετική, dont le sens est contenu dans νομοθετικός.

Page 102 : 1. Πολιτικούς.... τῶν φίλων. La même observation se trouve dans plusieurs dialogues de Platon qui cite, à ce sujet, les exemples de Thémistocle, d'Aristote, de Périclès et de Thucydide.

Page 104 : 1 Οἱ.... ἐπαγγελλόμενοι. C'était en effet la prétention des sophistes, comme on le voit par les dialogues de Platon, notamment le *Gorgias* et le *Protagoras*.

— 2. Τὴν ἐκλογὴν οὖσαν, sorte d'accusatif absolu qu'explique la construction infinitive de la phrase, à moins qu'on ne sous-entende devant ces mots οἰόμενοι, ou un verbe de sens analogue.

Page 106 : 1. Πειρῶνται a pour sujet sous-entendu : οἱ γράφοντες τὰ συγγράμματα.

— 2. Ἀνερεύνητον. Aristote semble oublier que son maître Platon a le premier traité ce sujet dans la *République*.

Page 108 : 1. Ἐπελθεῖν. Il semble qu'Aristote donne ici le plan de l'ouvrage qui va suivre sur la politique ; la première partie serait une revue des doctrines antérieures sur le sujet, et pourrait être appelée dialectique. La seconde (εἶτα δὲ.... θεωρῆσαι), tout historique, contiendrait l'étude des diverses constitutions politiques, de leurs avantages et de leurs défauts. Enfin, dans la troisième partie (θεωρηθέντων.... συνίδοιμεν), qui serait didactique, l'auteur se propose de dire quelle est la forme idéale de l'État et quelles sont pour chaque espèce de gouvernement la constitution les lois et les mœurs qu'il doit avoir pour être en son genre le meilleur possible. Toutefois, Aristote, ne s'est pas astreint à suivre le plan qu'il trace ici : car au début de la *Politique*, il cherche la définition de la cité et les éléments qui la constituent, pour examiner ensuite quelle est, de toutes les constitutions, la plus parfaite et la meilleure.

13618. — Imprimerie A. Lahure, 9, rue de Fleurus, à Paris.

COMPOSITION FRANÇAISE

Recueil de compositions françaises : lettres, récits, discours, dissertations (sujets et développements), à l'usage des candidats au baccalauréat ès lettres et à l'école de Saint-Cyr par M. Marais, professeur au collège Sainte-Barbe. 1 vol. in-16, broché. 1 fr. 50

Modèles de composition française, empruntés aux écrivains classiques; comprenant des descriptions, des portraits, des narrations, des dialogues, des lettres, des discours, des dissertations morales et littéraires, avec des arguments et des préceptes sur chaque genre de composition, à l'usage des classes supérieures et des candidats au baccalauréat ès lettres; publiés par M. Chassang, inspecteur général de l'instruction publique. 1 vol. in-16, cartonné. 2 fr.

Sujets et modèles de composition française, à l'usage des classes supérieures et des candidats au baccalauréat ès lettres, publiés par M. Pellissier, professeur au collège Sainte-Barbe. 1 vol. in-16, cartonné. 2 fr. 50

LANGUES VIVANTES

Lexique français-allemand, rédigé conformément au décret du 19 juin 1880, à l'usage des candidats au baccalauréat ès lettres par M. Koch, professeur au lycée Saint-Louis; nouvelle édition. 1 vol. in-16, cartonné. 4 fr.
Reconnu conforme à la note officielle du 29 janvier 1881.

Cours de thèmes allemands, à l'usage des classes supérieures et des candidats au baccalauréat ès lettres et à l'École de Saint-Cyr par M. Scherdlin, professeur au lycée Charlemagne. 1 vol. in-16, cartonné. 3 fr.

Traduction allemande du Cours de thèmes. 1 vol. in-16, broché. 3 fr. 50

Cours de thèmes allemands, accompagnés de vocabulaires par M. Bacharach. 1 vol. in-16, cartonné. 3 fr. 50

Lexique français-anglais, rédigé conformément au décret du 19 juin 1880, à l'usage des candidats au baccalauréat ès lettres par MM. Battier et Legrand, agrégés de l'Université; nouvelle édition. 1 vol. in-16, cartonné. 4 fr.
Reconnu conforme à la note officielle du 29 janvier 1881.

Cours de thèmes anglais, à l'usage des classes supérieures et des candidats au baccalauréat ès lettres par M. Morel, professeur au lycée Louis-le-Grand. 1 vol. in-16, cartonné. 2 fr. 50

ÉPREUVES ORALES

AUTEURS GRECS

Euripide : *Théâtre*. Texte grec, publié avec des notices, des arguments analytiques et des notes par M. Weil. Format petit in-16, cartonné : *Iphigénie à Aulis*; *Hécube*; *Alceste*. Chaque tragédie. 1 fr.

— *Iphigénie à Aulis*, traduction française par MM. Fix et Le Bas. In-16. 2 fr.
Le même ouvrage, traduction *juxtalinéaire* par MM. Fix et Le Bas. 1 vol. in-16, broché. 3 fr.

— *Hécube*, traduction *juxtalinéaire*, par M. C. Leprévost. 1 vol. in-16. 2 fr.

— *Alceste*, traduction française, par M. de Parnajon. 1 vol. in-16, br. 1 fr. 50
Le même ouvrage, traduction *juxtalinéaire* par M. de Parnajon. 1 vol. in-16, broché. 2 fr.

Hérodote : *Morceaux choisis*. Texte grec, publié avec une introduction et des notes, par M. Tournier, maître de conférences à l'École normale supérieure. 1 vol. petit in-16, cartonné. 2 fr.
Le même ouvrage, traduction française, par M. Giguet. 1 vol. in-16, br. 3 fr.
Le même ouvrage, traduction *juxtalinéaire* par M. de Parnajon. 1 vol. in-16, broché. 7 fr. 50

Homère : *Odyssée*. Texte grec, publié avec des notes par M. Sommer. 1 vol. in-16, cartonné. 3 fr. 50
Le même ouvrage, divisé en six parties, contenant chacune quatre chants. Chaque partie, cartonnée. 75 c.
Les chants 1, 2, 6, 11 et 12 se vendent séparément, chacun, 25 c.
Le même ouvrage, traduction *juxtalinéaire*, par M. Sommer. 6 vol. in-16, contenant chacun 4 chants, se vendent séparément, brochés, 4 fr.
Les chants 1, 2, 6, 11 et 12 se vendent séparément, chacun, 1 fr.

Lucien : *Dialogues des morts*, disposés et annotés par M. Tournier, maître de conférences à l'École normale supérieure. 1 vol. petit in-16, cart. 1 fr. 50
— *Dialogues des morts*, traduction *juxtalinéaire* par M. Leprévost. 1 vol. in-16, broché. 2 fr. 25

Plutarque : *Vie d'Alexandre*. Texte grec, publié avec des notes par M. Bétolaud. 1 vol. in-16, cartonné. 1 fr.
Le même ouvrage, traduction *juxtalinéaire* par M. Bétolaud. 1 volume in-16, broché. 3 fr.
— *Vie de Démosthène*. Texte grec, publié avec un argument et des notes par M. Graux. 1 vol. petit in-16, cartonné. 1 fr.
Le même ouvrage, traduction française par Ricard. 1 vol. in-16, br. 1 fr. 50
Le même ouvrage, traduction *juxtalinéaire* par M. Sommer. 1 vol. in-16, broché. 3 fr.
— *Vie de Cicéron*, suivie du parallèle de Démosthène et de Cicéron. Texte grec, publié avec des arguments et des notes par M. Graux. 1 vol. petit in-16, cartonné. 1 fr.
Le même ouvrage, traduction française par M. Sommer. 1 vol. in-16. 1 fr. 50
Le même ouvrage, traduction *juxtalinéaire* par M. Sommer. 1 vol. in-16, broché. 3 fr.

Xénophon : *Anabase* (les sept livres). Texte grec, publié avec des notes par M. de Parnajon, professeur au lycée Henri IV. 1 vol. in-16, cartonné. 3 fr.
Chaque livre séparément, 75 c.
Le même ouvrage, traduction française par M. Talbot. 1 vol. in-16, br. 5 fr.
Le même ouvrage, traduction *juxtalinéaire* par M. de Parnajon. 2 vol. in-16, brochés. 12 fr.
Chacun des sept livres, séparément, 2 fr.
— *Cyropédie*, premier livre. Texte grec, publié avec des notes par M. Huret. 1 vol. in-16, cartonné. 75 c.
Le même ouvrage, traduction *juxtalinéaire* par M. Lebrs. 1 vol. in-16, broché. 1 fr. 25
— *Cyropédie*, deuxième livre. Texte grec, publié avec des notes par M. Huret. 1 vol. in-16, cartonné. 75 c.
Le même ouvrage, traduction *juxtalinéaire* par M. Sommer. 1 vol. in-16, broché. 1 fr. 25
— *Économique*. Texte grec, publié avec une notice, un argument et des notes par M. Graux, et complété par M. A. Jacob, professeur à l'École des Hautes-Études. 1 vol. petit in-16 cartonné. 1 fr. 50
Le même ouvrage, traduction française, de M. Talbot. 1 vol. in-16, br. 1 fr. 50
Le même ouvrage, traduction *juxtalinéaire* par M. de Parnajon. 1 vol. in-16, broché. 3 fr. 50

AUTEURS LATINS

Cicéron : *Pro Archia poeta*. Texte latin, publié avec une notice, des remarques et des notes par M. E. Thomas, professeur à la Faculté des lettres de Douai. 1 vol. petit in-16, cartonné. 30 c.
Le même ouvrage, traduction *juxtalinéaire* par M. Chanselle. In-16, br. 90 c.
— *In Verrem oratio de suppliciis*. Texte latin, publié avec des notes par M. E. Thomas. 1 vol. petit in-16, cartonné. 1 fr. 50
Le même ouvrage, traduction *juxtalinéaire* par M. O. Dupont. In-16. br. 3 fr.

— *De senectute dialogus*. Texte latin, publié avec des notes par E. Charles, recteur de l'académie de Lyon. 1 vol. petit in-16, cartonné. 40 c.

LE MÊME OUVRAGE, traduction française par MM. Paret et Legouëz. 1 vol. n-16, broché. 80 c.

LE MÊME OUVRAGE, traduction *juxtalinéaire* par MM. Paret et Legouëz. 1 vol. in-16, broché. 1 fr. 25

— *In Catilinam orationes quatuor*. Texte latin, publié avec des notes par M. Noël. 1 vol. petit in-16, cartonné. 60 c.

LE MÊME OUVRAGE, traduction française par M. J. Thibault. 1 vol. in-16, broché. 1 fr. 25

LE MÊME OUVRAGE, traduction *juxtalinéaire* par M. J. Thibault. 1 vol. in-16, broché. 2 fr

— *Somnium Scipionis*. Texte latin, publié avec une introduction, des notes et un appendice par M. V. Cucheval, professeur de rhétorique au lycée Condorcet. 1 vol. petit in-16, cartonné. 30 c.

LE MÊME OUVRAGE, traduction française par M. Pottin. 1 vol. in-16, br. 50 c.

LE MÊME OUVRAGE, traduction *juxtalinéaire* par M. Pottin. In-16, br. 50 c.

— *Pro Milone*. Texte latin, publié avec une notice, un argument et des notes par M. Noël. 1 vol. petit in-16, cartonné. 40 c.

LE MÊME OUVRAGE, traduction *juxtalinéaire* par M. Sommer. In-16. 1 fr. 50

— *Pro Murena*. Texte latin, publié avec une notice, un argument et des notes par M. Noël. 1 vol. petit in-16, cartonné. 40 c.

LE MÊME OUVRAGE, traduction française par J. Thibault. 1 vol. in-16, br. 1 fr.

LE MÊME OUVRAGE, traduction *juxtalinéaire* par J. Thibault 1 vol. In-16, broché. 2 fr. 50

— *Choix de Lettres*. Texte latin, publié avec des analyses et des notes par M. V. Cucheval, professeur de rhétorique au lycée Condorcet. 1 vol. petit in-16, cartonné. 2 fr.

LE MÊME OUVRAGE, traduction française par J.-V. Le Clerc, sans le texte latin. 1 vol. petit in-16, broché. 2 fr.

Horace : *Œuvres*. Texte latin, publié avec des arguments et des notes, et précédé d'un précis sur les mètres employés par Horace par E. Sommer. 1 vol. in-16, cartonné. 2 fr.

LE MÊME AUTEUR, traduction française par J. Janin. 1 vol. in-16, br. 3 fr. 50

LE MÊME AUTEUR traduction *juxtalinéaire* :

Art poétique par M. E. Taillefert. 1 vol. in-16, broché. 75 c.
Epîtres par M. Taillefert. 1 vol. in-16, broché. 3 fr.
Odes et Epodes par MM. Sommer et Desportes. 2 vol. in-16 br. 4 fr. 50
Tome I, livres I et II des Odes. 2 fr. 50
Tome II, livres III et IV des Odes et les Épodes. 2 fr.

Lucrèce : *Morceaux choisis*. Texte latin, publié avec une notice, des arguments, des analyses, des résumés et des notes par M. Poyard, professeur de rhétorique au lycée Henri IV. 1 vol. petit in-16, cartonné. 1 fr. 50

LE MÊME OUVRAGE, traduction française de Lagrange revue par M. de Parnajon. 1 vol. in-16, broché. 2 fr.

LE MÊME OUVRAGE, traduction *juxtalinéaire* par M. de Parnajon. 1 vol. in-16, broché. 3 fr. 50

Pline le Jeune : *Choix de lettres*. Texte latin, publié avec des analyses et des notes par M. Waltz, professeur à la Faculté des lettres de Bordeaux. 1 vol. petit in-16, cartonné. 1 fr. 80

Salluste : *De conjuratione Catilinæ; de bello Jugurthino*. Texte latin, publié avec des arguments et des notes par M. Lallier, ancien professeur à la Faculté des lettres de Paris. 1 vol. petit in-16, cartonné. 1 fr. 80

LE MÊME OUVRAGE, traduction française par M. Croiset. 1 vol. in-16. 2 fr. 50

LE MÊME OUVRAGE, traduction *juxtalinéaire* par M. Croiset. 2 vol. in-16, br. :

Catilina. 1 vol. 1 fr. 50
Jugurtha. 1 vol. 3 fr. 50

Tacite : *Annalium reliquiæ.* Texte latin, publié avec des arguments et des notes par M. E. Jacob, professeur de rhétorique au lycée Louis-le-Grand. 1 vol. petit in-16, cartonné. 2 fr. 50

Le même ouvrage, traduction française par Dureau de la Malle. 2 vol. in-16, brochés. 4 fr. 50

Le même ouvrage, traduction *juxtalinéaire* par M. Materne. 4 vol. in-16 :

1er volume, livres I, II, III. 6 fr.

2e volume, livres IV, V, VI. 4 fr.

3e volume, livres XI, XII, XIII. 4 fr.

4e volume, livres XIV, XV, XVI. 4 fr.

— *Annalium libri* I, II *et* III. Texte latin, publié avec des arguments et des notes par M. E. Jacob. 1 vol. petit in-16, cartonné. 1 fr.

— *Historiarum libri* I et II. Texte latin, publié avec une introduction, un commentaire critique et explicatif et un appendice par M. E. Gœzler, maître de conférences à la Faculté des lettres de Paris. 1 vol. petit in-16, cartonné. » »

— *De vita et moribus Julii Agricolæ.* Texte latin, publié avec un argument, et des notes par E. Jacob. 1 vol. petit in-16, cartonné. 75 c.

Le même ouvrage, traduction française par M. Rendu. 1 vol. in-16, br. 1 fr.

Le même ouvrage, traduction *juxtalinéaire* par M. Nepveu. In-16. 1 fr. 75

Térence : *Les Adelphes.* Texte latin, publié avec une introduction et des notes par MM. Psichari et Benoist. 1 vol. petit in-16, cartonné. 85 c.

Le même ouvrage, traduction française par M. Materne. 1 vol. in-16. 1 fr. 50

Le même ouvrage, traduction *juxtalinéaire* par M. Materne. In-16. 2 fr.

Tite-Live : *Ab urbe condita libri* XXI-XXX. Texte latin, publié avec une notice, des arguments et des notes par M. Riemann, maître de conférences à l'École normale supérieure, et M. E. Benoist, professeur à la Faculté des lettres de Paris. Format petit in-16, cartonné :

Livres XXI et XXII. 1 vol. 2 fr.

Livres XXIII, XXIV et XXV. 1 vol. 2 fr. 25

Livres XXVI à XXX. 1 vol. » »

— *Histoire romaine*, traduction française par M. Gaucher. 4 vol. in-16. 14 fr.

— *Livres* XXI et XXII, traduction française de M. Gaucher, avec le texte en regard. 1 vol. in-16, broché. 2 fr. 50

Les mêmes livres XXI et XXII, traduction *juxtalinéaire* par M. Uri. 1 vol. in-16, broché. 5 fr.

— *Livres* XXIII, XXIV et XXV, traduction française de M. Gaucher, avec le texte en regard. 1 vol. in-16. 3 fr.

Les mêmes livres XXIII, XXIV et XXV, traduction *juxtalinéaire* par M. Uri. 1 vol. in-16, broché. 7 fr. 50

Virgile : *Œuvres.* Texte latin, publié par M. E. Benoist, avec une notice sur la vie de Virgile, des remarques sur la prosodie, la métrique et la langue, des arguments et des notes, des tables pour les noms propres historiques et géographiques, les principales variantes, les passages des poètes grecs et latins imités par Virgile, et une carte des contrées dans lesquelles se passe l'action de l'*Énéide.* 1 vol. petit in-16, cart. 2 fr. 25

— *L'Enéide*, traduction française par M. Desportes. 2 vol. in-16, broché. 4 fr.

Le même ouvrage, traduction *juxtalinéaire* par MM. Sommer et Desportes. 4 vol. in-16, brochés. 16 fr.

Chaque volume séparément, contenant trois livres réunis, 4 fr.

Chaque livre, séparément, 1 fr. 50

— *Les Bucoliques* et *les Géorgiques*, traduction française par M. Desportes, 1 vol. in-16, broché. 2 fr.

— *Les Bucoliques*, traduction *juxtalinéaire* par MM. Sommer et Desportes. 1 vol. in-16, broché. 1 fr.

— *Les Géorgiques*, traduction *juxtalinéaire* par MM. Sommer et Desportes. 1 vol. in-16, broché. 1 fr.

AUTEURS FRANÇAIS

Textes classiques de la littérature française, extraits des grands écrivains avec notices biographiques et bibliographiques, appréciations littéraires

et notes explicatives par M. Demogeot; nouvelle édition. 2 vol. in-16, cart. 6 fr.
I. *Moyen âge, seizième et dix-septième siècles.* 1 vol. 3 fr.
II. *Dix-huitième et dix-neuvième siècles.* 1 vol. 3 fr.

Boileau : *L'art poétique*, publié avec des notes par M. Geruzez. 1 vol. petit in-16, cartonné. 40 c.

Bossuet : *Discours sur l'histoire universelle* revu sur les meilleurs textes avec la chronologie des Bénédictins et celle de Bossuet, et publié avec des notes par M. Olleris. 1 vol. in-16, cartonné. 2 fr. 50

— *Oraisons funèbres.* Édition accompagnée d'une étude sur l'oraison funèbre. d'analyses et de notes, par M. C. Aubert. 1 vol. in-16, cartonné. 1 fr. 60

Buffon : *Discours sur le style.* 1 vol. petit in-16, cartonné. 30 c.

Corneille : *Horace*, tragédie, précédée d'une étude et accompagnée de notes historiques, grammaticales et littéraires par M. Anthoine, ancien inspecteur général de l'Instruction publique. 1 vol. in-16, cartonné. 1 fr. 25
La même tragédie, annotée par M. Geruzez. 1 vol. in-18, cartonné. 40 c.

— *Le Cid*, tragédie, précédée d'une étude et accompagnée de notes historiques. grammaticales et littéraires par M. Anthoine. 1 vol. in-18, cartonné. 1 fr. 25
La même tragédie, annotée par M. Geruzez. 1 vol. in-18, cartonné. 40 c.

— *Cinna*, tragédie, publiée et annotée par M. Petit de Julleville. 1 vol. petit in-16, cartonné. » »
La même tragédie, annotée par M. Geruzez. 1 vol. in-18, cartonné. 40 c.

— *Nicomède*, tragédie publiée et annotée par M. Petit de Julleville. 1 vol. petit in-16, cartonné. » »
La même tragédie, annotée par M. Geruzez. 1 vol. in-18, cartonné. 40 c.

— *Théâtre choisi*, publié avec une notice biographique et littéraire et des notes, par le même. 1 vol. in-16, cartonné. 2 fr. 50

Extraits de la Chanson de Rolland et de l'Histoire de saint Louis de Joinville, publiés avec une introduction et des notes par M. Gaston Pâris, de l'Institut. 1 vol. petit in-16, cartonné. » »

Fénelon : *Opuscules académiques*, contenant la *Lettre à l'Académie* sur l'éloquence, la poésie, l'histoire, publiés avec des notes par M. Dolzons. 1 vol. in-16, cartonné. 80 c.

Joinville (sire de) : *Histoire de saint Louis.* Texte original, ramené à l'orthographe des Chartes, précédé de notions sur la langue et la grammaire de Joinville, et suivi d'un glossaire par M. Natalis de Wailly, de l'Institut. 1 vol. petit in-16, cartonné. 2 fr.

La Bruyère : *Caractères*, annotés par M. Servois. 1 vol. in-16 cart. 2 fr. 50

La Fontaine : *Fables*, précédées d'une notice biographique et littéraire, et accompagnées de notes par M. Geruzez. 1 vol. petit in-16, cartonné. 1 fr. 60

Molière : *L'avare*, comédie, annotée par M. Lavigne, professeur au lycée Henri IV. 1 vol. petit in-16, cartonné. 1 fr.

— *Le misanthrope*, comédie, annotée par le même. 1 vol. petit in-16, cartonné. 1 fr.

— *Les femmes savantes*, comédie, publiée et annotées par M. Vapereau. inspecteur général de l'Instruction publique 1 vol. in-16, cartonné. 1 fr. 25
La même comédie, annotée par M. Geruzez. 1 vol. in-18, cartonné. 40 c.

— *Le tartufe*, comédie, annotée par M. Lavigne. 1 vol. petit in-16, cartonné. 1 fr.

Montesquieu : *Considérations sur les causes de la grandeur des Romains et de leur décadence*, publiées avec des notes par M. C. Aubert. 1 vol. in-16, cartonné. 1 fr. 25

Racine : *Andromaque*, tragédie, annotée par M. Lavigne, professeur au lycée Henri IV. 1 vol. petit in-16, cartonné. 75 c.

— *Les plaideurs*, comédie, annotée par le même. 1 vol. petit in-16, cart. 75 c.

— *Iphigénie*, tragédie, annotée par M. Lanson, professeur au lycée de Toulouse. 1 vol. petit in-16, cartonné. » »
La même tragédie, annotée par M. Geruzez. 1 vol. in-18, cartonné. 40 c.

— *Théâtre choisi*, publié avec une notice biographique et littéraire et des notes par M. Geruzez. 1 vol. in-16, cartonné. 2 fr. 50

Voltaire : *Siècle de Louis XIV*. Édition accompagnée d'une notice et de notes par M. A. Garnier. 1 vol. in-16, cartonné. 2 fr. 75
— *Choix de lettres*, publié avec une introduction et des notes par M. L. Brunel, docteur ès lettres, professeur au lycée Condorcet. 1 vol. petit in-16, cart. 2 fr. 25

RHÉTORIQUE ET LITTÉRATURE CLASSIQUE

Études littéraires sur les classiques français des classes supérieures et du baccalauréat ès lettres par M. Merlet, professeur de rhétorique au lycée Louis-le-Grand; nouvelle édition, conforme aux programmes de 1885. 2 vol. in-16, brochés. 8 fr.
I. Corneille. — Racine. — Molière. 1 vol. 4 fr.
II. Chanson de Roland. — Joinville. — Montaigne. — Pascal. — La Fontaine. — Boileau. — Montesquieu. — La Bruyère. — Bossuet. — Fénelon. — Voltaire. — Buffon. 1 vol. 4 fr.
Éléments de rhétorique française par M. Filon. 1 vol. in-16, br. 2 fr. 50
Principes de rhétorique française par M. Pellissier. 1 v. in-16, br. 2 fr. 50
Histoire de la littérature française depuis ses origines jusqu'à nos jours par M. Demogeot. 1 vol. in-16, broché. 4 fr.
Histoire de la littérature grecque par M. Alexis Pierron. 1 vol. in-16, broché. 4 fr.
Histoire de la littérature romaine par le même. 1 vol. in-16, br. 4 fr.

HISTOIRE ET GÉOGRAPHIE

Histoire de l'Europe, et particulièrement de la France, de 395 à 1270 par M. V. Duruy; nouvelle édition, avec gravures et cartes (classe de Troisième). 1 vol. in-16, cartonné. 4 fr.
Histoire de l'Europe, et particulièrement de la France, de 1270 à 1610 par le même; nouvelle édition, avec gravures et cartes (classe de Seconde). 1 vol. in-16, cartonné. 4 fr. 50
Histoire de l'Europe, et particulièrement de la France, de 1610 à 1789 par le même; nouvelle édition, avec gravures et cartes (classe de Rhétorique). 1 vol. in-16, cartonné. 4 fr. 10
Géographie physique, politique et économique de l'Europe par M. E. Cortambert (classe de Troisième). 1 vol. in-16, cartonné. 2 fr.
Atlas correspondant (33 cartes). 5 fr.
Géographie physique, politique et économique de l'Asie, de l'Afrique, de l'Amérique et de l'Océanie, précédée d'un résumé de la géographie générale par le même (classe de Seconde). 1 vol. in-16, cartonné. 3 fr.
Atlas correspondant (39 cartes). 5 fr. 50
Géographie physique, politique, administrative et économique de la France et de ses possessions coloniales, précédée de la revision sommaire des notions générales de géographie par le même (classe de Rhétorique). 1 vol. in-16, cartonné. 3 fr.
Atlas correspondant (18 cartes). 3 fr. 50

LANGUES VIVANTES.

AUTEURS ALLEMANDS

Morceaux choisis en prose et en vers des classiques allemands par M. Eichhoff. 3 vol. in-16, cartonnés :
Classe de Troisième. 1 vol. 1 fr. 50
Classe de Seconde. 1 vol. 2 fr. 50
Classe de Rhétorique. 1 vol. 3 fr.

Auerbach : *Choix de récits villageois de la Forêt-Noire*. Texte allemand, publié avec une notice, des arguments et des notes par M. B. Lévy, ancien inspecteur général de l'instruction publique. 1 vol. petit in-15, cartonné. 3 fr.
LE MÊME OUVRAGE, traduction française par M. Lang. Petit in-16, br. 3 fr. 50

Chamisso : *Pierre Schlémihl*. Texte allemand, publié et annoté par M. Koell, professeur au lycée Louis-le-Grand. 1 vol. petit in-16, cartonné. 1 fr.
LE MÊME OUVRAGE, traduction française. 1 vol. petit in-16, broché. 1 fr.

Gœthe : *Campagne de France*. Texte allemand, publié et annoté par M. B. Lévy, inspecteur général de l'instruction publique. Petit in-16, cartonné. 1 fr. 50
LE MÊME OUVRAGE, traduction française par M. Jacques Porchat. 1 vol. petit in-16, broché. 2 fr.
— *Le Tasse*. Texte allemand, publié avec un avant-propos, un argument analytique et des notes par M. B. Lévy. 1 vol. in-16, cartonné. 1 fr. 80
LE MÊME OUVRAGE, traduction française par M. Porchat. 1 vol. in-16, br. 2 fr.
LE MÊME OUVRAGE, traduction *juxtalinéaire* par M. Lang. In-16. 3 fr. 50
— *Iphigénie en Tauride*. Texte allemand, publié avec une notice, un argument analytique et des notes par M. B. Lévy. 1 vol. petit in-16, cartonné. 1 fr. 50
LE MÊME OUVRAGE, traduction française par M. B. Lévy. 1 vol. in-16, br. 2 fr.
LE MÊME OUVRAGE, traduction *juxtalinéaire* par M. Lang. In-16, br. 3 fr. 50
— *Hermann et Dorothée*. Texte allemand, publié avec un avant-propos, des sommaires et des notes par M. B. Lévy. 1 vol. in-16, cartonné. 1 fr.
LE MÊME OUVRAGE, traduction française par M. B. Lévy. In-16, br. 1 fr. 50
LE MÊME OUVRAGE, traduction *juxtalinéaire* par M. B. Lévy. In-16. 3 fr. 50
— *Morceaux choisis*. Texte allemand, contenant des extraits des *Poésies lyriques*, de *Goetz de Berlichingen*, d'*Iphigénie*, du *Tasse*, d'*Hermann et Dorothée*, du *Voyage en Italie*, de la *Campagne de France*, etc. ; recueil publié avec des notices et des notes par M. B. Lévy. 1 vol. petit in-16, cart. 4 fr.

Hauff : *Lichtenstein*. Texte allemand, édition complète. 1 vol. in-16. 1 fr. 50
LE MÊME OUVRAGE, traduction française par M. de Suckau. In-16. 1 fr. 25

Lessing : *Dramaturgie de Hambourg*. Texte allemand. Extraits publiés avec une introduction et des notes par M. Cottler, professeur au lycée Charlemagne. 1 vol. petit in-16, cartonné. 1 fr. 50
LE MÊME OUVRAGE, traduction française par M. Desfeuilles. 1 vol. in-16. 3 fr.
LE MÊME OUVRAGE, traduction *juxtalinéaire* par M. Desfeuilles. 7 fr. 50

Schiller : *Guillaume Tell*, drame. Texte allemand, publié avec une notice littéraire et des notes par M. Th. Fix. 1 vol. in-16, cartonné. 1 fr. 50
LE MÊME OUVRAGE, traduction française par M. Fix. 1 vol. in-16, br. 2 fr. 50
LE MÊME OUVRAGE, traduction *juxtalinéaire* par M. Fix. 1 vol. in-16. 5 fr.
— *La fiancée de Messine*. Texte allemand, publié et annoté par M. Scherdlin, professeur au lycée Charlemagne. 1 vol. petit in-16. cartonné. 1 fr. 50
LE MÊME OUVRAGE, traduction française par M. Ad. Regnier. In-16. 2 fr.
LE MÊME OUVRAGE, traduction *juxtalinéaire* par M. Schnaufer. In-16. 3 fr. 50
— *Jeanne d'Arc*. Texte allemand, publié et annoté par M. Bailly, maître de conférences à la Faculté des lettres de Douai. 1 vol. petit in-16, cart. 2 fr. 50
LE MÊME OUVRAGE, traduction française par M. Ad. Regnier, sans le texte. 1 vol. petit In-16, broché. 3 fr.
— *Marie Stuart*, tragédie. Texte allemand, publié avec des notes, par M. Fix. 1 vol. in-16, cartonné. 1 fr. 50
LE MÊME OUVRAGE, traduction française par M. Fix. 1 vol. in-16, broché. 4 fr.
LE MÊME OUVRAGE, traduction *juxtalinéaire* par M. Fix. 1 vol. in-16, br. 6 fr.
— *Histoire de la révolte des Pays-Bas*. Texte allemand, publié avec des notes et un vocabulaire historique et géographique par M. Lange, chargé de conférences à la Faculté des lettres de Paris. 1 vol. petit in-16, cartonné. 2 fr. 50
LE MÊME OUVRAGE, traduction française par M. Ad. Regnier, sans le texte. 1 vol. petit in-16, broché. 3 fr.
— *Wallenstein*, poème dramatique Texte allemand, publié et annoté par M. Cottler. 1 vol. petit in-16, cartonné. 2 fr. 50

LE MÊME OUVRAGE, traduction française par M. Ad. Regnier, sans le texte. 1 vol. petit in-16, broché. 3 fr.
— *Morceaux choisis.* Texte allemand, contenant des extraits des *Poésies lyriques*, de *Guillaume Tell*, de *Marie Stuart*, de *Wallenstein*, de *la Fiancée de Messine*, de la *Guerre de Trente ans*, de *la Révolte des Pays-Bas*, etc. Recueil publié avec des notices et des notes par M. B. Lévy. 1 vol. petit in-16, cart. 3 fr.

AUTEURS ANGLAIS

Morceaux choisis en prose et en vers des classiques anglais par M. Eichhoff. 3 vol. in-16, cartonnés :
Classe de Troisième. 1 vol. 1 fr. 50
Classe de Seconde. 1 vol. 2 fr. 50
Classe de Rhétorique. 1 vol. 3 fr.

Byron : *Childe Harold.* Texte anglais, publié avec une introduction, des sommaires et des notes par M. Émile Chasles, inspecteur général de l'instruction publique. 1 vol. petit in-16, cartonné. 2 fr.
LE MÊME OUVRAGE, traduction française par M. Bellet. 1 vol. in-16, br. 3 fr.
LE MÊME OUVRAGE, traduction *juxtalinéaire* par M. Bellet. 1 vol. in-16. 6 fr.
Chacun des trois premiers chants. 1 fr. 50
Le quatrième chant. 2 fr. 50

Dickens : *Histoire d'Angleterre.* Texte anglais. 1 vol. in-16, cartonné. 2 fr. 50
— *David Copperfield.* Texte anglais. 1 vol. in-16, cartonné. 4 fr. 50
LE MÊME OUVRAGE, traduction française. 2 vol. in-16, brochés. 2 fr. 50
— *Nicolas Nickleby.* Texte anglais. 1 vol. in-16, cartonné. 4 fr. 50
LE MÊME OUVRAGE, traduction française. 2 vol. in-16, brochés. 2 fr. 50

Eliot (G.) : *Silas Marner.* Texte anglais, publié avec une introduction et des notes par M. Malfroy, professeur au lycée de Nantes. 1 volume petit in-16, cartonné. » »

Irving (Washington) : *Le livre d'esquisses* (The sketch book). Texte anglais. 1 vol. in-16, cartonné. 2 fr. 50

Goldsmith : *Le voyageur ; le village abandonné.* Texte anglais, publié avec une notice, des arguments analytiques et des notes par M. Motheré, professeur au lycée Charlemagne. 1 vol. petit in-16, cartonné. 75 c.
LE MÊME OUVRAGE, traduction française de M. Legrand. 1 vol. in-16, br. 75 c.
LE MÊME OUVRAGE, traduction *juxtalinéaire* par M. Legrand. In-16. 1 fr. 50

Macaulay : *Morceaux choisis de l'histoire d'Angleterre.* Texte anglais, publié avec une notice et des notes par M. Battier. 1 vol. petit in-16, cart. 2 fr. 50

Shakespeare : *Jules César*, tragédie. Texte anglais, publié avec une notice, un argument et des notes par M. Fleming. 1 vol. petit in-16, cartonné. 1 fr. 25
LE MÊME OUVRAGE, traduction française par M. E. Montégut. In-16. 1 fr. 50
LE MÊME OUVRAGE, traduction *juxtalinéaire* par M. Legrand. In-16. 2 fr. 50
— *Macbeth.* Texte anglais, accompagné de notes par O' Sullivan. Grand in-18. 1 fr.
LE MÊME OUVRAGE, traduction française par M. E. Montégut. In-16. 1 fr. 50
LE MÊME OUVRAGE, traduction *juxtalinéaire* par M. Angellier. In-16. 2 fr. 50
— *Richard III.* Texte anglais, accompagné de notes. 1 vol. petit in-16. 1 fr.
LE MÊME OUVRAGE, traduction française par M. Bellet. 1 vol. in-16. 2 fr.
LE MÊME OUVRAGE, traduction *juxtalinéaire* par M. Bellet. 1 vol. in-16. 4 fr.

Tennyson : *Poèmes choisis.* Texte anglais. 1 vol. in-16, cartonne. 2 fr.
— *Enoch Arden.* Texte anglais, publié et annoté par M. Al. Beljame, maître de conférences à la Faculté des lettres de Paris. 1 vol. petit in-16, cartonné. » »

Walter Scott : *L'antiquaire.* Texte anglais. 1 vol. in-16, cartonné. 2 fr.
— *Ivanhoé.* Texte anglais. 1 vol. in-16, cartonné. 2 fr.
— *Les puritains d'Écosse* (Old mortality). Texte anglais. 1 vol. in-16, cart. 2 fr.
— *Quentin Durward.* Texte anglais. 1 vol. in-16, cartonné. 2 fr.
— *Rob Roy.* Texte anglais. 1 vol. in-16, cartonné. 2 fr.

AUTEURS ESPAGNOLS

Calderon : *El magico prodigioso.* Texte espagnol, publié avec une notice et des notes par M. Magnabal. 1 vol. petit in-16, cartonné. 1 fr. 50

Cervantès : *Le captif* (*El cautivo*). Texte espagnol extrait de Don Quichotte, publié avec des notes par M. Merson. 1 vol. in-16, cartonné. 1 fr.

Le même ouvrage, traduction française par M. Merson. 1 vol. in-16 br. 2 fr.

Le même ouvrage, traduction *juxtalinéaire* par M. Merson. In-16. 3 fr.

Mendoza (Hurtado de) : *Morceaux choisis de la guerre de Grenade.* Texte espagnol, publié avec une notice par M. Magnabal. 1 vol. petit in-16, cart. 90 c.

Solis (Antonio de) : *Morceaux choisis de la conquête du Mexique.* Texte espagnol, publié avec une notice par M. Magnabal. 1 vol. petit in-16, cart. 1 fr. 80

AUTEURS ITALIENS

Dante : *L'enfer, 1er chant.* Texte italien publié avec un argument analytique de tout le poème et des notes par M. B. Melzi. 1 vol. petit in-16, cartonné. 75 c.

Le même ouvrage, traduction *juxtalinéaire* par M. B. Melzi. In-16, br. 1 fr.

Machiavel : *Discours sur la première décade de Tite-Live.* Texte italien réduit à l'usage des classes, et précédé d'une introduction en français par M. de Tréverret, professeur à la Faculté des lettres de Bordeaux. 1 vol. in-16. 2 fr. 50

Manzoni : *Les fiancés.* Texte italien, précédé d'une introduction en français par M. de Tréverret. 1 vol. in-16, broché. 2 fr. 50

Tasse : *La Jérusalem délivrée.* Texte italien réduit à l'usage des classes et précédé d'une introduction par M. de Tréverret. 1 vol. in-16, broché. 2 fr. 50

DEUXIÈME EXAMEN

PHILOSOPHIE

Leçons de philosophie. Tome Ier : *Psychologie.* Nouveau cours, contenant les matières indiquées par les programmes de 1885 par M. E. Rabier, professeur de philosophie au lycée Charlemagne, membre du Conseil supérieur de l'instruction publique. 1 vol. in-8, broché. 7 fr. 50

Ouvrage couronné par l'Institut.

Notions de philosophie comprenant des notions d'*économie politique* par M. Jourdain, membre de l'Institut ; 17e édition, refondue conformément aux programmes de 1880. 1 vol. in-16, broché. 5 fr.

Sujets et développements de compositions françaises (dissertations philosophiques) données à la Sorbonne depuis 1866 jusqu'en 1883, ou proposées comme exercices préparatoires pour les examens du baccalauréat ès lettres, recueillies par M. Albert Le Roy. 1 vol. in-8, broché. 5 fr.

Descartes : *Discours de la méthode; première méditation.* Nouvelle édition publiée avec une introduction et des notes par M. Charpentier, professeur de philosophie au lycée Louis-le-Grand. 1 vol. petit in-16, cartonné. 1 fr. 50

— *Les principes de la philosophie*, première partie, publiée avec une préface, une table de Descartes, et des notes par M. Charpentier. Petit in-16, cart. 1 fr. 50

Malebranche. *De la recherche de la vérité*, livre II (de l'imagination), première partie, chap. 1 et 5 ; deuxième et troisième parties, publiée avec une introduction et des notes par M. R. Thamin, professeur à la Faculté des lettres de Lyon. 1 vol. petit in-16, cartonné. » »

Pascal. *Opuscules* comprenant : De l'autorité en matière de philosophie ; entretien avec M. de Sacy ; fragments publiés avec des notes par M. Jourdain. 1 vol. in-16, cartonné. 75 c.

Leibniz : *Nouveaux essais sur l'entendement humain, avant-propos et livre Ier*, publiés d'après les meilleurs manuscrits, avec une introduction et des notes par M. H. Lachelier, ancien élève de l'Ecole normale, agrégé de philosophie. 1 vol. petit in-16, cart. 1 fr. 75

— *La Monadologie*, publiée d'après les manuscrits de la Bibliothèque de Hanovre, avec une introduction et des notes, par M. H. Lachelier. 1 vol. petit in-16, cart. 1 fr.

Condillac : *Traité des sensations*, livre Ier, publié avec une introduction et des notes par M. Charpentier, professeur de philosophie au lycée Louis-le-Grand, 1 vol. petit in-16, cartonné. » »

Xénophon : *Mémorables*, livre prémier. Texte grec publié avec une introduction et des notes par M. Lebègue, maître de conférences à l'Ecole des Hautes-Etudes. 1 vol. petit in-16, cartonné. 1 fr.

Le même ouvrage, traduction *juxtalinéaire* par M. Sommer. 1 vol. in-16, broché. 1 fr.

Platon : *République*, VIe *livre*. Texte grec, publié avec une introduction et des notes par M. Aubé, professeur de philosophie au lycée Condorcet. 1 vol. petit in-16, cartonné. 1 fr. 50

Le même ouvrage, traduction française par M. Aubé, sans le texte grec. 1 vol. petit in-16, broché, 1 fr.

Le même ouvrage, traduction *juxtalinéaire* par M. Aubé. 1 volume in-16, broché. 2 fr. 50

Aristote : *Morale à Nicomaque, livre* X. Texte grec publié avec une introduction et des notes par M. Hannequin, professeur au lycée de Lyon. 1 vol. petit in-16, cartonné. 1 fr. 50

Le même ouvrage, traduction française de F. Thurot, revue et annotée par M. Ch. Thurot, sans le texte grec. 1 vol. petit in-16, broché. 75 c.

Le même ouvrage, traduction *juxtalinéaire* par M. de Parnajon. 1 vol. in-16, broché. 1 fr. 50

Epictète : *Manuel*. Texte grec, publié avec une introduction, des notes et un vocabulaire par M. Thurot. 1 vol. petit in-16, cartonné. 1 fr.

Le même ouvrage, traduction française par M. Thurot, sans le texte grec. 1 vol. petit in-16. broché. 1 fr.

Lucrèce : *De natura rerum, liber V*. Texte latin, publié à l'usage des élèves, avec une introduction et des notes par MM. Bénoist et Lantoine. 1 vol. petit in-16, cartonné. 90 c.

Cicéron : *De natura Deorum, liber* II. Texte latin, publié avec une introduction et des notes par M. Thiaucourt, maître de conférences à la Faculté des lettres de Nancy. 1 vol. petit in-16, cartonné. 1 fr. 50

Le même ouvrage, traduction française de M. J. Lecler, avec le texte. 1 vol. petit in-16 broché. 1 fr.

— *De officiis libri tres*. Texte latin, publié avec des sommaires et des notes par M. H. Marchand. 1 vol. in-16, cartonné. 1 fr.

Le même ouvrage, traduction française de M. Sommer, sans le texte. 1 vol. in-16, broché. 1 fr. 50

Le même ouvrage, traduction *juxtalinéaire* par M. Sommer. 1 vol. in-16, broché. 6 fr.

Sénèque : *Lettres morales à Lucilius* I à XVI. Texte latin, publié avec une notice et des notes par M. Aubé, professeur de philosophie au lycée Condorcet. 1 vol. petit in-16, cartonné. 75 c.

Le même ouvrage, traduction française de M. J. Baillard, sans le texte. 1 vol. in-16, broché. 1 fr.

HISTOIRE

Histoire de France et histoire contemporaine depuis 1789 jusqu'à la constitution de 1875 par M. G. Ducoudray, agrégé d'histoire (classe de Philosophie); nouvelle édition refondue. 1 vol. in-16, cart. 6 fr.

SCIENCES

Arithmétique élémentaire, rédigée conformément aux programmes de 1885 par M. Pichot, censeur du lycée Condorcet (classes de Quatrième, Troisième et Philosophie). 1 vol. in-16, cartonné. 2 fr.

Géométrie élémentaire, rédigée conformément aux programmes de 1885 par M. Bos, inspecteur d'Académie (classes de Quatrième, Troisième, Seconde, Rhétorique et Philosophie). 1 vol. in-16, avec figures, cartonné. 2 fr.

Algèbre élémentaire, contenant les matières indiquées par les programmes de 1885 par M. Pichot (classes de Troisième, Seconde et Philosophie). 1 vol. in-16, avec figures, cartonné. 2 fr.

Notions élémentaires de physique, contenant les matières indiquées par les programmes de 1885 par MM. Privat-Deschanel, ancien proviseur du lycée de Vanves, et Pichot (classes de Troisième, Seconde, et Philosophie). 1 vol. in-16, avec de nombreuses figures, cartonné. 5 fr.

Éléments de physique, contenant les matières indiquées par les programmes de 1885, à l'usage des classes de Troisième, Seconde, et Philosophie par M. Angot, ancien professeur de physique au lycée Condorcet. 1 vol. in-16, avec de nombreuses figures, cartonné: 5 fr.

Traité élémentaire de physique, par M. Ganot, suivi d'un recueil de 100 problèmes avec solutions; 19e édition, refondue par M. Maneuvrier, agrégé des sciences physiques et naturelles, et contenant les matières indiquées par les programmes de 1885. 1 fort vol. in-16, avec 1014 fig. et 2 planches en couleur broché. 7 fr. 50

Relié en percaline. 8 fr.

Éléments de chimie, rédigés conformément aux programmes de 1885, à l'usage des classes de Rhétorique et de philosophie par M. A. Joly, maître de conférences à la Faculté des sciences de Paris. 1 vol. in-16, avec figures, cartonné en percaline. » »

Éléments de chimie, contenant les matières indiquées par les programmes de 1885, à l'usage des classes de Rhétorique et de Philosophie par M. Schützenberger, professeur au Collège de France. 1 vol. in-16, avec 124 figures, cart. 3 fr.

Anatomie et physiologie animales, contenant les matières indiquées par les programmes de 1885, à l'usage de la classe de Philosophie par M. Perrier, professeur au Muséum d'histoire naturelle de Paris. 1 vol. in-8, avec 328 figures, broché. 8 fr.

Anatomie et physiologie végétales, rédigées conformément aux programmes de 1885, à l'usage de la classe de Philosophie par M. Mangin, profes- au lycée Louis-le-Grand. 1 vol. in-16, avec figures cartonné. 5 fr.

BACCALAURÉAT ÈS SCIENCES

Mémento du baccalauréat ès sciences, 2 volumes petit in-16, cartonnés : 13 fr.

TOME I, *Partie littéraire*, comprenant : Conseils sur les différentes épreuves; — Notices sur les auteurs et les ouvrages latins, français, allemands, anglais, espagnols et italiens, indiqués pour l'explication orale; — Philosophie; — Histoire; — Géographie; par MM. Albert Le Roy, Ducoudray et Cortambert. 6 fr. 50

TOME II, *Partie scientifique*, comprenant : Arithmétique; — Géométrie; — Algèbre; — Trigonométrie rectiligne; — Géométrie descriptive; — Cosmographie; — Mécanique; — Physique; — Chimie; par MM. Bos, Bezodis, Pichot, Mascart et Boutet de Monvel. 6 fr. 50

Programme de l'examen du baccalauréat ès sciences complet. Brochure in-16. 30 c.

ÉPREUVES ÉCRITES

Recueil de versions latines dictées dans les Facultés, depuis 1874 jusqu'en 1881, pour les examens du baccalauréat ès sciences, et accompagnées de notes et de notices par M. Marais. *Textes et traductions*. 2 vol. in-8. 6 fr.
Chaque volume se vend séparément, 3 fr.

Problèmes d'algèbre et exercices de calcul algébrique, avec les solutions par M. Ritt. 1 vol. in-8, broché. 5 fr.

Problèmes de géométrie et de trigonométrie, avec la méthode à suivre pour la résolution des problèmes de géométrie, et les solutions par M. Ritt. 1 vol. in-8, broché. 5 fr.

Nouveaux problèmes de physique par MM. Bary et Brion. 1 vol. in-8, broché. 3 fr.

ÉPREUVES ORALES

AUTEURS LATINS

Narrationes *selectæ e scriptoribus latinis*. Recueil extrait des auteurs classiques, publié avec des notes, des arguments et des modèles d'analyse littéraire par M. Chassang, inspecteur général de l'instruction publique. 1 vol. in-16, cartonné, 2 fr. 25

César : *Commentarii de bello gallico et civili*. Selectas aliorum suasque notas adjecit Ad. Regnier. 1 vol. in-16, cartonné. 1 fr. 50

LE MÊME OUVRAGE, traduit en français par M. Sommer, avec le texte. 1 vol. in-16, broché. 3 fr. 50

LE MÊME OUVRAGE, traduction *juxtalinéaire* par M. Sommer. 2 volumes in-16, brochés. 9 fr.

Tome I : livres I, II, III, IV. 4 fr.
Tome II : livres V, VI, VII. 5 fr.

Cicéron : *In Catilinam orationes quatuor*. Texte latin, publié avec des notes par M. Noël, professeur au lycée de Versailles. 1 vol. petit in-16, cart. 50 c.

LE MÊME OUVRAGE, traduction française par M. J. Thibault, avec le texte 1 vol. in-16, broché. 1 fr. 25

LE MÊME OUVRAGE, traduction *juxtalinéaire* par J. Thibault. 1 vol. in-16. 2 fr.

— *In Verrem oratio de signis*. Texte latin, publié avec des notes par M. J. Thibault. 1 vol. in-16, broché. 50 c.

LE MÊME OUVRAGE, traduction *juxtalinéaire* par M. J. Thibault. 1 vol. in-16, broché. 3 fr.

— *In Verrem oratio de suppliciis*. Texte latin, publié avec des notes par M. E. Thomas, professeur à la Faculté des lettres de Douai. 1 vol. petit in-16, cartonné. 1 fr. 50

LE MÊME OUVRAGE, traduction *juxtalinéaire* par M. O. Dupont. 1 volume in-16, broché. 3 fr.

— *De amicitia dialogus*. Texte latin, publié avec une notice, un argument et des notes par M. E. Charles, recteur de l'Académie de Lyon. 1 vol. petit in-16 cartonné. 50 c.

LE MÊME OUVRAGE, traduction française par M. Legouëz, avec le texte latin. 1 vol. in-16, broché. 80 c.

LE MÊME OUVRAGE traduction *juxtalinéaire* par M. Legouëz. 1 vol. in-16, broché. 1 fr. 25

Virgile : *Œuvres*. Texte latin, publié par M. Benoist, professeur à la Faculté des lettres de Paris, avec une notice sur la vie de Virgile, des remarques sur la prosodie, la métrique et la langue, des arguments et des notes, des tables pour les noms propres historiques et géographiques, les principales variantes, les passages des poètes grecs et latins imités par Virgile, et une carte des contrées dans lesquelles se passe l'action de l'Énéide. 1 vol. petit in-16, cartonné. 2 fr. 25

— *Églogues* ou *Bucoliques*, traduction *juxtalinéaire* par MM. Sommer et Desportes. 1 vol. in-16, broché. 1 fr.

— *L'Énéide*, traduction *juxtalinéaire* par MM. Sommer et Desportes. Livres I, II et III réunis. 1 vol. in-16, broché. 4 fr.

Chaque livre séparément, 1 fr. 50

(Le programme indique les 1er et 2e livres de l'Énéide).

Horace : *Œuvres*. Texte latin, publié avec des arguments et des notes, et précédé d'un précis sur les mètres employés par Horace par E. Sommer. 1 vol. in-16, cartonné. 2 fr.

— *Satires*, traduction *juxtalinéaire* par MM. Sommer et Desportes. 1 volume in-16, broché. 2 fr.

AUTEURS FRANÇAIS

Bossuet : *Discours sur l'histoire universelle*, revu sur les meilleurs textes et publié avec la chronologie des Bénédictins et celle de Bossuet, et des notes par M. Olleris. 1 vol. in-16, cartonné. 2 fr. 50

Voltaire : *Siècle de Louis XIV*, accompagné d'une notice et de notes par M. A. Garnier. 1 vol. in-16, cartonné. 2 fr. 75

Théâtre classique, contenant : le Cid, Horace, Cinna, Polyeucte, de Corneille; Britannicus, Esther, Athalie, de Racine; Mérope, de Voltaire, et le Misanthrope, de Molière; avec les préfaces des auteurs, les examens de Corneille, les variantes, les principales imitations et un choix de notes. Nouvelle édition, revue sur les meilleurs textes par M. Adolphe Regnier. 1 vol. petit in-16, cartonné. 3 fr.

Boileau : *Œuvres poétiques*, publiées avec une notice biographique et littéraire, et des notes par M. Geruzez. 1 vol. petit in-16, cartonné, 1 fr. 50

La Fontaine : *Fables*, précédées d'une notice biographique et littéraire; suivies de Philémon et Baucis, et accompagnées de notes par M. Geruzez. 1 vol. petit in-16, cartonné. 1 fr. 60

AUTEURS ALLEMANDS

Lessing : *Laocoon*. Texte allemand, publié avec une notice, un argument et des notes par M. B. Lévy. 1 vol. petit in-16, cartonné. 2 fr.

Le même ouvrage, traduction française par M. Courtin, sans le texte. 1 vol. petit in-16, broché. 2 fr.

— *Lettres sur la littérature moderne et lettres archéologiques.* Extraits publiés avec une notice et des notes par Cottler. 1 vol. petit in-16, cartonné. 2 fr.

Le même ouvrage, traduction française par M. Cottler, sans le texte. 1 vol. petit in-16, broché. 2 fr. 50

Gœthe : *Hermann et Dorothée.* Texte allemand, publié avec un avant-propos, des sommaires et des notes par M. B. Lévy. 1 vol. in-16, cartonné. 1 fr.

Le même ouvrage, traduction française par M. B. Lévy, avec le texte et des notes. 1 vol. in-16, broché. 1 fr. 50

Le même ouvrage, traduction *juxtalinéaire* par M. B. Lévy. In-16, br. 3 fr. 50

Schiller : *Histoire de la guerre de Trente ans.* Texte allemand, publié avec une notice, des arguments et des notes, suivi d'un vocabulaire des noms propres et des termes spéciaux par MM. Schmidt et Leclaire. 1 vol. petit in-16 cartonné. 2 fr. 50

Le même ouvrage, traduction française par M. Ad. Regnier, sans le texte. 1 vol. petit in-16, broché. 3 fr. 50

— *Guillaume Tell*, drame. Texte allemand, publié avec une notice littéraire et des notes par M. Th. Fix. 1 vol. in-16, cartonné. 1 fr. 50

Le même ouvrage, traduction française par M. Fix, avec le texte. 1 volume in-16, broché. 2 fr. 50

Le même ouvrage, traduction *juxtalinéaire* par M. Fix. 1 vol. in-16. 5 fr.

Schiller et **Gœthe** : *Extraits de leur correspondance.* Texte allemand, publié avec une introduction et des notes par M. B. Lévy. 1 vol. petit in-16, cartonné. 3 fr.

Le même ouvrage, traduction française, par M. B. Lévy, sans le texte. 1 vol. petit in-16, brocué. 3 fr. 50

AUTEURS ANGLAIS

Pope : *Essai sur la critique.* Texte anglais, publié avec une notice, un argument et des notes par M. J. Motheré, professeur au lycée Charlemagne. 1 vol. petit in-16, cartonné. 75 c.

Le même ouvrage, traduction française par M. Motheré, avec le texte. 1 vol. in-16, broche. 1 fr.

Le même ouvrage, traduction *juxtalineaire* par M. Motheré. 1 volume in-16, broché. 1 fr. 50

Shakespeare : *Macbeth.* Texte anglais, publié avec des notices et des notes par M. O'Sullivan. 1 vol. grand in-18, cartonné. 1 fr.

Le même ouvrage, traduction française par M. Montégut, avec le texte anglais. 1 vol. in-16, broché. 1 fr. 50

Le même ouvrage, traduction *juxtalinéaire* par M. Angellier. 1 volume in-16, broché. 2 fr. 50

Milton : *Le Paradis perdu.* Livres I et II. Texte anglais, publié avec une notice sur Milton, un argument de tout le poème et des notes par M. Aug. Beljame. 1 vol. petit in-16, cartonné. 90 c.

Le même ouvrage, traduction *juxtalinéaire* par M. Legrand, professeur au lycée de Versailles. 1 vol. in-16, broché. 2 fr. 50

AUTEURS ESPAGNOLS

Calderon : *El magico prodigioso*. Texte espagnol, publié avec une notice et des notes par M. Magnabal. 1 vol. petit in-16, cartonné. 1 fr. 50

Cervantès : *Le captif* (El cautivo). Texte espagnol extrait de don Quichotte, publié avec des notes par M. Merson. 1 vol. in-16, cartonné. 1 fr.

LE MÊME OUVRAGE, traduction française par M. Merson, précédée du texte espagnol. 1 vol. in-16, broché. 2 fr.

LE MÊME OUVRAGE, traduction *juxtalinéaire* par M. Merson. In-16. 3 fr.

Mendoza (Hurtado de) : *Morceaux choisis de la guerre de Grenade*. Texte espagnol, publié avec une notice et un argument analytique par M. Magnabal. 1 vol. petit in-16, cartonné. 90 c.

Solis (Antonio de) : *Morceaux choisis de la conquête du Mexique*. Texte espagnol, publié avec une notice et un argument analytique par M. Magnabal. 1 vol. petit in-16, cartonné. 1 fr. 80

AUTEURS ITALIENS

Dante : *L'enfer, 1er chant*. Texte italien, publié avec un argument analytique de tout le poème et des notes par M. B. Melzi. 1 vol. petit in-16, cart. 75 c.

LE MÊME OUVRAGE, traduction *juxtalinéaire*, par M. B. Melzi. In-16. 1 fr.

Machiavel : *Discours sur la première décade de Tite-Live*. Texte italien réduit à l'usage des classes, et précédé d'une introduction en français par M. de Tréverret, professeur à la Faculté des lettres de Bordeaux. 1 vol. in-16. 2 fr. 50

Manzoni : *Les fiancés*. Texte italien, précédé d'une introduction en français par M. de Tréverret. 1 vol. in-16, broché. 2 fr. 50

Tasse : *La Jérusalem délivrée*. Texte italien expurgé, à l'usage des classes et précédé d'une introduction en français par M. de Tréverret. In-16. 2 fr. 60

SCIENCES

Éléments d'arithmétique par M. Pichot, censeur du lycée Condorcet, 1 vol. in-8, broché. 3 fr.

Éléments d'algèbre par M. Bos, inspecteur de l'Académie de Paris. 1 vol. in-8, broché. 5 fr.

Éléments de géométrie par MM. Bos et Rebière. 1 vol. in-8, avec 450 figures dans le texte, broché. 7 fr.

Géométrie descriptive par MM. Pichot et de Batz de Trenquelléon. 1 vol. in-8, avec de nombreuses figures, broché. 1 fr. 50

Complément de géométrie descriptive, à l'usage des candidats de Saint-Cyr par les mêmes auteurs. 1 vol. in-8, avec 167 figures, broché. 2 fr.

Éléments de trigonométrie rectiligne par M. Pichot. 1 vol. in-8, avec 66 figures, broché. 3 fr. 50

Traité élémentaire de cosmographie par le même. 1 volume in-8, avec 207 figures, broché. 6 fr.

Éléments de mécanique par MM. Pichot et de Batz de Trenquelléon. 1 vol. in-8, avec 178 figures, broché. 3 fr. 50

Traité de physique élémentaire par M. Angot. 1 vol. grand in-8, avec 486 figures, broché. 8 fr.

HISTOIRE ET GÉOGRAPHIE

Histoire de l'Europe *et particulièrement de la France, de* 1610 à 1789 par M. V. Duruy. 1 vol. in-16, cartonné. 4 fr. 50

Histoire de France et histoire contemporaine, de 1789 à la constitution de 1875 par M. G. Ducoudray. 1 vol. in-16, avec des cartes, cartonné. 6 fr.

Géographie physique, politique, administrative et économique de la France et de ses possessions coloniales, précédée de la revision sommaire des notions générales de géographie par M. Cortambert. 1 vol. in-16, cartonné. 3 fr.

Atlas correspondant (18 cartes). 1 vol. grand in-8, cartonné. 3 fr.

13786. — Imprimerie A. Lahure, rue de Fleurus, 9, à Paris. — 27, 2, 86

[illegible] DES PRINCIPAUX AUTEURS CLASSIQUES [illegible]

FORMAT IN-16.

Cette collection comprend les principaux auteurs qu'on explique dans les [illegible]

ARISTOPHANE : Plutus. 3 fr. 25 c.
— Morceaux choisis de M. Poyard. 6 fr.
ARISTOTE : Morale à Nicomaque, livre VIII. 1 fr. 50 c.
— Poétique. 2 fr. 50 c.
BABRIUS : Fables. 4 fr.
BASILE (Saint) : De la lecture des auteurs profanes. 1 fr. 25 c.
— Contre les usuriers. 75 c.
— Observe-toi toi-même. 90 c.
CHRYSOSTOME (S. JEAN) : Homélie en faveur d'Eutrope. 60 c.
— Homélie de l'évêque Flavien. 1 fr.
DÉMOSTHÈNE : Discours contre la loi de Leptine. 3 fr. 50 c.
— Discours sur la couronne. 3 fr. 50 c.
— Harangue sur les prévarications de l'ambassade. 6 fr.
— Les trois Olynthiennes. 1 fr. 50 c.
— Les quatre Philippiques. 2 fr.
DENYS D'HALICARNASSE : Première lettre à Ammée. 1 fr. 25 c.
ESCHINE : Disc. contre Ctésiphon. [illegible] fr.
ESCHYLE : Prométhée enchaîné. 3 fr.
— Les Sept contre Thèbes. 1 fr. 50 c.
— Morceaux choisis de M. Weil. [illegible] fr.
[illegible] choisies. 1 fr. [illegible] c.
EURIPIDE : Alceste. 2 fr.
— [illegible] 3 fr.
— [illegible] 2 fr.
— Hippolyte. 3 fr. 50 c.
— Iphigénie à Aulis. 3 fr.
GRÉGOIRE DE NAZIANZE (Saint) : Éloge funèbre de Césaire. 1 fr. 25 c.
— Homélie sur les Machabées. 90 c.
GRÉGOIRE DE NYSSE (Saint) : Contre les usuriers. 75 c.
— Éloge funèbre de saint Mélèce. 75 c.
HOMÈRE : Morceaux choisis. 1 f. 50
— Iliade, 6 volumes. 30 fr.
— [illegible] I à IV. 1 vol. 3 fr. 50 c.
— [illegible] V à VIII. 1 vol. 3 fr. 50 c.
— [illegible] IX à XII. 1 vol. 3 fr. 50 c.
— [illegible] XIII à XVI. 1 vol. 3 fr. 50 c.
— [illegible] 1 vol. 3 fr. [illegible] c.
— [illegible] 1 vol. 3 fr. [illegible]
— [illegible] séparément. [illegible] fr.

ISOCRATE : Archidamus. [illegible]
— Conseils à Démonique. [illegible]
— Éloge d'Évagoras. [illegible]
— Panégyrique d'Athènes. [illegible]
LUC (Saint) : Évangile. [illegible]
LUCIEN : Dialogues des morts. [illegible]
— De la manière d'écrire l'histoire. [illegible]
PÈRES GRECS : Discours. [illegible] fr.
PINDARE : Isthmiques (les). 3 fr.
— Néméennes (les). [illegible]
— Olympiques (les). 3 fr.
— Pythiques (les). 3 fr.
PLATON : Alcibiade (le 1er). 2 fr.
— Apologie de Socrate. [illegible]
— Criton. [illegible]
— Gorgias. [illegible]
— Phédon. [illegible]
— République, livre VIII. [illegible]
PLUTARQUE : Lect. des poètes. [illegible]
— Sur l'éducation des enfants. [illegible]
— Vie d'Alexandre. [illegible]
— Vie d'Aristide. [illegible]
— Vie de César. [illegible]
— Vie de Cicéron. [illegible]
— Vie de Démosthène. [illegible]
— Vie de Marius. [illegible]
— Vie de Pompée. [illegible]
— Vie de Solon. [illegible]
— Vie de Sylla. [illegible]
— Vie de Thémistocle. [illegible]
SOPHOCLE : Ajax. [illegible]
— Antigone. [illegible]
— Électre. [illegible]
— Œdipe à Colone. [illegible]
— Œdipe roi. [illegible]
— Philoctète. [illegible]
— Trachiniennes (les). [illegible]
THÉOCRITE : Œuvres. [illegible]
THUCYDIDE : Guerre du Péloponnèse, livre I. [illegible]
— Guerre du Péloponnèse, [illegible]
— Morceaux choisis de M. [illegible]
XÉNOPHON : [illegible]
— [illegible]
— Apologie de Socrate. [illegible]
— Cyropédie, [illegible]
— Économique, [illegible]
— [illegible]

817 Xénophon - Cyropédie
429 Démosthène les trois Olynthiennes
435 d°
436 d° ; Philippiques
437 d°

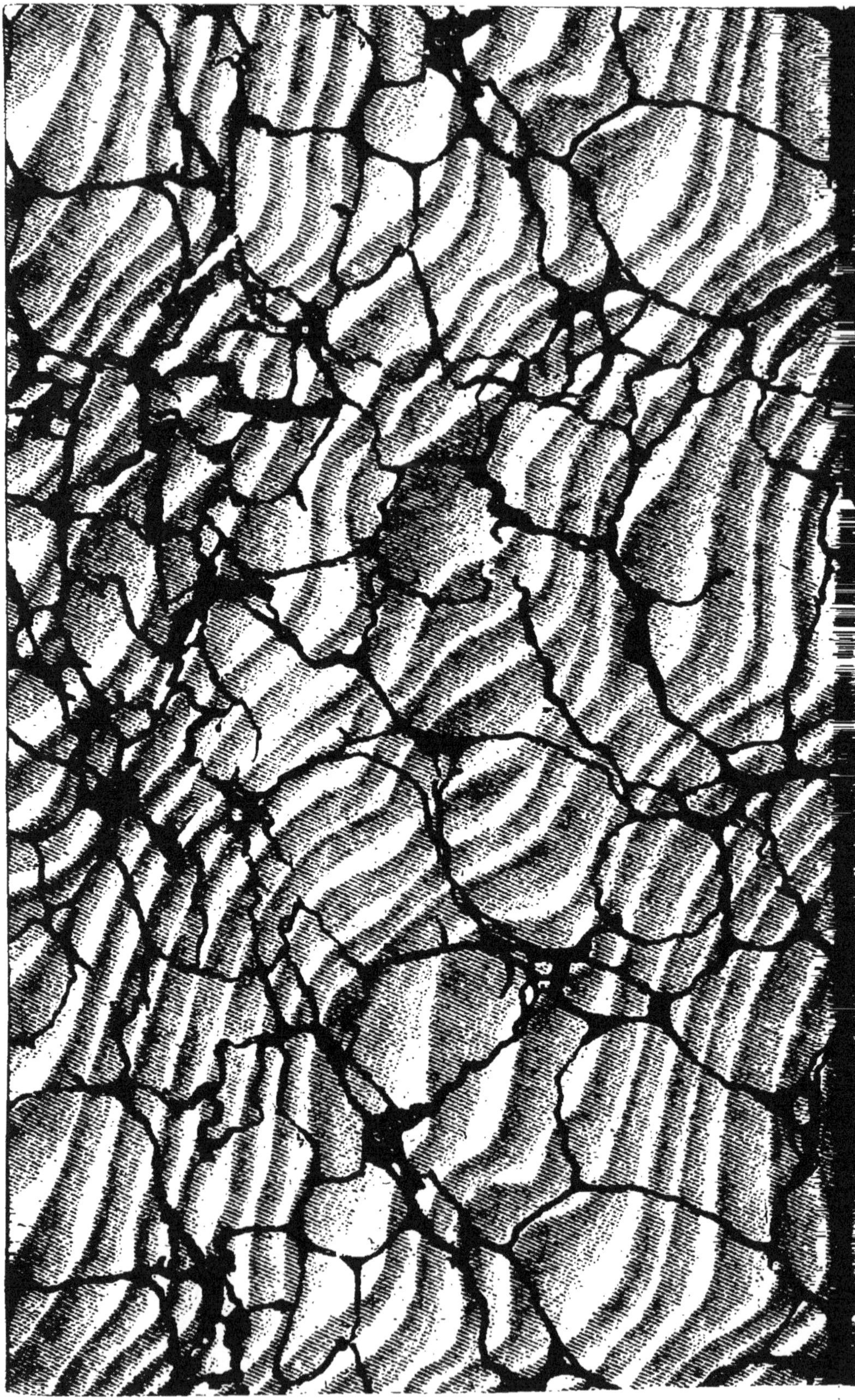

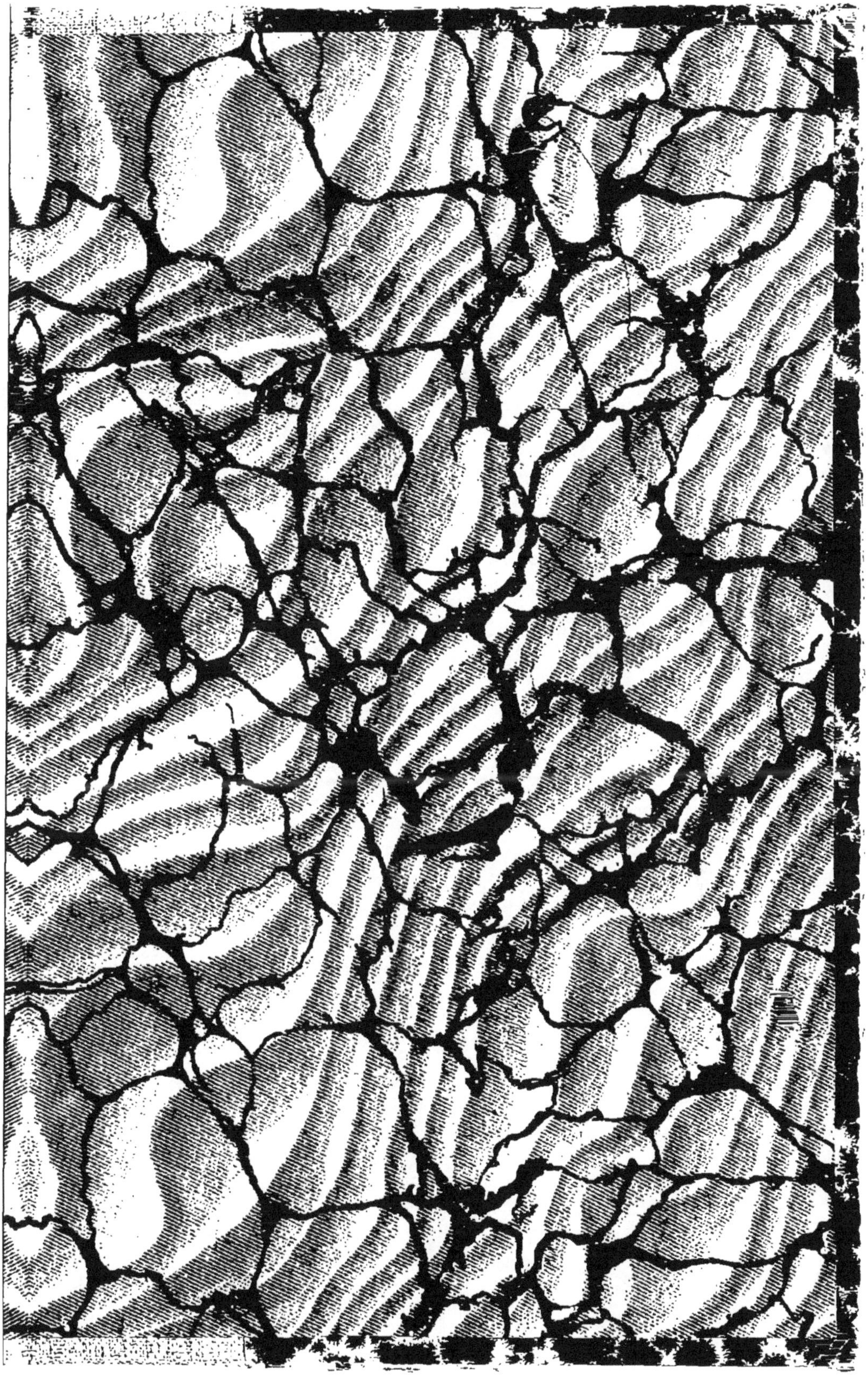

www.ingramcontent.com/pod-product-compliance
Ingram Content Group UK Ltd.
Pitfield, Milton Keynes, MK11 3LW, UK
UKHW031906260826
14628UKWH00003B/1012

9 782012 153523